Die polnische Schriftstellerin Daria Kalicka hat ihren Mann umgebracht. Nach zwei Jahren Untersuchungshaft und der Gerichtsverhandlung, bei der sie zu einer hohen Haftstrafe verurteilt wird, bringt man sie jetzt in das Frauengefängnis, in dem sie ihre Tat sühnen soll. Gleich bei der Einweisung warnt sie die für sie zuständige Betreuerin vor dem brutalen Umgang der Insassinnen miteinander.
Härte und Rücksichtslosigkeit beherrschen den Alltag innerhalb der Gefängnismauern. Daria lernt die strengen Regeln der Zellenhierarchie am eigenen Leib kennen. Als sie den Posten der Gefängnisbibliothekarin erhält, gelingt es ihr, sich weitgehend von der Gemeinschaft der Mithäftlinge fernzuhalten. Sie hat Zeit, über sich, ihr Leben und die Gründe für ihre Tat nachzudenken.
Eigentlich war Daria selbst schuld daran gewesen, daß Edward, ihr Mann, sich von ihr getrennt hatte. Sie hatte ihn dazu gebracht, sich ständig neue Liebhaberinnen zu suchen, hatte diese ›Ehespiele‹ sogar angeregt – aus einer schwer zu erklärenden Laune heraus, aus einer Lust am Risiko. Das ging so lange gut, bis aus dem Spiel Ernst wurde, bis Edward sich in eine der Frauen verliebte und Daria verließ. Sie hat ihr gewagtes Spiel verloren und damit auch den Mann, den sie liebt und der ihr Leben geformt und bestimmt hat.

Maria Nurowska lebt als freie Schriftstellerin in Warschau. Seit Mitte der siebziger Jahre veröffentlichte sie zahlreiche Romane und einen Band mit Erzählungen. Im Fischer Taschenbuch Verlag erschienen ihre Bücher ›Briefe der Liebe‹ (Band 12500), ›Postscriptum für Anna und Miriam‹ (Band 10309), ›Spanische Augen‹ (Band 13194) und ›Ein anderes Leben gibt es nicht‹ (Band 13615). Im S. Fischer Verlag wurde außerdem ihr Roman ›Jenseits ist der Tod‹ veröffentlicht.

Maria Nurowska

EHESPIELE

Roman

Aus dem Polnischen von
Albrecht Lempp

Fischer Taschenbuch Verlag

Die Frau in der Gesellschaft
Herausgegeben von Ingeborg Mues

2. Auflage: Mai 1999

Veröffentlicht im Fischer Taschenbuch Verlag GmbH,
Frankfurt am Main, Mai 1999

Lizenzausgabe mit Genehmigung des
S. Fischer Verlags, Frankfurt am Main
Die polnische Originalausgabe erschien 1994 unter dem Titel
›Gry małżeńskie‹ im Verlag NOWA, Warschau

Druck und Bindung: Clausen & Bosse, Leck
Printed in Germany
ISBN 3-596-14381-0

EHESPIELE

Sie hatte Augen von gelber Farbe. Noch nie hatte ich bei jemandem solche Augen gesehen. Später, als ich in der Dunkelheit der Nacht an sie dachte, fiel mir ein, daß Raubtiere solche Augen haben. Sie hätten von einem Puma oder einem Gepard sein können, goldgelb, mit dunklen Flecken auf der Iris und undurchdringlich.

»Willkommen in unserem Weiberklub«, sagte sie mit einer tiefen, etwas heiseren Stimme. Offenbar rauchte sie viel, diese Art von Heiserkeit war typisch für Kettenraucher. Das enttäuschte mich ein bißchen, ich weiß nicht, warum, doch ich hatte mir vorgestellt, daß die Frau hier vor mir von solchen Fehlern frei wäre, sich nicht mit Nikotin vergiften und nicht trinken würde, daß sie gewissermaßen die Natürlichkeit selbst wäre; daß ich so dachte, war insofern erstaunlich, als ich ihr an einem Ort begegnete, der nichts mit Natürlichkeit und noch viel weniger mit moralischer Reinheit zu tun hatte.

Sie beugte sich über die Akte, die vor ihr auf dem Schreibtisch lag, blätterte darin, setzte sich dann aufrecht hin und schaute wieder mich an. Ich überlegte, ob sie schön sei. Sie war schlank und hatte eine einwandfreie Figur, der nicht einmal die schmutziggraue Uniform etwas anhaben konnte. Ihr Teint war weiß, das Gesicht vielleicht etwas zu flach, doch retteten es ihre hervorstehenden Bakkenknochen und eben diese unglaublichen Augen, die einen sofort in Bann schlugen. Nicht nur ihre ganz ungewöhnliche Farbe, sondern auch ihr leicht schräger Schnitt, wie bei einer Wildkatze. Die Frau war von Natur aus blond, ihre glatten Haare, die sich an den Enden leicht ringelten, reichten ihr bis zur Schulter. Wenn sie den Kopf bewegte, lief das Licht in Zickzacklinien darüber.

»Schriftstellerin ...«, sagte sie langsam, und dann langte sie nach einer Schachtel Zigaretten, die auf dem Schreibtisch lag und die ich zuvor nicht bemerkt hatte. Sie holte aus ihrer Tasche ein Feuerzeug, steckte sich wie sinnend eine Zigarette in den Mund, zündete sie an und zog dabei ihre Nase auf eine lustige Art kraus. Den Rauch inhalierte sie tief, fast spürte ich ihn in ihrer Lunge.

»Schriftstellerin«, wiederholte sie. »Und war es das wert, einen solchen Preis zu bezahlen? Wäre es nicht besser gewesen, sich einfach scheiden zu lassen? Jetzt gibst du die besten Jahre deines Lebens hin, von den neun sitzt du die Hälfte ab, aber hier zählt die Zeit doppelt. Was für ein Jahrgang bist du?« Sie schaute in meine Akte. »Dreiundfünfzig... Du siehst jünger aus. Wenn du hier nach der Halbzeit rauskommst, falls du nicht irgendwelche Fäden ziehst und man dich früher entläßt, bist du zwei-, dreiundvierzig... Es hängt allein von dir ab, wer du dann bist. Wenn du dir die Hoffnung bewahrst, versprech ich dir, daß du als Mensch von hier weggehst...«

Ich schaute sie schweigend an.

»Du darfst nicht vergessen, wo du hier gelandet bist. Obwohl... jetzt ist das hier eher ein Zirkus, kein Gefängnis, der neue Behördenchef hat die Zellen geöffnet, und wir müssen jetzt anklopfen, wenn wir reinwollen. Fast wie bei Hofe... Aber bei näherem Hinsehen hat sich nicht viel geändert, die eine oder andere kann ›nassen Besuch‹ haben, wenn sie Lust bekommt, sich von ihrem Typen durchvögeln zu lassen. Hier nebenan ist ein extra Zimmer mit einem Sofa. Sie müßten nur noch einen Eimer für das Sperma hinstellen...«

Was sie da sagte, tat mir weh, am liebsten hätte ich ihr den Mund zugehalten. Mit Mühe beherrschte ich mich. Als würde sie in meinen Gedanken lesen, sagte sie:

»Ich habe auch studiert, aber hier hab ich mir im Laufe der paar Jahre einen Panzer zugelegt, und ich rate dir, dasselbe zu tun, sonst hältst du es nicht aus. Du mußt eine Schutzzone um dich errichten und da niemanden reinlassen. Wenn du das nicht gleich machst, gehst du kaputt. Theoretisch ist hier jetzt alles top, das Personal liebt die Gefangenen und umgekehrt, aber die ganzen Beziehungsgeschichten sind so link wie eh und je. Wenn sie dich als Assel einstufen, wirst du ständig zahlen müssen. Und zwar nicht nur Geld. Fünfundneunzig Prozent der Zöglinge hier sind Lesben; sobald sie merken, daß du schwach bist, nehmen sie sich, was sie wollen.«

Plötzlich konnte ich das nicht mehr hören.

»Bis zum Prozeß saß ich zwei Jahre«, sagte ich wütend. »Und ich bin einigermaßen zurechtgekommen.«

Sie lächelte ironisch.

»Die Untersuchungshaft war das Fegefeuer«, sagte sie. »Aber jetzt bist du auf dem Grund der Hölle angelangt. In der Kommission haben wir uns überlegt, was wir mit dir machen sollen. Bei deinem Urteil kommt es überhaupt nicht in Frage, daß du nach draußen darfst, während der ersten paar Jahre jedenfalls kannst du das vergessen. Du wirst nur auf dem Gefängnisgelände arbeiten können. Zum Beispiel in der Wäscherei. Aber ich glaube, in der Bibliothek würdest du dich besser fühlen. Einen ganz schön ruhigen Posten gibt es noch beim hauseigenen Radio, aber da läßt dich niemand hin. Nach Meinung der hohen Herren bist du noch nicht genügend getestet. Die hohen Herren sind dieselben wie unter den Kommis und gewöhnen sich nur schwer an die neuen ›Direktiven‹, wie das früher hieß. In der hiesigen Bibliothek stehen nicht gerade Meisterwerke, aber immerhin hast du da deine Ruhe. Dort zu arbeiten ist in gewisser Weise ein Privileg, aber im Gefängnisjargon bedeutet es, daß du dich ausnutzen läßt. Du wirst automatisch zur Gruppe der Funktionsträger gerechnet, und die werden von den übrigen Insassinnen besonders aufmerksam beobachtet. Hier gibt es die unterschiedlichsten Hierarchien und Strukturen, doch werde ich dir das jetzt nicht erklären. Ich geb dir nur den einen Rat: Versuch, diese Arbeit auf jeden Fall zu behalten, denn einen anderen Platz seh ich hier nicht für dich. Schriftsteller an die Feder!« schloß sie lachend.

Ich überlegte, wie alt sie wohl sein könnte, bestimmt war sie jünger als ich. Sie sah nach dreißig aus. Im Verlauf unseres Gesprächs hatte sie eine Zigarette nach der anderen geraucht, der kleine Raum war jetzt voller Qualm, der einem im Hals kratzte. Meine Augen tränten schon.

»Möchtest du vielleicht was fragen?«

»Ja«, gab ich zurück. »Wie alt bist du?«

Ihre Augen verengten sich, sie wurden dadurch noch katzenartiger.

»Das geht dich nichts an«, antwortete sie scharf. »Und merk dir ein für allemal, daß ich für dich ›Frau Erzieherin‹ bin, und so hast du mich anzureden. Von mir vor allem hängt es ab, was für eine Beurteilung du bekommst, also finde dich mal besser damit ab, in deinem eigenen Interesse.«

»Mir ist das egal.«

Mit einer energischen Bewegung drückte sie die Kippe im Aschenbecher aus, dann stand sie auf und öffnete die Tür zu einem anderen Raum. Dort wartete die Wärterin, die mich hergebracht hatte. Sie trug eine ähnliche Uniform wie meine Frau Erzieherin, doch an ihr hing sie mehr, als daß sie saß. Haare, die vom Ondulieren ganz kaputt und farblos waren, rahmten ihr graues Mäusegesicht ein. Sie erinnerte eher an eine Briefträgerin als an jemanden, der im Notfall eine Waffe gebrauchen konnte; es war schon fast merkwürdig, daß sie keine große Posttasche bei sich trug. Als sich die Tür öffnete, sprang sie dienstbeflissen auf, doch meine Gesprächspartnerin war offensichtlich der Meinung, unser Treffen sei noch nicht beendet, denn sie kehrte noch einmal an ihren Platz hinter dem Schreibtisch zurück.

»Noch ein Wort über deine Mitinsassinnen. Du hast die höchste Strafe, außer dir sind noch vier Frauen in der Zelle. Zwei davon sind, was man hier ein Paar nennt, sie sind mit sich beschäftigt und unschädlich, beide sind kleine Diebinnen, Rückfällige. Die dritte ist untypisch, hat ein Manko in ihrer Kasse gehabt. Sie sitzt hier seit drei Monaten. Eine ältere Frau, jeder läßt sie in Ruhe. Paß auf die letzte auf, das ist eine erklärte Lesbe. Gerade ist ihr Liebling entlassen worden, jetzt ist sie gereizt wie eine Wespe. Sie hat einen ganzen Harem, aber jene hat sie wohl geliebt. Es kann gut sein, daß sie unangenehm wird. Verhalte dich, wie ich es dir geraten habe, laß sie nicht zu nahe kommen, sag nichts von dir. Denk daran, hier ist Schweigen Gold. Und beschwer dich nie beim Personal über jemanden, sonst bist du gleich als Denunziantin verschrien, und dafür bezahlst du teuer.«

Diesmal öffnete sie endgültig die Tür.

»Abführen in die Zelle«, gab sie der Wärterin mit dem Mäusegesicht Anweisung, während ihre Hand die Türklinke umfaßte, so daß ich mich geradezu an ihr vorbeidrücken mußte. Der Duft ihres Parfums umfing mich, es war eine gute Sorte, betörend wie seine Besitzerin. Es hätte mich interessiert, was für ein Duft das war. Ich kannte mich bei Parfums nicht aus, ich benutzte selten eines, obgleich Edward mir zu unseren verschiedenen Jahrestagen immer Parfum gekauft hatte. Traurige Jahrestage, wie er immer gesagt hatte. »Wenn ich zusammenzähle, wie oft ich im Laufe unserer Ehe mit dir auf frischer Tat war, wird mir ganz weh ums Herz.« Was mochte das für eine Duftnote sein? Vielleicht Chanel Nr. 5. Ich hatte dieses Parfum einmal gehabt ... Ich verstand nicht, warum ich solchen Details Beachtung schenkte. Was konnte es für eine Bedeutung haben, welches Parfum die Frau benutzte, die mich verhörte. Es war eigentlich kein Verhör, sondern ein Gespräch im Rahmen meiner Resozialisierung. Eigentlich sollte ich schon daran gewöhnt sein. Während der zwei Jahre hatten mir verschiedene uniformierte Leute Fragen gestellt und Antworten darauf verlangt und hatten mich, ähnlich wie diese Frau jetzt, belehrt. In dem, was sie sagte, war sie keineswegs originell. Vielleicht war es ihr Aussehen. Sie paßte weder zu dieser Uniform noch in diese Umgebung, so wie ich nicht hierher paßte. Es kam mir sogar der Gedanke, wir wären beide auf der Bühne und spielten nur unsere Rollen. Gleich würde das Stück zu Ende sein, die Lichter würden verlöschen und wir die Kostüme ausziehen, sie ihre Uniform, ich meinen Anstaltsdrillich. Aber es war kein Theater, es war Wirklichkeit.

Man hatte mich, gleich nachdem mein Urteil rechtskräftig geworden war, im Gefängniswagen aus der Untersuchungshaft hierher gebracht. Zusammen mit mir war meine Akte gekommen, die jetzt vor der Frau Erzieherin auf dem Tisch lag. Ein paar Tage und Nächte hatte ich in Einzelhaft verbracht, in einer Art Quarantäne. Ich hatte geglaubt, mich könne nichts mehr überraschen, und doch, als eine Wachtel mir den Kopf brutal nach unten bog und mit ihren Fingern durch meine Haare fuhr, riß ich mich los und drückte mich mit dem Rücken gegen die Wand.

»Ich muß prüfen, ob du keine Läuse hast«, sagte die Wachtel mit monotoner Stimme.

»Ich habe keine Läuse!«

»Das entscheide ich«, stellte sie wie eine Schalterbeamtin fest, die einen Bittsteller kurz abfertigte.

»Ich laß mich nicht anfassen!« schrie ich hysterisch. »Ich kann es nicht ausstehen, wenn mich jemand anfaßt!«

»Deinen Mann hast du aber nicht gefragt, ob er ins Gras beißen möchte!«

Ich ging mit Fäusten auf sie los, ein Schlag in den Magen setzte mich jedoch augenblicklich außer Gefecht. Zusammengekrümmt stand ich da und schnappte nach Luft.

»Keine Aufsässigkeiten«, hörte ich. »Gegen uns kommst du nicht an.«

Die Anstaltskommission hatte entschieden, in welche Zelle ich kommen sollte. Im Gefängnisjargon war ich eine Person »mit Paragraph 148«, also jemand, der einem anderen das Leben genommen hat; die Gefängnisleitung hielt sich an den Grundsatz, in eine Zelle nie mehr als eine solche Person zu legen.

Als ich aus dem Gerichtssaal geführt wurde, waren mir zum ersten Mal Handschellen angelegt worden. Ich hatte befürchtet, auf dem Flur würden Fotoreporter über mich herfallen, doch es war kein einziger dagewesen. Mein Verfahren war längst keine Sensation mehr, seit jenem Tag waren ja auch zwei Jahre vergangen. Immer denke ich an das, was damals passiert ist, als an »jenen Tag«. Die Frau Erzieherin hatte beim Durchblättern meiner Akte die Seite mit dem »Dienstvermerk« offen liegen gelassen, den ein gewisser Antoni Pajk, Sergeant, an jenem Tag erstellt hatte:

Um 22.15 Uhr erhielt ich vom diensthabenden Offizier der Polizeikommandantur Warschau Anweisung, mich an den Ort eines vorgeblich an einem Mann verübten Mordes zu begeben, wie eine telefonische Meldung besagte. Nach Ein-

treffen vor Ort stellte ich folgendes fest: Die Wohnung liegt in einer Villa in der Malczewski-Straße ... Die Tür wurde von einer Frau in Unterwäsche geöffnet, es handelte sich um die Bürgerin Daria Kalicka-Konieczna. In einem Zimmer sah ich auf dem Boden einen Mann, neben ihm lag eine Pistole vom Typ Walther, Kaliber 7,65. Ich überzeugte mich, daß der Mann kein Lebenszeichen von sich gab. Er war unvollständig bekleidet, auf seinem Hemd befanden sich Blutspuren. Über Funk benachrichtigte ich die Mordkommission und führte bis zu deren Eintreffen weitere Untersuchungen durch, auch unterrichtete ich die Frau über die Notwendigkeit, am Ort des Geschehens zu bleiben. Außerdem stellte ich anhand der Papiere, die mir die Bürgerin übergab, fest, daß der Mann, der kein Lebenszeichen von sich gab, ihr Ehemann Edward Konieczny war, Mitarbeiter des Instituts für Literaturforschung der Akademie der Wissenschaften. Auf eine Anstellung an besagter Arbeitsstelle deutete ein Stempel im Personalausweis hin. Die Bürgerin Daria Konieczna erklärte, daß sie nirgends fest angestellt sei und den Beruf einer Literatin ausübe.

Die Tragödie von vor zwei Jahren nahm unter der Feder des Sergeanten Pajk groteske Dimensionen an. Eine Frau in Unterwäsche übt den Beruf einer Literatin aus; der auf dem Boden liegende Mann ist unvollständig bekleidet... Dabei war das ein echtes Drama gewesen, das über die Jahre an Intensität gewonnen und mit dem Tod eines der Akteure geendet hatte. Bereits an jenem Tag war mir klar, welch grausamer Hohn aus meiner Tat sprach. In jenem Augenblick hatte ich mich nicht beherrschen können, doch allein der die Tat vorwegnehmende Gedanke war eine Genugtuung, reinigte unsere Verbindung vom Schmutz und rettete unsere Liebe. Die Tat selbst war nur noch eine jämmerliche Karikatur dieses Gedankens. Es war nichts Erhabenes darin, sie war schließlich nur eine vorübergehende geistige Umnachtung, eine Wahnsinnstat. Eines habe ich damals verstanden, daß mein Leben sich häuten und nun ganz anders sein würde als jenes, das ich achtunddreißig Jahre lang geführt hatte. Vielleicht würde es schlechter sein, häßlicher, in jedem Falle anders. Und das habe ich mir immer gewünscht: jemand anderes zu werden, so weit, wie es nur geht, von der Frau wegzulaufen, die ich bisher war. Aber weil ich sie loswerden wollte, mußte ich die Ursache beseitigen, die mich zu dem gemacht hatte, was ich nun einmal war. Diese Ursache war er, Edward. Nie zuvor hatte ich an eine Befreiung dieser Art gedacht, selbst in den Augenblicken schlimmster seelischer Zusammenbrüche nicht, wenn mir die Luft ausging und ich glaubte, gleich zu ersticken. Ich empfand das physisch, der Knoten in meinem Hals wurde immer enger. Meist überfiel mich dann die gräßliche Angst, mir würde im nächsten Moment die Lunge platzen. Dann hatte ich nur den einen Wunsch: daß der Mensch, der die Ursache meiner Qualen war, für immer verschwinden möge. Daß ich nie mehr seine Stimme hören müßte. Das war mein sehnlichster Wunsch. Vielleicht wünschte ich gerade das, weil es seine Worte waren, die mich am tiefsten verletzten.

Ich hatte jedoch nicht geglaubt, daß ich zu etwas fähig wäre, was der Staatsanwalt, als er fünfzehn Jahre Haft für mich forderte, als eine vorsätzlich verübte Tat bezeichnete, was mein Verteidiger der Richterbank aber erfolgreich ausreden konnte.

»Hohes Gericht«, rief er dröhnend, so daß man ihn wahrscheinlich noch auf dem Flur hatte hören können, er war wirklich ein begabter Redner. »Hohes Gericht, es mußte so kommen, früher oder später. Meine Klientin ist allzuoft erniedrigt und gequält worden, psychisch und physisch ...«, hier hob der Verteidiger bedeutungsvoll seinen Finger, »... und zwar von dem Getöteten! Und nach dem soundsovielten Male ist etwas in ihr geplatzt!«

Ehrlich gesagt, sein Plädoyer klang wie von einem Graphomanen verfaßt, aber vielleicht war das notwendig; alles, was direkt dem Leben entnommen ist, grenzt an Kitsch. Allein schon seine Metaphern: »Wenn jemand ein Gewehr nach Hause bringt, muß er damit rechnen, daß dieses Gewehr einmal losgeht. Das hatte schon der große russische Dramatiker Anton Tschechow gewußt!« Mein Verteidiger wollte damit sagen, daß der Mensch, der das Gewehr nach Hause gebracht hatte, Edward war. Mich irritierte die hochtrabende Ausdrucksweise des Rechtsanwalts. Auch wenn ich mich in einem Zustand geistiger Verwirrung befand, konnte ich es aus alter Gewohnheit nicht lassen, unter literarischen Gesichtspunkten zu beurteilen, was andere sagten. Als ich so auf der Anklagebank zwischen zwei Polizisten saß, hatte ich das Gefühl, daß ich an einer geschmacklosen Komödie teilnahm, daß sich jemand auf meine Kosten lustig machen wollte. Nur – wer? Das Schicksal? Gott? Ich war eigentlich nicht gläubig, das heißt, mein Gott hatte kein Gesicht, er existierte eher als strahlende Energie. Aber warum hatte er mich auf diese Bank gesetzt? Warum hatte er mich nicht vorher zurückgehalten? Es war mir nicht bewußt gewesen, was wirklich passierte, obschon meine Handlungen überaus logisch waren. Ich war vom Schlafzimmer ins Arbeitszimmer gegangen, hatte die Pistole aus dem Versteck genommen, war zurückgekommen, hatte die Pistole entsichert und den Abzug gedrückt. Die Abfolge dieser Verrichtungen schloß ein Handeln im Affekt aus. Und doch hatte ich im Affekt gehandelt, erst der Widerhall des Schusses und der rote

Fleck auf Edwards Hemd, der schnell größer wurde, hatten mir bewußt gemacht, was wirklich passiert war. Ich hatte die Pistole auf den Boden geworfen und war zu ihm gelaufen, um ihn zu halten. Ich legte meine Hand auf seine Brust, um das Blut zu stillen. Er sank auf die Knie, und dann fiel er seitwärts auf den Rücken. Seine Pupillen waren erweitert, und in seinen Augen bemerkte ich eine animalische Angst, die in derselben Sekunde zu meiner Angst wurde. So war es die ganzen achtzehn Jahre gewesen, die wir, mit Unterbrechungen, zusammen verlebt hatten. Alles, was seinen Anfang in diesem Menschen nahm, ging gleich auf mich über.

Er wollte etwas sagen. Es fiel ihm ganz offensichtlich schwer. Aus Angst, daß sein Blut wieder heftiger fließen würde, nahm ich meine Hand nicht von seiner Brust. Etwas sehr Menschliches erschien in seinem Blick, nie hatte ich einen solchen Ausdruck in seinen Augen gesehen.

»Sie werden dich anklagen«, sagte er deutlich vernehmbar.

Seine Lider fielen ihm zu. Ich spürte, daß er starb. Ich weiß nicht, wie lange ich bei ihm saß, eine Stunde, zwei. Nachher ging ich zum Telefon.

»Ich habe meinen Mann getötet«, hörte ich meine eigene Stimme sagen und wunderte mich, daß sie so beherrscht klang.

Der Polizist, Sergeant Pajk, wie ich jetzt weiß, ging durch die Wohnung, während ich im Eßzimmer auf einem Stuhl saß. Ich betrachtete meine reglos auf den Knien ruhenden Hände. Sie sahen aus wie tot. Auf der Treppe hörte ich Schritte, und ein paar Männer kamen in die Wohnung, von denen einer einen weißen Kittel trug. Aus dem, was sie sagten, schloß ich, daß es der Arzt vom Rettungsdienst war. Auch ein Mann mit einem Fotoapparat war dabei. Von mir nahm niemand Notiz, als gäbe es mich überhaupt nicht. Unbewußt war ich froh darüber, ich fürchtete, sie würden von mir verlangen, ins Schlafzimmer zu gehen, wo Edward auf dem Fußboden lag. Wenn ich da hineinginge, das spürte ich, könnte ich nicht mehr diese Ruhe bewahren, die mir selbst unverständlich war. Es war, als hätte man mir eine kalte Kompresse gemacht, die mich von innen her ausgekühlt hatte. Ich spürte nichts. Ich wußte nicht, ob es in der Wohnung kalt oder heiß war. Ich wußte auch nicht, in welcher Situation ich mich befand. Mein Kopf und mein Gehirn waren genauso ausgekühlt.

Schließlich trat einer von der Ermittlungskommission auf mich zu und erklärte mir mit leidenschaftsloser Stimme, ich sei bis zur Aufklärung der näheren Umstände des Verbrechens verhaftet und werde vorübergehend, bis zu achtundvierzig Stunden, in Haft genommen. Ich wurde aufgefordert, mich anzukleiden und ein paar Sachen einzupacken. Da erst merkte ich, daß ich nur ein kurzes Hemd und Höschen trug. Vorher war mir das überhaupt nicht aufgefallen. Brennende Scham überkam mich, daß diese fremden Männer mich so gesehen hatten. Ich konnte nicht begreifen, wie ich das hatte zulassen können. Ich ging ins Badezimmer, doch man erlaubte mir nicht, die Tür zu schließen. Vielleicht hatten sie Angst, ich wollte Selbstmord begehen. Einer der Männer stand da und schaute zu, wie ich mich anzog, wie ich meinen Kulturbeutel suchte und dann meine Puderdose, meine Zahnbürste und eine angefangene Tube Zahnpasta hineintat. Ich fragte, ob ich Seife mitnehmen solle. Mein Bewacher reagierte nicht, als hätte er meine Frage gar nicht gehört. Als ich aus dem Badezimmer kam, trug ich einen schwarzen Rollkragenpulli und einen Wollrock, Sachen, die ich schon zum Waschen beiseite gelegt hatte. Ich weiß nicht, warum ich mich gerade so anzog. Warum hatte ich nicht etwas anderes angezogen? Zum Beispiel die Sachen, die ich an jenem Tag trug, einen Rock und eine Bluse. Sie lagen im Arbeitszimmer auf dem Fußboden – genau neben Edwards Hosen. Vielleicht tat ich es nicht, weil ich nicht dort hineingehen wollte. Die Männer hatten mich gefragt, ob ich ärztlicher Betreuung bedürfe, ob ich vielleicht zuckerkrank sei oder an Asthma litte. Ich verneinte. Also gingen wir ins Treppenhaus, ich wollte die Wohnung abschließen, wie Hunderte von Malen zuvor, aber einer der Männer hielt mich zurück. Auf einmal fühlte ich mich obdachlos. Und ich dachte auch, daß ich mich eigentlich immer so gefühlt hatte. Ich hatte in verschiedenen Wohnungen gewohnt, aber keine einzige hatte mir gehört. Nicht einmal, als ich mit Edward zusammen wohnte. Es war sein Haus gewesen, er hatte es schon lange vor der Hochzeit gehabt. Es ging im übrigen auch gar nicht so sehr darum, daß ich bei jemandem wohnte, sondern daß ich nicht bei mir wohnte...

Man brachte mich aufs Kommissariat. Dort befahl mir ein Mann in Uniform, ihm zu folgen. Wir gingen eine Treppe hinunter in den Keller. Bei Tag sah ich durch das vergitterte Fenster nur die Beine der Fußgänger. Der Uniformierte öffnete die Tür zu einem winzig kleinen Raum. Dort gab es nur eine Art Podest aus Brettern, das an eine längliche Kiste erinnerte. In der Tür befand sich ein kleines Fensterchen, das von außen verschlossen war. An der Decke brannte eine nackte, von Mücken verdreckte Glühbirne. Ich weiß noch, daß mich das verwundert hatte, denn nirgends waren Mücken zu sehen gewesen. Aber vielleicht hatten sie sich versteckt oder verschmolzen mit der graubraunen Farbe der Wände und waren deshalb unsichtbar. Heute weiß ich, warum meine Zellenwände eine so merkwürdige Farbe hatten. Der Raum sollte mich an nichts erinnern. Und er erinnerte mich an nichts, er war so unpersönlich wie nur irgend möglich.

»Könnte ich . . . etwas zu trinken bekommen?« fragte ich, als der Wärter mir eine Decke brachte.

Meine Kehle war ausgetrocknet und meine Zunge rauh und steif.

»Um sieben kriegst du Frühstück«, gab er zurück.

Ich war überrascht, daß er mich duzte. Die von vorhin hatten mich mit Sie angeredet. Das heißt die vom Einsatzkommando, das Sergeant Pajk über Funk gerufen hatte. Der hatte mich Bürgerin genannt.

Dann war ich allein. Ich hockte mich auf das Podest, und erst da merkte ich, daß ich keine Strumpfhosen anhatte, nur Stiefel auf den nackten Füßen. Vom Zementboden her zog es durchdringend kalt hoch, eine Gänsehaut überzog meine Waden. Ich schauderte und legte die Arme eng um mich. So ähnlich machte ich das immer, wenn mir kalt war, aber jetzt war es fast so, als würde ich mich wirklich umarmen. Ein mir bis dahin unbekanntes Gefühl von Zärtlichkeit mir selbst gegenüber stellte sich ein, so etwas wie eine Akzeptanz meiner selbst. Hatte ich einen Menschen töten müssen, um das zu erleben? War das notwendig gewesen? Mein Widerwille gegen mich, manchmal sogar Haß, hatte eine Mauer aufgebaut, die weder Edward noch ich je hatten einreißen können. Jetzt war diese Mauer plötzlich eingestürzt und in kleine Teile zersplittert. Auf ein paar Quadratmetern, in einer Zelle in Mokotów, hockte ich zusammengekauert da und hielt etwas in den Armen, das ich war. Ich spürte das Schlagen des eigenen Herzens, spürte die Wärme des eigenen Körpers. Ich war, ich existierte.

Ich war immer der Meinung, daß diesen Namen eine schöne Frau tragen sollte. Ich war nicht schön. Ständig wurde mir gesagt, daß ich jemandem ähnlich sehe, einer Schauspielerin, der Zahnärztin in der Poliklinik, der unbekannten Frau, die gerade über die Straße ging, als hätte ich kein Recht auf ein eigenes Gesicht. Einmal lieh ich es sogar meiner Heldin, das war der einzige Weg für mich, wieder zum Schreiben zurückzufinden. Ich hatte das Gefühl gehabt, den Füllfederhalter nicht mehr in der Hand halten zu können. Man hatte ihn mir entrissen, und schuld daran war eben mein Mann ... Das Buch, das ich zu schreiben begonnen hatte, war wohl von vornherein zum Mißerfolg verdammt, das war mir von Anfang an klar, aber ich durfte nicht tatenlos dasitzen ... Also begann ich, die Handlung meines zukünftigen Romans in vollkommener geistiger Leere zusammenzukleistern. Zu Beginn des Kriegsrechts hatte mir mein Bekannter, ein Fotoreporter, Bilder gebracht, die er heimlich geschossen hatte. Auf einem davon, im Innern des Johannesdoms, hatte ich mich in der Menge wiedererkannt. Und daran klammerte ich mich. Ein amerikanischer Journalist sieht sich die Bilder an und entdeckt das Gesicht einer Frau, die seine Aufmerksamkeit erregt. Sie fasziniert ihn so sehr, daß er beschließt, sie zu finden. Er kommt nach Warschau ...

Es war gleich nach der Fernsehsendung, an der Edward teilgenommen und in der er sich mir gegenüber so ekelhaft benommen hatte. Als er über den Zustand der polnischen Literatur nach dem Fall des Kommunismus sprach, stellte er fest:

»Also, in Zeiten großer Veränderungen treten die wahren Werte in den Hintergrund, so sind die Spielregeln. Im gegenwärtigen Spiel um die Literatur schieben sich zweitrangige Schriftsteller an die Spitze. Um nur ein paar Namen zu nennen ...«

Und unter diesen Namen war auch meiner. Im ersten Moment dachte ich, ich hörte schlecht. Doch leider hatte ich gut gehört, und andere hatten es auch gehört. Als sich Edward schließlich bei mir zeigte – wir wohnten längst nicht mehr zusammen –, fragte ich ihn geradeheraus, warum er das gesagt hatte.

Er schaute mir direkt in die Augen und antwortete grinsend:

»Weil du eine zweitrangige Schriftstellerin bist, du bringst keine neuen Inhalte in die Literatur, du bist kein Gombrowicz oder Witkacy. Höchstens eines von deinen Büchern läßt sich eventuell als wirklich bahnbrechend bezeichnen. Niemand hat bisher so über die Mutter geschrieben, du hast das Stereotyp der ›Mutter Polin‹ vom Sockel gestürzt.«

»Aber davon hast du im Fernsehen nichts gesagt!«

»Warum auch? Das weiß doch jeder.«

Zum Zeichen der Versöhnung wollte er mir über die Wange streichen, da biß ich ihn in die Hand. Er erbleichte und griff nach seinem Mantel.

»Da kommt dein weißrussischer Charakter durch«, sagte er.

Zwei Wochen lang ließ er sich nicht blicken, das war viel. Nur nach so einem Erdbeben wie dem, daß er mit einer anderen zusammengezogen war, hatten wir uns einen Monat lang nicht gesehen.

Das Buch über den Amerikaner kam nicht voran. Das Gefühl der Bedrohung, in dem ich seit längerer Zeit lebte, verstärkte sich. Das Telefon auf meinem Schreibtisch schwieg, was weiter nicht verwunderlich war, denn nur der

Erfolg hat viele Mütter. Jede eine »Mutter Polin«, dachte ich.

Er rief mich an.

»Was machst du?« fragte er.

»Ich schreibe einen zweitrangigen Roman.«

Er lachte schallend in den Hörer.

»Dein Sinn für Humor hat dich nicht verlassen, das ist gut.«

»Das hat nichts mit Sinn für Humor zu tun, sondern mit dir.«

»Möchtest du, daß ich kurz bei dir vorbeischaue?«

»Im Gegenteil«, entgegnete ich eisig und legte den Hörer auf.

Gleich darauf klingelte es noch einmal.

»Ich komm jetzt aber trotzdem vorbei. Du wirst mich wohl nicht umbringen. Wie sähe das denn aus? Es würde heißen, das sei die Rache einer Autorin an ihrem gestrengen Kritiker.«

»Eher die Rache der Ehefrau an ihrem fiesen Mann.«

»Mann und Frau schlafen gewöhnlich in einem Bett«, antwortete er, und diesmal war er es, der auflegte.

Ich stand da und hielt den Hörer in der Hand.

Ich litt echte Qualen vor dem leeren Blatt Papier. Und auch daran war er schuld, denn er hatte mir geraten, ich solle versuchen zu schreiben, er hatte mir geradezu die Feder in die Hand gedrückt. Dabei ist das kein Beruf für eine Frau, jedenfalls nicht für eine, die so chaotisch ist wie ich. Meine Schriftstellerei half mir nicht, war kein Ventil, statt dessen ruinierte sie mich innerlich. Jedesmal, wenn ich ein Buch beendete, hatte ich das Gefühl, geistig etwas verloren zu haben. Es könnte doch sein, daß meine Vorräte erschöpft waren... Und was weiter? Da war nur Leere. Ich hatte nichts: keinen ordentlichen Beruf, keine Wohnung, ich hatte keine Freunde, nicht einmal ein Kind hatte ich geboren. Ich fürchtete mich davor, Mutter zu werden, weil ich glaubte, dem nicht gewachsen zu sein. Ich vermochte nicht, mit mir selbst zurechtzukommen, also durfte ich auch niemanden zu solch einer Mutter verdammen …

Wenn ich nur schreiben könnte, dachte ich, und mich in das Schicksal der Heldin flüchten könnte, die auf dem Foto im Inneren des Johannesdoms in der Warschauer Altstadt zu sehen war … Das wäre meine Rettung vor der Schlaflosigkeit, die sich langsam zu einem Alptraum auswuchs. Ich konnte nicht schlafen, bis zum Morgen lag ich mit offenen Augen da. Und das Nacht für Nacht. Das kann nur verstehen, wer es selbst durchgemacht hat. Die Unfähigkeit zu schlafen kann zur schlimmsten Folter werden. Wenn es mir endlich gelänge, das Gesicht meiner zukünftigen Heldin zu sehen … Ich versuchte, sie auf verschiedene Arten zu konstruieren, von den Fotos, von Gesichtern mir bekannter Schauspielerinnen, den Gesichtern der Frauen, die auf der Straße vorbeigingen. Nichts von alledem gelang, das Gesicht zerfiel in Stücke wie eine Gipsmaske. Ich hatte Sehnsucht nach Edward, doch ich beschloß, daß diesmal Schluß sei, obgleich es nicht das erste Mal war, daß er sich mir gegenüber so verhalten hatte. Es hatte schlimmere Situationen gegeben, doch da war meine Lage anders gewesen, vor allem als Schriftstellerin. Und darin lag der Widerspruch: Als die Kritiker mich liebten, fehlten mir die Leser, und als man massenweise begann, mich zu lesen, erklärten die Kritiker mir den Krieg. Schließlich verzichtete ich darauf, weiter nach einer Physis für meine Heldin zu suchen, und gab ihr mein eigenes Gesicht.

Ich schaute in das Gesicht einer unbekannten Frau auf einer Fotografie, die das Innere einer zum Bersten gefüllten

Kirche zeigte. Eine riesige Menschenmenge. Ein Kopf neben dem anderen. Vom Kirchenfenster her zog sich genau durch die Menge ein hellerer Streifen, einem Lichtstrahl gleich. In diesem Streifen sah ich das Gesicht einer Frau, das mich nicht mehr losließ. Nie zuvor war mir etwas Ähnliches widerfahren. Ich hatte nicht geglaubt, zu einer so emotionalen Reaktion fähig zu sein. Das war doch nur ein Foto. Ein überbelichtetes Foto, das ein befreundeter Fotograf aussortiert hatte, weil es technische Mängel aufwies. Es geschah etwas, das ich nicht kontrollieren konnte. Es war, als hätte mich das Gesicht dieser Frau hypnotisiert. Es war weder schön noch besonders interessant. Das bittere, in den Mundwinkeln gefrorene Lächeln schien zu sagen: Das bin ich. So, wie ich bin. Müde, geschlagen, aber wenn du willst, dann nimm mich, vielleicht hast du etwas davon …

Solche Wunschträume hatte ich. Ich sehnte mich danach, daß mich jemand wahrnehmen würde, ohne mir nahe zu kommen. Immer versetzte es mich in Angst, wenn ein anderer Mensch mir zu nahe kam. Das war eine unbestimmte Furcht, ein plötzlicher Krampf im Herzen. Und das Bedürfnis, mich zurückzuziehen, zu fliehen.

Ich war schon der Großmutter entflohen, kaum daß ich ein paar Jahre alt gewesen war. Es hatte gereicht, daß sie mich für einen Moment aus den Augen ließ. Sommers trug ich ein rotes Rüschenkleid. Der Bund an den Ärmeln war zu eng, und wenn Großmutter mich abends auszog, blieben rote Streifen auf meinem Arm zurück, einen ähnlichen Streifen hatte ich vom Gummi meiner Unterhose, vielleicht wollte ich sie deshalb immer gleich loswerden. Ich entwischte aus dem Haus und rannte auf die Straße, dort zog ich mir unverzüglich die Unterhose aus und hängte sie auf den nächsten Zaun. Die Frauen blieben stehen und lachten über mich, und eine sagte:

»Daß du nur nicht wie deine Mutter endest…«

Damals verstand ich nicht, warum sie das sagte, aber ihre Worte prägten sich mir tief ins Gedächtnis ein.

Auf den nackten Brettern in einem Raum, der nicht größer war als die Speisekammer des Pfarrhauses, in dem ich meine Kindheit verbracht hatte, versuchte ich, mit mir selbst Frieden zu schließen oder wenigstens einen Waffenstillstand. Ich durfte jetzt nicht mit mir kämpfen, wo doch die ganze Welt gegen mich war. Und daß die ganze Welt gegen mich war, davon war ich damals überzeugt.

Punkt sieben brachte mir der Wärter einen Becher Malzkaffee mit Milch und zwei Schnitten Brot mit Wurstaufstrich.

Eingesperrt in die vier Wände, dachte ich an Edward eigenartigerweise nicht als an jemanden, der nicht mehr lebte. Es war, als hätte ich nicht zur Kenntnis genommen, was wirklich passiert war. »Etwas« war passiert, aber daran wollte ich nicht denken. Ich versuchte mich in der neuen Situation zurechtzufinden wie ein Mensch, der plötzlich erblindet ist und sich zwischen den ihm bis dahin wohlbekannten Gegenständen nicht mehr bewegen kann. Er stößt sie um, fällt auf sie und erleidet dabei kleinere oder größere Verletzungen. Ein Tisch ist plötzlich nicht mehr nur ein Tisch, er hat scharfe Kanten, die schmerzhaft verletzen können. Dieser Zustand dauerte einige Tage. Als der Wärter mir sagte, ich hätte das Recht, meinen Anwalt zu sehen, fragte ich ihn:

»Wozu?«

Er schaute mich an, als wäre ich nicht ganz bei Trost. Und vielleicht war ich das damals wirklich nicht, ich hatte ein krankes Hirn, einen kranken Kopf. Unter meiner Schädeldecke knäulten sich Tausende wirrer Gedanken und

Bilder. Aus der Kindheit ... irgendwelche Erlebnisse aus der Studienzeit, Bruchstücke von Gesprächen mit Edward, unsere Streitereien ...

»Laß dich heilen«, hatte er einmal in seiner Wut gesagt und hatte mir damit suggerieren wollen, daß ich in die Klapsmühle gehörte.

Dorthin kam ich dann aus der Untersuchungshaft. Zwei Monate lang beobachteten mich Psychiater, um danach in einem Gutachten festzustellen, daß ich bei vollem Verstand sei. Der Aufenthalt dort war viel quälender als das Eingesperrtsein in der Zelle. Allein der Anblick der Menschen in den klinikeigenen Schlafanzügen und der von Leiden gezeichneten Gesichter genügte. Eine Armseligkeit umgab diese Menschen, die anders war als die im Gefängnis, wo mir die Kargheit sogar ganz recht war. Hier dagegen roch sie nach Elend, angefangen von den schmutzigen, abgetretenen Linoleumböden bis hin zu dem gesprungenen Geschirr und den ungemachten Betten mit den grauen Laken. Mit bloßem Auge sah man, daß die Gesellschaft diese Menschen abgeschrieben hatte. Auch das Personal des Krankenhauses unterschied sich von dem im Gefängnis. Die dort waren irgendwie eine andere Rasse, von der ich bisher nicht viel gewußt hatte. Sie behandelten mich ein bißchen wie einen Gegenstand, wobei sie mich gleichzeitig merken ließen, daß ich mich dort nicht zum Vergnügen befand. Hier dagegen verhielten sich die Ärzte herablassend wie gegenüber einem Kind, das nicht weiß, daß es nicht brav war. Und weil das so ist, kann es nicht bestraft werden. Besonders eine der Psychiaterinnen brachte mich zur Verzweiflung, weil sie mir einreden wollte, eigentlich sei gar nichts geschehen. Ich hatte meinen Mann umgebracht, da ließe sich nichts machen, aber ich sei nicht die erste und nicht die letzte. Jede Woche würden hier Frauen mit ähnlichen Problemen eingeliefert. Die rechneten mit ihren Ehemännern zum Teil viel weniger elegant ab, schnitten ihnen einfach die Kehle durch oder stießen ihnen ein Fleischermesser zwischen die Augen.

Ich muß eine Schutzzone um mich aufbauen, dachte ich, als mich die mäusegleiche Wärterin durch den langen Flur führte, der an einigen Stellen von Gittern unterteilt war. Doch nur das Gitter zwischen dem Verwaltungstrakt und dem Gefängnis war abgeschlossen, bei allen anderen wurde nur ein Riegel vorgeschoben. Das Echo warf unsere Schritte zurück, die Wärterin trippelte mit kleinen Schritten, doch ging sie recht schnell, ich hatte Mühe mitzukommen. Sie brummelte etwas vor sich hin. Einzelne Wörter und Satzfetzen konnte ich verstehen:

»Einen schönen Spaziergang machen sie sich ... wenn's ein Unglück gibt, wer trägt dann die Verantwortung ...«

Ich schloß daraus, daß sie, ähnlich meiner Frau Erzieherin, nicht gerade glücklich über die neue Ordnung war. Wir bogen in den nächsten Flur ein, die Wärterin blieb vor einer der Zellen stehen und steckte den Schlüssel ins Schloß; also war es mit der Freiheit doch nicht so weit her, wurden die Anweisungen von ganz oben doch nicht zur Gänze befolgt. Später begriff ich, daß die Zelle abgeschlossen war, weil niemand drinnen war.

Als ich die Zelle betrat, war ich zuerst ziemlich verblüfft. Ich hätte Schwierigkeiten, den Ort, an dem ich mich nun befand, näher zu beschreiben. Am Fenster hing ein schreiend rosafarbener Rüschenvorhang, das schwere Eisengitter sah daneben aus, als wäre es irrtümlich angebracht worden. Die Wände schmückten farbige Postkarten, Fotos und künstliche Blumen. Über einer der Pritschen entdeckte ich ein Bild der Muttergottes neben einem Foto von Papst

Johannes Paul II. und gleich daneben, was mich ziemlich verwunderte, ein Foto von General Jaruzelski, das wohl einer anderen Insassin gehörte. Über dem Eingang hing ein großes Plakat mit einer athletischen Frau, die anmutig lächelnd ihren Bizeps spannte. Auf einem der Spinde bemerkte ich einen alten Fernseher, zum Glück war er ausgeschaltet. In der Ecke stand eine Schüssel auf einem Eisenständer, daneben ein Eimer, im anderen Eck der Kübel. Es gab auch einen viereckigen Tisch und, unter die Tischplatte geschoben, Stühle. Ich weiß nicht warum, aber mir fiel ein, daß an einem ähnlichen Tisch Jesus sein letztes Abendmahl eingenommen hatte. Jener Tisch war nur etwas größer gewesen, für zwölf Personen statt für sechs. Nicht alle Pritschen waren belegt; nachdem ich jetzt dazugekommen war, blieb noch eine frei. Ich hätte lieber gehabt, woran ich mich gewöhnt hatte: eine Wand, die an gar nichts erinnerte. Das hier war eine Szenerie wie aus einem schlechten Traum. Ich konnte mir mit Leichtigkeit einen Vers darauf machen, wie meine Mitbewohnerinnen aussahen und wer sie waren. Die Frau Erzieherin hatte mir das eine oder andere über sie erzählt, der Geschmack meiner Kolleginnen erzählte mir den Rest.

Mit einer gewissen Sympathie dachte ich an den Leiter in der Untersuchungshaft, der es nicht gestattet hatte, daß die Wände mit irgend etwas geschmückt wurden.

»Alle sind bei der Arbeit«, sagte die Wärterin. »Du kannst dir den Platz hier unten oder dort oben aussuchen. Im Gemeinschaftsspind hast du auch die Wahl. Bis zur Nachtruhe darf man das Klo auf der Etage benutzen, danach gibt es hier den Kübel, der mit dem Deckel. Allein darf die Abteilung nicht verlassen werden.«

Eine eingeschränkte Freiheit also, dachte ich.

Die Wärterin machte kehrt und trippelte den Flur zurück. Es war ein eigenartiges Gefühl: Zum ersten Mal seit zwei Jahren schloß mich niemand ein. Zum ersten Mal hörte ich nicht das vertraute Kratzen des Schlüssels im Schloß. Und ich weiß nicht, ob ich mich damit so gut fühlte. Ich befand mich in einer neuen Situation. Erst jetzt wurde mir das so richtig bewußt. Nach einigem Nachdenken wählte ich die obere Pritsche, in der Hoffnung, mich so wenigstens ein bißchen absondern zu können. Zum Glück war der Lautsprecher, Modell Flüstertüte, in der gegenüberliegenden Ecke installiert. Ich war gespannt auf meine Kolleginnen. Wie sahen sie aus? Wie würden sie sich verhalten? Würden sie sehr anstrengend sein? Ich war zu ihrer Gesellschaft verurteilt so wie sie zu meiner. Ich konnte ja nicht sagen: »Auf Wiedersehen« und eines schönen Tages ausziehen. Dieser Tag hatte sein genau festgelegtes Datum, und es trennten mich viele Tage und Nächte von ihm.

Schweren Herzens begann ich, das Bett zu beziehen. Die Wäsche war mir zusammen mit einer Blechschale und Aluminiumbesteck ausgehändigt worden. Anschließend kletterte ich auf meine Pritsche und dachte dabei, daß ich dies von nun an bis zum Überdruß immer wieder tun würde. Die Rechnung war einfach, zumindest einmal täglich würde ich rauf und einmal runtersteigen müssen. Ich zog die Decke über mich und schloß die Augen. Ich war müde, die letzten Tage hatten mich aus dem Gleichgewicht geworfen. Daß man mich ins Gericht gebracht hatte, war schrecklich gewesen. Vor meinen Augen war eine Schlange von Zeugen vorbeigezogen, Bekannte von Edward, die ihre Rolle in diesem Prozeß verlegen machte. Der Verteidiger hatte sogar meinen Polnischlehrer hergeschleppt, was ich ihm sehr übelnahm. Der alte Lehrer versuchte mich zu verteidigen, doch wußte er nicht genau, wie. Wenn er es gewußt hätte, hätte er zum Beispiel sagen können, daß er sich als Unglücksprophet erwiesen hatte. Er war es gewesen, der als erster gesagt hatte: »Du schreibst sehr schön, Daria.« Es war ihm um einen Schulaufsatz gegangen, doch bei mir hatte er damit die Schreiberei heraufbeschworen. Hätte ich meine Ergüsse nicht in die Redaktion getragen, hätte ich Edward nicht kennengelernt. Dann hätte es unser gemeinsames Leben, unsere gemeinsamen Einfälle nicht gegeben. Warum nur waren wir so einfallsreich gewesen.

Es fing genau ein Jahr nach unserer Hochzeit an. Wir verbrachten damals den Urlaub in einem Ferienheim der Polnischen Akademie der Wissenschaften. Wir wohnten in einem Sommerhäuschen mit Blick auf den See. In diesem Häuschen feierten wir unseren ersten Hochzeitstag mit Sekt, gegen Morgen knallte der soundsovielte Korken. Ich stand am Fenster mit einem Glas, in dem der Sekt perlte, und betrachtete den See. Der Himmel über dem Wald am anderen Seeufer hellte langsam auf, die Vögel begannen zu singen. Edward trat zu mir. Fast gleichzeitig sahen wir, wie eine Frauengestalt dem Wasser entstieg. Sie war nackt. Ihr Körper war schlank, helle Haare fielen in Strähnen über ihre Schultern. Sie erschien mir märchenhaft schön, verglichen mit ihr fühlte ich mich wie ein Bastard mit roten Zottelhaaren und einer untersetzten Figur. Ich hatte immer gemeint, meine Beine seien ein wenig zu kurz und zu massiv. Plötzlich wollte ich mich mit dieser Frau messen. Vielleicht war ich betrunken. Vielleicht fühlte ich mich auch meiner selbst einfach sicher.

»Schlaf einmal mit ihr«, sagte ich.

»Wärst du nicht eifersüchtig?« fragte er überrascht. Augenblicklich verstand er, daß das kein Scherz war, sondern ein ernstgemeinter Vorschlag.

»Ich wäre stolz.«

Ich war wohl eingeschlafen, denn plötzlich weckten mich laute Stimmen. Für einen Moment dachte ich, ein Streit sei im Gange, aber es war eine ganz normale Unterhaltung. Also waren meine Mitbewohnerinnen zurückgekommen. Ich lag mit geschlossenen Augen da.

»Die Neue ist schon da«, hörte ich eine flüstern. »Sie schläft wohl.«

»Man sollte sie wecken, wir dürfen wohl erwarten, begrüßt zu werden.«

Jemand kletterte auf die untere Pritsche, gleich darauf spürte ich sauren Atem in meinem Gesicht. Langsam öffnete ich die Augen und sah genau mir gegenüber andere, vollkommen ohne Wimpern. Der Eindruck war unglaublich, um so mehr, als die Augen sich nicht bewegten, kein Zucken, nichts. Sie lagen in einem fast ganz runden, sommersprossenübersäten Gesicht, über dem die Haare wie bei einer Drahtbürste in die Höhe standen. Das ist gar kein menschliches Gesicht, sondern eine Maske, mußte ich plötzlich denken.

»Wie geht es uns«, vernahm ich, und die Maske verzog sich zu einem Lächeln.

Ich wandte mich abrupt zur Wand, womit ich zu verstehen gab, daß ich keine Lust auf ein Gespräch hatte. Die untere Pritsche quietschte, also hatte sich der Quälgeist verzogen. Unten führten sie ein lautes Gespräch, aus dem ich schließen konnte, daß alle diese Gefangenen in einer Schneiderei arbeiteten.

Mit einem Mal mischte sich eine Stimme ein, die einer alten Frau gehörte, wahrscheinlich der, die ein Manko in ihrer Kasse gehabt hatte. Sie bat die anderen, etwas ruhiger zu sein, weil sie ihr eigenes Gebet nicht verstehen könne.

»Was zählt, ist, daß dein Herrgott es hört«, lachte eine

der anderen heiser. »Dem Papst mußt du erst gar nicht schöntun, der mag keine Weiber.«

»Du hast keine Scham, Gottlose, du!« Die Stimme der mit dem Manko wurde schrill.

Krächzend kicherten ihre zufriedenen Genossinnen.

Ich hatte Ohrenstöpsel bei meinen Sachen, doch gerade jetzt konnte ich sie nicht holen. Der Lärm von unten störte mich immer mehr, aber ich traute mich nicht, um Ruhe zu bitten. Nichts hing jetzt von mir ab, und dieser Zustand würde lange dauern, jahrelang. In der Untersuchungshaft war es viel einfacher gewesen. Die meiste Zeit war ich allein, und die Zeit, in der ich die Zelle mit jemandem hatte teilen müssen, war nicht sonderlich lästig, denn gewöhnlich war das dann jemand, der gerade aus der Freiheit kam und von der neuen Situation wie betäubt war. Solche Menschen haben keine Lust zu reden, sie kapseln sich ab, und das kam mir sehr entgegen. Es gibt nichts, was einen so zur Verzweiflung bringen kann wie ein sinnloser Redeschwall. Es war nicht zum Aushalten, mir wurde ganz wirr im Kopf, und die Warnungen der Frau Erzieherin bekamen auf einmal einen Sinn. »Frau Erzieherin«, das klang in meiner Situation absurd. Obwohl … man hatte mich doch mein ganzes Leben erzogen, jeder nach seiner Fasson, mein letzter Erzieher war Edward gewesen. Vielleicht wäre der Ausdruck Politruk für diese Frau geeigneter. Aber es gibt ja jetzt die Freiheit, und niemand muß in volkspolnischem Geiste erzogen werden …

Das Gespräch unten ging weiter, ein Satz erregte meine Aufmerksamkeit: »Ich bin gespannt, wann unsere Iza mal wieder an uns denkt, sie hat uns schon lange keine Predigt mehr gehalten.« Unsere Iza … das könnte die Frau Erzieherin sein. Also hieß sie mit Vornamen Iza … Es war mir unverständlich, warum meine Gedanken ständig um ihre

Person kreisten. Sobald ich nur die Augen schloß, erschien ihr Gesicht. Mit fast fotografischer Genauigkeit erinnerte ich mich an sie, nicht einmal den dunklen Fleck auf ihrer Schläfe hatte ich übersehen, so eine charakteristische Verfärbung der Haut. Iza... In Verbindung mit seiner Trägerin war das ein ziemlich gefährlicher Name, denn er könnte affektiert klingen. Sie selbst befand sich im übrigen an der Grenze zwischen natürlich und gekünstelt, eine Spur mehr von dem einen oder anderen würde ausreichen, um das Gleichgewicht zu zerstören. Es wäre interessant zu wissen, wie sie in Zivilkleidung aussah, in einem Rock und einer Bluse. Bestimmt kleidete sie sich mit Geschmack, zumindest ihr Parfum ließ diesen Schluß zu. Auf einmal wurde mir bewußt, daß ich auf keinen Fall eine Enttäuschung erleben und diese Faszination verlieren wollte, die seit langer Zeit die erste menschliche Regung bei mir war.

Frauen spielten bisher keine große Rolle in meinem Leben, ich hatte nie eine gemeinsame Sprache mit ihnen finden können; leichter war mir das mit Männern gefallen. Vielleicht lag das daran, daß meine Großmutter mich erzogen hat und ich meine Mutter nicht gekannt habe. Ich konnte sie nicht kennen. Sie war aus meinem Leben verschwunden, als ich zwei Wochen alt war. Sie hatte mich einfach Großmutter überlassen und war weggefahren. Seitdem war sie nicht mehr aufgetaucht, hatte keine Briefe geschrieben und auch keine Adresse hinterlassen. Großmutter wußte nicht, was mit ihr war. Großmutters Mann, also mein Großvater, war gleich nach dem Krieg umgekommen. Er war Mitarbeiter der Sicherheitspolizei gewesen, und der Untergrund hatte ihn kaltgemacht. Großmutter hatte Großvater sehr geliebt, obwohl sie nicht die besten Erinnerungen an ihre Ehe hatte, denn er war ein aufbrausender Mensch gewesen und ihretwegen schon fast krankhaft eifersüchtig. Einmal hatte er aus Eifersucht sogar die Decke mit Kugeln durchlöchert. Danach war Großmutter mit meiner Mutter, die damals neun Jahre alt war, spazierengegangen, während Großvater die Leiter geholt und die Löcher wieder zugegipst hatte. Angeblich sind in Großmutters alter Wohnung die Kugelspuren noch zu sehen. Später dann, nach dem Tod ihres Mannes, wollte sie dort nicht mehr wohnen. Sie wollte nicht auf die Stufen treten, über die man ihn in der Dunkelheit der Nacht in Unterhemd und Unterhose mit auf den Rücken gebundenen Händen abgeführt hatte. Sie hatten ihn im Wald erschossen, den Körper hatten sie einfach liegengelassen. Großmutter also wollte nicht daran erinnert werden, sie nahm meine Mutter mit und war zufrieden, beim Popen als Haushälterin zu arbeiten. Die Frau des Popen, eine schöne, hochgewachsene Frau – ich habe sie nur ein paarmal gesehen, doch machte sie immer einen großen Eindruck auf mich –, wollte nicht auf dem Land wohnen, denn Borysówka war ein großes Dorf, wenn auch über die Grenzen hinaus bekannt, weil hier seinerzeit Göring auf die Jagd gegangen ist. Na ja, und auch wegen des Bisonreservats, das sind immerhin einzigartige Tiere. Doch Jekaterina Iwanowna, die Frau des Popen, wollte nicht aus der Stadt wegziehen, wo sie eine Luxuswohnung voller antiker Möbel hatte, mit Plüschsofas, den verschiedensten Lampen und Samowaren. Ich hatte mal sagen hören, das sei nur eine Pro-forma-Ehe gewesen, damit unser Pope die Priesterweihe erhalten konnte. In der orthodoxen Kirche wurde das so verlangt, der Geistliche mußte verheiratet sein. Dahinter stand wohl die Überlegung, daß er sich dann keine Frauen ins Pfarrhaus holen und bei den Gläubigen Anstoß erregen würde, wie das bei katholischen Priestern häufig vorkam. Zwischen meiner Großmutter und dem Popen kam es nie zu einem sexuellen Kontakt, obschon sie viele Jahre unter dem gleichen Dach wohnten. Als der Pope in den Ruhestand ging, zogen sie beide nach Białystok, in eine kleine Zweizimmerwohnung. Der eine wohnte in dem einen Zimmer, der andere in dem zweiten. Das ist vielleicht schwer zu glauben, aber es war wirklich so. Großmutter war im übrigen in Borysówka sehr geschätzt, und ihr Wort galt etwas. Wenn Nina Andrejewna etwas sagte, dann mußte es so sein. Vom Popen sagte sie immer, er sei ein Heiliger. Sie sorgte für sein Wohlergehen, kochte für ihn, wusch und paßte auf, daß die Bittsteller ihn nicht zu sehr belästigten. Wenn der Pope seinen Mittagsschlaf hielt, gingen wir auf Zehenspitzen. Als Kind fürchtete ich mich immer etwas vor ihm und lief weg, wenn ich ihn sah.

»Daria«, sagte er streng, »Daria, jetzt wart einmal.«

Als ich kleiner war, nahm er mich einfach unter den Arm, obwohl ich versuchte, mich loszumachen, und mit den Beinen strampelte. Er setzte mich an den Tisch und lehrte mich den Kathechismus. Später, als ich heranwuchs, nannte er mich Daria Aleksandrowna ... Wenn mein Onkel das gehört hätte, er hätte bestimmt einen Herzschlag bekommen. Er haßte alles, was ihn an die Sowjetunion erinnerte. Er ließ sich nicht davon überzeugen, daß solche Völker wie das weißrussische versklavt und mit Gewalt der Union einverleibt worden waren. Das weißrussische Volk ist gut und demütig, pflegte Großmutter zu sagen, nur die Litauer, die sind das größte Übel dieser Welt. Ich wurde im Haß gegen alles Litauische erzogen, und zwar nur deshalb, weil der Mutter meiner Großmutter, also meiner Urgroßmutter, von Litauern ein Unrecht zugefügt worden war. Mein Onkel wollte nichts davon wissen, daß ich zur Hälfte

Weißrussin war, mütterlicherseits. Für ihn war ich die Tochter seines einzigen Bruders, den die Kommunisten ermordet hatten.

Ich hatte kein Glück mit meinen Eltern, ich war eine Nachgeborene; als ich zur Welt kam, lebte mein Vater schon nicht mehr. Man hatte eine Treibjagd auf ihn veranstaltet, es war klar, daß jemand verraten hatte, wo er sich versteckt hielt. Es gab sogar Stimmen, die behaupteten, Großmutter selbst sei es gewesen, die ihn dafür verraten habe, daß er ihrer Tochter den Kopf verdreht hatte. Dabei war er zur orthodoxen Kirche übergetreten und hatte meine Mutter nach orthodoxem Ritus geheiratet, als feststand, daß sein Schatz ein Kind erwartete. Also hat er sie wohl wirklich geliebt. Sie war im fünften Monat, als vier Tage vor Stalins Tod, also am 1. März 1953, das Forsthaus umstellt wurde, in dem er sich versteckt hielt. Vater lief in Unterhemd und Unterhosen aus dem Haus, genauso wie mein Großvater, doch schaffte er es nicht mehr zu schießen, eine Gewehrsalve riß ihn in Fetzen. Mutter rannte ihm nach, barfuß, mit offenen Haaren, es muß eine Szene wie bei Grottger gewesen sein. Zur Abschreckung jagten sie ihr eine Salve vor die Füße, daß ihr Büschel von letztjährigem Gras ins Gesicht flogen. Ihr war das alles egal, sie warf sich auf den Leichnam ihres Mannes und fing lauthals zu jammern an – östliche Verzweiflung kann ungeheuer heftige Formen annehmen.

Schließlich mußte ich hinuntersteigen, denn das Abendessen wurde verteilt, vom Korridor her waren der Lärm des Wagens und das Klappern der Blechnäpfe zu hören. Meine Mitbewohnerinnen beobachteten mich schweigend, und als ich unten angekommen war, verbeugte sich die Frau mit dem Maskengesicht übertrieben tief:

»Willkommen im Harem«, sagte sie.

Eine andere, eine füllige Frau mit beängstigend großem Busen und kurzgeschnittenen Haaren, schubste sie beiseite.

»Ich bin die Agata«, sagte sie mit einer fast schon männlichen Stimme. »Das war nur recht, daß du dieses Arschloch kaltgemacht hast. Man hätte ihm vorher nur noch die Eier abschneiden müssen!«

Die Maskenfrau schüttelte sich vor Lachen, wofür meine Gesprächspartnerin sie mit Blicken erdolchte.

»Wenn du dich wie ein Mensch benimmst, dann werden wir das auch dir gegenüber tun«, fuhr sie fort. »Hier kann man leben wie überall, nur muß man Mensch bleiben.«

»Und den Arsch hinhalten«, quäkte die Maske.

Agata holte aus und schlug ihr mit voller Wucht ins Gesicht, Blut floß ihr aus der Nase. Ich wußte nicht, wie ich mich verhalten sollte, vorsichtshalber schwieg ich. Pani Manko kam mir zu Hilfe, jedenfalls dachte ich mir, daß sie das war, denn sie war die Älteste. Sie war schon ergraut und hatte ein müdes Gesicht.

»Wollt ihr nicht essen?« fragte sie.

Wir setzten uns alle zu Tisch; Maske zog schniefend die Nase hoch. Die vierte im Bunde setzte sich zu ihr. Sie sah überraschend normal aus. Sie hatte ein gewöhnliches Gesicht, ihre Haare waren zu einem Pferdeschwanz zusammengebunden. Ich hätte sie an jedem x-beliebigen Ort treffen können, sie wäre mir vermutlich gar nicht aufgefallen, denn sie stach durch nichts hervor. Doch Iza, wie ich meine Frau Erzieherin in Gedanken bereits nannte, hatte mir das Geheimnis dieser Frau, das sich dann auch gar nicht verheimlichen ließ, verraten. Sie und Maske trieben es nachts miteinander, so muß man das wohl nennen. Die Pritsche unter mir knirschte und ächzte schauderhaft, was abwechselnd vom Lustgestöhn der einen und dann der anderen begleitet wurde. Obwohl diese Liebe so laut war, reagierte keine der übrigen darauf. Auf der oberen Nachbarpritsche lag Agata reglos auf der Seite, ihr wuchtiger Leib erinnerte an einen angespülten Wal. Sie verhielt sich ruhig, vielleicht schlief sie schon, oder sie hing in Gedanken der Zeit nach, die sie mit der Geliebten verbracht hatte, die gerade nach Hause entlassen worden war.

Ich hatte mein kleines Zimmer unter dem Dach geliebt; aus der Sicht der engen Zelle kam es mir wie ein Paradies vor. Man war über eine hölzerne Wendeltreppe hingelangt. Wenn ich ungebetenen Gästen aus dem Wege gehen wollte, verschwand ich einfach durch das Fenster über das Dach und rutschte dann die Rinne hinunter. Ich nahm immer die bei der verglasten Veranda, da konnte mich Großmutter nicht durch das Küchenfenster sehen. Die Veranda verdeckte mich auch vor Passanten auf der Straße, der Blick auf dieser Seite ging auf einen kleinen Friedhof, in dessen Mitte eine alte Holzkapelle stand, ein Baudenkmal der Klasse O, das dem Verfall preisgegeben war wie alles im sozialistischen Polen. Die Pfarrei hatte kein Geld, der Volksrat auch nicht, da ließ sich nichts machen, das Baudenkmal der Klasse O verfiel weiter. Das Pfarrhaus, übrigens auch ein Baudenkmal, war aus Lärchenholz, hatte ein abgesetztes, mit Schindeln gedecktes Dach und mehrere kleinere Vordächer über den Veranden. Es gab drei davon, eine war ganz verglast, sommers schlief Großmutter dort auf dem Sofa. Ihr Zimmer lag direkt neben der Küche, und wenn im Herd Feuer gemacht wurde, heizte sich die ganze Wand auf. Im Winter war das sogar angenehm, aber im Sommer, besonders wenn es heiß war, wurde es zu stickig, und Großmutter zog auf die Veranda. Mein Fenster ging auf den Obstgarten, hinter dem sich die Kirche erhob. Im Winter stand sie wie auf dem Präsentierteller da, doch vom Frühjahr bis zum Herbst war sie von den Blättern der Bäume verdeckt. Wenn die Apfelbäume blühten, sah ich nur noch ihre knolligen Kuppeln. Sie war von einem niedrigen Mäuerchen umgeben, auf dem ein eiserner Staketenzaun thronte. Ein Baudenkmal, genauso wertvoll wie die Kirche selbst, belehrte mich der Pope.

»Soll Daria da nur nicht raufklettern«, sagte er mit strenger Miene. »Sie könnte sich ein Loch in den Bauch bohren, und auch der Zaun würde darunter leiden!«

Alles, was mit seinem Kirchlein zu tun hatte, war für ihn von größter Wichtigkeit. Ich kannte die Geschichte, wie die Kirche vor der Zerstörung gerettet worden war. Die Deutschen rüsteten zum Rückzug, die Sowjetarmee konnte jeden Augenblick da sein. Bekanntlich wird der Beobachtungsposten am höchstgelegenen Ort eingerichtet, und der höchstgelegene Ort in Borysówka war die Kirche, genauer, ihr von einer zwiebelförmigen Kuppel gekröntes Türmchen. Also wollten die Deutschen dort ihr Maschinengewehr aufstellen. Der Pope war verzweifelt, er wußte, wenn die Deutschen sich dort einnisteten, würden die Russen die Kirche zerstören. Die hatten bekanntlich ihre Katjuschas, da bliebe von der Kirche kein Stein auf dem anderen. Also bat er den deutschen Offizier unter Tränen, wenigstens noch die Gebete verrichten zu dürfen. Der Deutsche erklärte sich bereit zu warten. Aber nur bis zum Ende des Gottesdienstes. Während einer Messe gingen die Deutschen nie in die Kirche, das war ein Grundsatz von ihnen. Also zelebrierte der Pope die Messe drei Tage und drei Nächte lang. Die Gläubigen kamen und gingen, ruhten sich zu Hause aus, neue kamen und nahmen deren Plätze ein. Der Pope aber verrichtete unentwegt seine Gebete, und als er schon keine Kraft mehr hatte zu stehen, betete er auf den Knien weiter, und noch später stützte er sich mit der Stirn ab. Damals kümmerte sich seine Mutter um den Haushalt, erst nach ihrem Tod zog Großmutter ins Pfarrhaus. Aber sie konnte bezeugen, daß es so gewesen ist, denn sie und ihre Schwester hatten an dem Gottesdienst teilgenommen. Bestimmt war es der längste in der Geschichte unserer Kirche. Die Deutschen standen draußen und warteten, der Offizier wurde wütend, aber in die Kirche kam er nicht. Am vierten Tag in der Frühe mußten die Deutschen sich zurückziehen. Die Russen kamen, die Kirche blieb heil.

Maske und ihre Freundin hatten ihren Hunger aufeinander bereits gestillt, eine der beiden schnarchte laut durch die Nase. Auch Pani Manko schnarchte, nur Agata verhielt sich still, zu still, als daß es nach Schlaf ausgesehen hätte. Und ich hatte mich nicht getäuscht, auf einmal hörte ich, wie sie verdächtig die Nase hochzog, dann nochmals. Sie weinte.

Als ich eines Tages von der Schule heimkam, traf ich im Pfarrhaus einen eleganten älteren Herrn. Mir fiel sein Stock mit beinernem Griff auf. Am Tisch sitzend, stützte er seine Hand darauf.

»Das ist unsere Daria«, sagte Großmutter lächelnd.

Er schaute mich an und lächelte nicht.

»Ich sehe nicht die geringste Ähnlichkeit«, meinte er.

»Weil sie nach der Mutter schlägt«, antwortete Großmutter eilfertig. »Aber der Vater hat sie anerkannt, sie trägt seinen Namen . . .«

Der ältere Herr zog eine Grimasse, als hätte er in etwas Bitteres gebissen.

»Kind, komm näher zu mir«, kommandierte er, aber ich rührte mich nicht vom Fleck.

Großmutter knuffte mich in die Seite und schob mich leicht in seine Richtung. Ich machte einen Schritt und blieb dann wieder stehen. Der Mann beugte sich daraufhin vor und wollte mich mit dem Stock zu sich ziehen, doch ich entwand mich ihm und flüchtete in mein Dachkämmerchen. Großmutter kam mir nach.

»Immer muß ich mich deinetwegen zu Tode schämen«, sagte sie. »Das ist dein Onkel, der Bruder deines Vaters. Er ist gerade aus England zurückgekehrt. Und er will für dich bezahlen. Für deine Schule und dann fürs Studium.«

»Die Schule ist umsonst!«

»Was denkst du dir!« fauchte Großmutter. »Und die Schuhe? Und die Kleider? Was ist damit? Wirst du etwa nackt gehen?«

»Du nähst mir doch alles.«

Ich wehrte mich dagegen, daß dieser Mensch in mein Leben eindrang, als hätte ich bereits damals gespürt, daß er mittelbar zu meinem Verderben beitragen würde. Immerhin war die Pistole, aus der ich auf meinen Mann geschossen habe, sein Eigentum. Er hielt sie jahrelang in seinem Arbeitszimmer versteckt, doch einmal hatte ich heimlich zugesehen, wie er sie herausnahm, ölte und dann wieder versteckte. Der Onkel war 1939 aus Polen über Rumänien ausgewandert, danach hatte er unter General Maczek gekämpft und sich – wie der General – in England niedergelassen. Als die kommunistischen Machthaber die Zügel etwas lockerten, beschloß er, nach Polen zurückzukehren, um seine einzige Verwandte, das heißt mich, zu suchen. Von seinen Ersparnissen kaufte er sich die Hälfte einer Villa in der Malczewski-Straße. Die Pension wurde ihm von der Regierung seiner Königlichen Hoheit in Pfund ausgezahlt und hier zum offiziellen Kurs in Złotys umgerechnet, er bekam also nur ein paar lächerliche Groschen. Dennoch wollte er nicht wieder ausreisen, weil er es für seine Pflicht hielt, sich um mich zu kümmern. Seiner Meinung nach sollte ich bis zum Abitur in meiner angestammten Umgebung bleiben, bei Großmutter, denn ich bräuchte eine weibliche Hand. Zum Studium sollte ich dann nach Warschau kommen und bei ihm wohnen, so daß er die Aufsicht über mich ausüben könnte. So sah die Abmachung zwischen ihm und Großmutter aus. Ich sollte ihm dankbar sein, daß er mich nicht mit Gewalt gleich bei seiner Rückkehr nach Warschau verpflanzen wollte. Ich war damals vierzehn Jahre alt und hätte ihn dafür bestimmt gehaßt. Später dann, als ich schon erwachsen war, verband mich ein freundschaftliches Verhältnis mit ihm. Ein Triumph war für ihn der Tag, an dem der Band mit Erzählungen erschien, mit dem ich debütierte. Ich dachte, der Alte würde in Tränen ausbrechen. Er war so stolz auf mich. Daß ich jetzt hier bin, ist für ihn eine Niederlage, vielleicht sogar eine größere als für mich. Er hat ein besseres Leben gegen ein schlechteres getauscht, ist zu den Kommunisten gekommen, die er aufrichtig haßte und die ihm das bißchen Geld stahlen, das er als Pension bekam, und alles nur, um mich im Auge zu haben. Als ein Mensch der alten Zeit, als Soldat und Gentleman hielt er es für seine Pflicht, sich der Tochter seines einzigen Bruders, der nicht mehr lebte, anzunehmen. Er unterschied sich im übrigen sehr von diesem Bruder, blieb bis zum Schluß ein alter Junggeselle, war Abstinenzler und rauchte nicht. Die Leidenschaft seines Lebens war das Briefmarkensammeln, doch konnte er sich ein so kostspieliges Hobby nicht erlauben, denn lange Zeit mußte er ja für meinen Unterhalt aufkommen. Ihm verdanke ich es, daß ich das Studium abgeschlossen habe.

In dem Leben draußen konnte mir das Diplom sogar nützlich sein, hier war es eher wertlos. Das war eine Welt, die nichts mit der jenseits der Mauer gemein hatte. Hier zählten andere Talente und andere Fähigkeiten, vor allem Gewitztheit und Anpassungsvermögen. In meinem Fall war es aber sowohl um das eine wie um das andere schlecht bestellt. Iza mußte eine gute Psychologin sein, denn sie hatte das sofort gemerkt. Ich selbst wußte dagegen nur wenig über mich selbst. Die zwei Jahre zuvor, das war eine ganz eigenartige Zeit in meinem Leben gewesen. Ein Verharren in einer Lethargie, als hätte mein Organismus auf dem Niveau eines Reptils funktioniert, als hätte mein Herz langsamer geschlagen. Niemand außer meinem Anwalt hatte mich besucht. Bis zur Urteilsverkündung waren Besuche sowieso verboten. Mein Onkel hatte mir Briefe geschrieben. Kurze, sachliche, kein einziger Kommentar zu jenem Tag. Jetzt hätte er wahrscheinlich eine Besuchserlaubnis bekommen, nur daß die lange Reise für ihn zu mühsam gewesen wäre, er war immerhin schon fast neunzig Jahre alt.

Das Frauengefängnis lag im südwestlichen Teil Polens. Nach stundenlanger Fahrt war der Gefangenenwagen von der Hauptstraße auf einen Feldweg voller Schlaglöcher abgebogen. Zu beiden Seiten des Weges wuchsen alte Bäume, die um diese Jahreszeit kein Laub mehr trugen. Mir kam es vor, als bildeten sie ein Willkommensspalier für mich auf meinem neuen Lebensweg. Auf der umgepflügten und frostharten Erde schritten majestätisch Raben einher, ein paar hatten sich auch auf den Zweigen am Wegesrand niedergelassen. Nirgends waren Menschen zu sehen. Dann sah ich eine Anlage alter, noch aus deutscher Zeit stammender Gebäude, die von einer Mauer umgeben waren. Sie machten einen bedrückenden Eindruck auf mich. Als der Gefängniswagen vor dem Tor zum Stehen kam, von dem sich der Rost in Placken löste, was aussah, als hätte es sich gehäutet, sah ich mich noch einmal um und schaute die Bäume an ... Ich dachte daran, daß ich eine alte Frau sein würde, wenn ich Blätter an ihnen sähe. Vielleicht nicht einmal alt, aber anders. Eine andere Frau, ein anderer Mensch. Meine frühere Kleidung habe ich schon vergessen. Jetzt trage ich eine graue Baumwollbluse, einen ebensolchen Rock und Strumpfhosen. Keinerlei Gummi, Bänder oder Schnüre, nichts, bei dem ich Lust verspüren könnte, mich daran aufzuhängen. Die Wärterin schaute sich sogar das kleine Netz an, mit dem ich meine Haare zusammenhielt, sie verlangte, daß ich es abnahm und ihr zeigte, doch dann gab sie es mir zurück. Haare habe ich noch genauso viele wie früher, nur dunkler sind sie geworden, an den Enden sind sie schon nicht mehr so hell. Ihre Farbe könnte man als Kastanienbraun bezeichnen. Und mein Gesicht, ich weiß nicht, wie es jetzt ist, ich wasche es mit Seife und benutze Niveacreme. Das ist meine ganze Morgen- und Abendtoilette. Ich werde hier mit Dutzenden von Falten rauskommen, doch das Aussehen hat keinerlei Bedeutung für mich. Ich will als Mensch überleben.

Drei Tage lang blieb ich in der Zelle, während die anderen Gefangenen gleich nach dem Frühstück zur Arbeit gingen und gegen fünf zurückkamen. Das Mittagessen aß ich also allein. In meinen Gedanken kehrte ich in die Vergangenheit zurück, so wie zu Beginn meiner Untersuchungshaft. Ich suchte nicht mehr nach einer Antwort auf die Frage, wie das alles möglich gewesen war, ich hatte begriffen, daß es keine eindeutige Antwort gab. Jetzt war das mehr so, als spulte man ein Band zurück und erwartete, plötzlich doch noch ein wichtiges, bisher übersehenes Detail zu entdecken ...

Die Szene am See, als die Venus aus dem Wasser stieg, war in jedem Fall der Anfang unseres Spiels gewesen. Das Mädchen war aus unserem Blickfeld verschwunden, und wir waren ins Bett gegangen.

»Aber wie soll ich sie erkennen, wenn sie angezogen ist?« hörte ich ihn sagen. »Woher werde ich wissen, daß das die gleiche ist?«

Bei diesen Worten verspürte ich einen deutlichen Stich im Herzen, so einen Nadelstich der Angst.

»Ich werde sie für dich finden«, antwortete ich.

Und ich entdeckte sie im Speisesaal, sie saß an einem Tisch in der Ecke. Sie trug einen Zigeunerrock und eine enge schwarze Bluse mit tiefem Ausschnitt. In ihrer Begleitung war ein Mann mit Brille und einer imponierenden Glatze.

»Dort ist sie«, sagte ich, mit dem Kopf in ihre Richtung weisend.

Edward sah sich um.

»Woher weißt du, daß sie das ist?«

»Das muß sie sein«, sagte ich mit Nachdruck.

Er trank einen großen Schluck Kaffee aus dem schartigen Porzellanbecher.

»Bist du dabei?« fragte er scheinbar gleichgültig, doch ich spürte seine Erregung.

»Ich bin dabei.«

»Wieviel Zeit habe ich?«

»Bis zu unserer Abreise.«

Er stieß einen langgezogenen Pfiff aus.

»Du läßt mir wirklich eine Chance!«

»Und ganz bewußt.«

Am vierten Tag brachte mir die Wärterin die Nachricht, ich solle zu einem Gespräch mit einem der Erzieher kommen.

»Mit der Frau Erzieherin?« fragte ich, weil ich sicher sein wollte, doch ich erhielt keine Antwort.

Sie führte mich durch dasselbe Labyrinth von Fluren bis zu dem Gitter, das den Verwaltungsblock abteilte. Mein Herz schlug wie wild, als würde mir gleich etwas Außergewöhnliches widerfahren. Die Wachtel ließ mich in den kleinen Raum, in dem nur ein Schreibtisch und ein Panzerschrank standen und in dem ich zuletzt mit Iza gesprochen hatte. Sofern sie tatsächlich so hieß. Vor Aufregung hatte ich schweißnasse Hände. Ich wartete gut fünfzehn Minuten, bis ich Schritte hörte. Und da wußte ich schon, daß sie es war.

Wie das vorige Mal war sie in Uniform, doch trug sie, was mich wunderte, Schuhe mit hohen Absätzen. Die Haare hatte sie hochgesteckt, aber eine Strähne fiel ihr auf den Hals. Diese Frisur veränderte ihr Gesicht, ihre Schönheit war betörend. Was macht sie nur hier, dachte ich verwundert.

Sie setzte sich an den Schreibtisch, suchte Zigaretten, dann das Feuerzeug, öffnete die Akte, in der mein Schicksal eingeschlossen war, und schaute schließlich mich an. Ich sah ihre goldgescheckten Augen.

»Na und, alles in Ordnung?« fragte sie.

»Sie haben mich nicht bei lebendigem Leibe gefressen«, antwortete ich.

Ein unmerkliches Lächeln ließ ihren Mund erzittern, ich bemerkte, daß sie rechts unter der Unterlippe ein kleines Muttermal hatte. Das war aber kein Makel, sondern machte sie noch anziehender.

»Der Anstaltsleiter hat meinen Vorschlag berücksichtigt

und dich zur Arbeit in der Bibliothek eingeteilt. Du kannst immer schon nach dem Frühstück hingehen, aber wenn die Gefangenen ihre Freizeit haben, dann mußt du da sein. Von der Zelle wird dich die für Kultur und Unterricht zuständige Mitarbeiterin abholen, sie bringt dich durch die Posten auf den Etagen und läßt dich in den Klubraum. Ist dir das so recht?«

»Ja. Bekomme ich die Schlüssel ausgehändigt?«

Iza war sichtlich überrascht von meiner Frage.

»Wozu brauchst du Schlüssel?«

»Ich werde doch für die Bücherei verantwortlich sein, oder?«

Iza lachte.

»Es gibt hier in der Tat ein paar Diebinnen, doch Bücher sind das letzte, was sie stehlen. Noch irgendwelche Fragen?«

»Nein.«

»Ausgezeichnet. Wir werden uns dann im Rahmen des Resozialisierungsprogramms sehen. Wir wollen, daß du einigermaßen normal in die Gesellschaft zurückkehrst. Wir wollen dir helfen. Ich will dir helfen.«

»Ausgezeichnet«, erwiderte ich.

Sie sah mich schnell an.

»Machst du dich lustig? Das würde ich dir nicht raten. Gleich zu Beginn hast du dir einen Flecken geholt, als du eine Wärterin angegriffen hast. Deshalb saßest du vier Tage anstatt nur einen in Einzelhaft.«

»Sie hat meine Privatsphäre verletzt«, entgegnete ich scharf.

»Privatsphäre! Du hast Nerven«, sagte sie. »Ein Gefangener hat überhaupt keine Privatsphäre außer dem eigenen Hintern, und um den, vor allem, sollte er sich kümmern.«

»Sogar wenn nach Läusen gesucht wird, die es nicht gibt!«

Die Frau Erzieherin zog den Rauch ein.

»Unsere Ela ist dienstbeflissen, sie behandelt alle gleich«, sagte sie versöhnlich. »Und ihr kommen durchaus solche Exemplare unter, bei denen sich jede Menge Getier findet. Nicht nur in der oberen Frisur, auch in der unteren.«

»Sie hätte mir aufs Wort glauben können«, beharrte ich, immer noch aufgebracht.

»Hätte sie können«, lächelte Iza. »Deshalb haben wir dir diesen Ungehorsam auch nicht in die Akte geschrieben.«

Sie zündete sich die nächste Zigarette an.

»Und wie geht's mit Agata?«

»Ordentlich.«

»Hüte dich vor ihr, sie ist ein hinterhältiger Hund.«

»Sie hat geweint in der Nacht«, sagte ich, ohne zu überlegen, und gleich biß ich mir auf die Zunge, denn das konnte so aussehen, als wollte ich petzen.

Iza überging meine unglückliche Bemerkung mit Schweigen und fuhr fort:

»Persönlich hätte ich dich lieber in anderer Gesellschaft, aber die Kommission hat so entschieden. Letztlich ist immer irgendwo eine Kanaille, in jeder Zelle. Aber Agata setzt uns allen ziemlich zu. Es ist schon vorgekommen, daß sie nach ihrem Freigang in der Scheide ein paar Päckchen Tee, eine Packung Zigaretten, Kaffee, alles für ihren Harem eingeschmuggelt hat.«

Im ersten Augenblick verstand ich nicht, von was für einer Scheide sie sprach, dann war ich verblüfft.

»Ich sag dir das, damit du eine Ahnung von den Verhältnissen hier hast. Sie ist im übrigen zu allem fähig. Vor einem Jahr gab es hier eine Riesengeschichte, weil Agata ein gutes Dutzend Insassinnen dazu überredet hatte, einen Kerl zu vergewaltigen. In unserem Schneiderbetrieb, aber außerhalb des Geländes, war etwas an den Rohren kaputt, und ein Klempner kam. Als er in den Keller ging, kommandierte Agata ein hübsches junges Ding zu ihm ab, der Klempner kam in Fahrt, und da fielen die anderen über ihn her. Sie schnürten ihm sein Glied am Ansatz ab, um die Erektion zu erhalten, und vergewaltigten ihn der Reihe nach. Der arme Schlucker landete im Krankenhaus.«

»Aber sie ... mag doch keine Männer.«

»Und deshalb hat sie sich gerächt, angeblich stand sie dabei und schaute zu, wie die anderen es machten. Sie ist ein echt fieser Hund.«

Iza drückte die Zigarette aus und langte nach der nächsten. Ich hatte das Bedürfnis, sie ihr aus der Hand zu reißen.

»Wenn ich müde bin, rauche ich«, rechtfertigte sie sich.

Wenn alles stimmte, was sie da sagte, sah es ganz danach aus, als befaßte sich der polnische Strafvollzug vor allem damit, Lesben heranzuzüchten. Ich war hier gelandet, weil ich gegen das Gesetz verstoßen und ein hartes Urteil verdient hatte, ich war bereit, die Zeit abzusitzen, aber in einem Gefängnis, nicht in einem Bordell. Iza brauchte mich nicht in die Einzelheiten einzuführen; was sich in meiner Zelle abspielte, reichte aus. Diese zwei Frauen unter mir vögelten die halbe Nacht miteinander, und gestern rief Agata eine der beiden zu sich auf die Pritsche. Die mit dem Pferdeschwanz ging zu ihr. Ich gab mir Mühe, nicht zu hören, was da ablief, aber es ist schwierig, sich auf einem so kleinen Raum abzusondern. Zum Glück dauerte alles nur kurz, das Mädchen steckte mit dem Kopf zwischen Agatas gewaltigen Schenkeln fest, diese Schenkel zuckten eine

Weile, dann entspannte sich das ganze Ungetüm, gab ein dumpfes Grollen von sich und fiel entspannt auf den Rükken.

»Ab nach unten«, lautete der kurze Befehl, und das Mädchen kam ihm gehorsam nach.

»Das ist vorläufig alles«, sagte Iza. »Gewöhn dich erst mal in unserem Weiberklub ein, danach überlegen wir gemeinsam, was mit deinem Leben los ist und wie wir es zusammenleimen und wieder flicken können.«

Weiberklub, dachte ich mürrisch. Schuld und Sühne, das Gefühl, daß meine Strafe einen Sinn hatte, wie ich die ganze Zeit geglaubt hatte, war in den letzten paar Tagen sehr ins Wanken geraten.

Meine Mitbewohnerinnen verließen immer morgens die Zelle, und ich war dann allein. Die Wärterin, die mich in die Bibliothek bringen sollte, tauchte aus irgendeinem Grund nicht auf. Hier hatte es niemand eilig, hier hatten alle viel Zeit.

Ich hatte herausgefunden, daß der glatzköpfige Tischpartner der Ehemann unserer Blondine war. So hatte ich sie im Geiste getauft. Beide waren Soziologen und arbeiteten wie Edward an der Polnischen Akademie der Wissenschaften. Die Blondine hatte sogar einen höheren akademischen Grad als ihr Mann. Ich bemühte mich darum, daß wir ihnen vorgestellt wurden, und Edward, der die Initiative übernahm, lud sie zum Bridge ein. Sie brachten Cognac mit. Zu viert saßen wir an einem kleinen Tisch, unsere Blicke kreuzten sich. Die beiden hatten keine Ahnung, daß sie, ob sie es wollten oder nicht, an einem Doppelspiel teilnahmen. Ich gab die Karten in beiden aus. Beim Bridge war ich die Partnerin des Mannes der Blondine. Edward saß ihr gegenüber. Ihre Augen tauschten Informationen nicht nur über das Bridgespiel aus. »Du gefällst mir«, signalisierte ihr mein Mann. »Was meinst du dazu?« Sie hatte es nicht eilig mit einer Antwort, so daß er mir durch einen Blick signalisierte: »Fehlanzeige.« Woraufhin ich ihm antwortete: »Versuch's weiter.« Das war der Moment, als ich in seinen Augen die Frage las: »Willst du es wirklich? Überleg es dir!« Meine Antwort lautete: »Ja.« Wir spielten zwei Partien, beide gewannen der Mann und ich. Der Arme, dachte ich: Glück im Spiel...

Wir tranken den Cognac und nachher noch unseren Wodka. Der Mann der Blondine erwies sich als wenig trinkfest. Er fing an, Unsinn zu reden. Ihr war es peinlich. Sie wollte ihn in das Häuschen bringen, in dem sie wohnten.

»Ich bringe Ihren Mann nach Hause«, erbot ich mich. »Edward hat sicher Lust auf einen Spaziergang, begleiten Sie ihn doch.«

Der Mann ging ohne Widerstand mit mir, schweigend, fügsam. Auch ich schwieg. Daß die beiden jetzt allein waren... Ich wollte mir nicht eingestehen, daß ich eifersüchtig war. Ich konnte mich selbst nicht verstehen. Warum hatte ich Edward so hartnäckig in die Arme dieser Frau gedrängt? Hatte ich darauf gezählt, er werde sich sträuben? Als ich zurückkam, waren die beiden nicht da. Ich setzte mich auf die Treppenstufen vor unserem Häuschen und schaute auf den See, der jetzt wie ein schwarzer Abgrund aussah. Was ich verspürte, war Haß. Nur auf wen? Auf mich selbst? Auf beide zusammen oder auf jeden für sich? Ich saß ziemlich lange so da, es fing bereits an zu dämmern, ein leichter Nieselregen fiel. Über dem Seeufer stieg milchiger Nebel auf wie der Rauch einer Zigarette. Schließlich tauchten aus ihm die Umrisse eines Menschen auf. Edward kam zurück. Er setzte sich neben mich auf die Stufen.

Aus der Tasche holte er eine Packung Gauloises, seine Lieblingszigaretten, die er für Dollars im PEWEX kaufte. Andächtig steckte er sich eine zwischen die Lippen.

»Na, und?« fragte ich, als die Stille anhielt.

»Erledigt.«

»Was ist erledigt?« Ich glaube, ich hatte meine Stimme nicht in der Gewalt.

Edward schwieg.

»Antworte auf meine Frage!«

»Antworte dir selbst«, sagte er, erhob sich abrupt und ging nach drinnen.

Ich lief ihm nach und hielt ihn am Jackenaufschlag fest.

»Antworte auf meine Frage! Antworte, wenn ich dich etwas frage!« schrie ich.

Er packte mich brutal am Handgelenk und stieß mich von sich.

»Ich mußte sie nicht vergewaltigen wie meine eigene Frau!«

Ich war überaus gerührt, als die Beauftragte für Kultur und Unterricht, ein Zwerg mit dicken Brillengläsern, hinter denen die Augen verschwanden, mich in den Gebäudeflügel führte, in dem die Gefängnisbibliothek untergebracht war. Unterwegs wechselten wir kein einziges Wort, sie wies mich auch in nichts ein, sie war nur eine Führerin, mein Gefängniscicerone. Wir passierten ein paar Posten, bevor ich mich in einem Raum befand, der mit Regalen vollgestellt war. Daneben war der Klubraum, in dem ein paar Tische sowie ein Ständer für Zeitungen und Zeitschriften standen, und ein Stückchen weiter die Wachstube, von der aus man übersehen konnte, was in den beiden Räumen vor sich ging. Dort saß eine Wachtel, zu deren Aufgaben es gehörte aufzupassen, wie die Gefangenen sich während der sogenannten Freizeit betrugen. Falls etwas Auffälliges geschah, war sie verpflichtet, sofort einzuschreiten. Ich trat zwischen zwei Regale, um ihrem Blickfeld zu entkommen, lehnte mich mit dem Kopf gegen die Buchrücken und schloß die Augen. Ich atmete den vertrauten Geruch von Staub und altem Papier ein, einen Geruch, den ich vergessen hatte. Es war ein Moment der Privatheit, den ich jetzt dringend brauchte.

Das erste Buch, das ich aus dem Regal nahm, war *Die drei Musketiere*. Ich kniete bei dem Regal hin und las: »Die drei Geschenke des Monsieur d'Artagnan.« Tränen verschleierten mir den Blick auf das, was dort geschrieben stand. Ich erinnerte mich an den Augenblick, als ich diese Worte zum ersten Mal gelesen hatte. Ich war damals vierzehn Jahre alt gewesen, die Sommerferien hatten gerade begonnen. Eine Schulfreundin hatte mir Dumas' Roman ausgeliehen. Ich hatte mir Kirschen im Garten hinter dem Pfarrhaus gepflückt und dann in einer durchsichtigen Glasschale nach oben in mein Zimmerchen getragen. Auf dem Bauch liegend hatte ich Kirschen gegessen und mich in den Abenteuern des jungen d'Artagnan festgelesen.

Außer dem Mittagessen verbrachte ich den ganzen Tag in der Bibliothek bis zum Abendappell. Anschließend wurden wir in den Baderaum geführt, wir mußten unsere Sachen zum Waschen abgeben und neue entgegennehmen. Auch das war hier unerträglich: Immer erhielt man Kleidung, die zuvor schon jemand getragen hatte, zwar waren die Sachen gewaschen, aber eben fremd. Die höheren Semester durften eigene Sachen haben und anziehen, wenn jemand aus der Familie zu Besuch kam, aber für mich galt das nicht. Der Baderaum befand sich ganz unten im Keller. Es war ein Raum mit Duschen und einem Lattenrost auf dem nackten Zementboden. Wir mußten unsere Sachen in Spinden lassen und der Reihe nach ins Bad gehen. Ich genierte mich sehr, weil ich mich vor den anderen nackt ausziehen mußte. Zum Glück waren es nur Frauen – wir wurden von einer Wärterin bewacht. Ich lief barfuß über die Steinfliesen im Flur, und es zog mir kalt über den Rücken, doch unter den Duschen, die an einem Rohr von der Decke herabhingen, war es warm, weil das heiße Wasser lief; die kleinen Fensterchen beschlugen sofort.

Ich seifte meinen ganzen Körper mit der zugeteilten Seife billigster Sorte ein und trat mit Wohlbehagen unter den heißen Strahl. Danach wusch ich mir die Haare. Beim Ausspülen hatte ich das Gefühl, beobachtet zu werden. Ich wandte den Kopf und sah Agata, die direkt neben mir stand und mich anstarrte. Unwillkürlich bedeckte ich meine Brüste mit den Händen. Sie selbst sah grotesk aus, ihr Körper erinnerte an einen ungestalten Sack mit zwei aufgeblasenen Schläuchen daran, die auf dem Bauch ruhten, ihre Schenkel waren so fett und aufgequollen, daß sie nur breitbeinig stehen konnte. Und dazu dann noch der runde, wie mit einem Zirkel gezeichnete Kopf. Die Art, wie sie mich anschaute, machte mir angst. Instinktiv spürte ich, daß dies nichts Gutes verhieß. Ich kam aus der Dusche heraus, und nachdem ich mich in ein Handtuch gewickelt hatte, rannte ich in den Umkleideraum. Die ganze Zeit spürte ich dabei ihren Blick in meinem Rücken. Zum Glück ging sie nicht mit uns zurück, sie blieb irgendwo unterwegs hängen, obwohl es den Insassinnen nicht erlaubt war, sich nach dem Abendappell außerhalb der Zellen aufzuhalten. Ich kletterte auf meine Pritsche, das Bad hatte mir sehr gutgetan. Es war der erste erträgliche Tag hier gewesen.

In guter Stimmung schlief ich ein. Ich träumte, ich säße auf einem Baum, den ein Wirbelsturm entwurzelte. Der Baum neigte sich immer stärker zur Seite, gleich würde er umfallen. Erschreckt öffnete ich die Augen, doch der Traum dauerte an. Ich spürte, wie mich der Stamm erdrückte. Sekunden später begriff ich, daß es Agatas Körper war.

»Hau ab!« flüstere ich giftig, doch sie hört mich wohl nicht, sie ist wie in Trance, vielleicht steht sie sogar unter Drogen. Geistesabwesend murmelt sie: »Ja, ja ... meine Süße ... meine Nachtigall ... mein Fischlein ...« Ich spüre den Geruch von Nikotin, vermischt mit schalem Atem. Ich will mich befreien, aber ich habe keine Chance. Sie drückt mich mit ihrem gewaltigen Körper nieder, ihr verschwitztes Gesicht glänzt im Halbdunkel. Ein feuchter Mund berührt meine Wange, und dann spüre ich ihn auf den Lippen. Angeekelt drehe ich meinen Kopf zur Seite. Eine Weile ringen wir miteinander, aber letztlich ist sie stärker. Ich habe Angst, daß sie mir den Hals bricht. Ich versuche mich zu wehren und bohre ihr meine Fingernägel in die Wangen. Sie schüttelt sich wie nach einem Mückenstich, ich glaube sogar, sie lacht. Und dann taucht sie mit ihrem Kopf plötzlich zwischen meine Schenkel, mit den ihren drückt sie meine Schläfen so zusammen, daß ich mir wie in einer Zange vorkomme. Langsam geht mir die Luft aus. Ihre riesige, behaarte Scham befindet sich auf der Höhe meines Mundes. Ich spüre ihre Zunge, feucht und weich, sie fegt damit über die Stelle zwischen meinen Schenkeln, die sie mir mit Gewalt gespreizt hat. Es fällt mir schwer, die Zärtlichkeiten dieses Monsters zu ertragen. Ihre Zunge ist plötzlich hart und rauh, sie bohrt sich immer tiefer in mich hinein. Mit einer gewissen Verwunderung registriere ich ihre Ausmaße. Es tut mir weh, doch bin ich außerstande, auch nur die kleinste Bewegung zu machen. Agata ist es, die alles bestimmt, sie entscheidet über die Dauer dieser ungeheuerlichen Szene. Ihre Erregung nimmt zu, ihr Körper drückt immer stärker auf mich, langsam versinke ich in einer stickigen, klebrigen Dunkelheit. Das Geschmatze, Gestöhne und Gekeuche, all die Laute entfernen sich allmählich. Wer weiß, ob ihre Möse mich nicht erstickt hätte, wenn Agata die Erfüllung ihrer Liebe einen Moment später erreicht hätte. Immer noch Koseworte wie »mein Fischlein ..., mein Kätzchen ...« stammelnd, die aus ihrem Munde besonders abstoßend klangen, trat sie den Rückzug an. Als sie dann endlich verschwunden war, dachte ich, daß Izas Warnungen wieder einmal berechtigt gewesen waren. Doch ich war ja immer vergewaltigt worden. Ich hatte Angst davor, und deshalb passierte es immer. Vielleicht war das, was gerade eben geschehen war, nur die Fortsetzung des Unglücks in meinem Leben. Hätte ich damals als junges Mädchen nicht aus dem Fenster des Pfarrhauses geschaut, wäre der Mann, der mich in eine andere Dimension der Liebe eingeführt hat, vielleicht nicht davor stehengeblieben. Später habe ich dann immer nur diese eine gesucht.

Ich konnte bis zum Morgen nicht einschlafen, ich sehnte mich danach, mich zu waschen. Bestimmt war der Wassereimer leer, die zwei von unten hatten bis spät in die Nacht herumgeplanscht, obschon sie mit allen anderen zusammen geduscht hatten. Vermutlich hätte ich aber sowieso keine Kraft gehabt, von meiner Pritsche zu steigen. Eine physische Schwäche hatte mich überkommen, alles in mir zitterte und bebte, als würde ich jeden Augenblick auseinanderfallen. Mit Spucke wischte ich mir mein Gesicht ab, hatte aber immer noch das Gefühl, schmutzig zu sein. Von der Pritsche nebenan drang lautes Schnarchen zu mir. Das war Agata. Wie ein primitiver Bauer, nachdem er es sich mit seinem Weib hat wohl sein lassen. Nur daß bei ihr das Werkzeug der Vergewaltigung die Zunge war. Ich mußte mir etwas einfallen lassen, damit sich das nicht wiederholte. Das mußte ich um jeden Preis verhindern. Die anderen Insassinnen, das wußte ich, würden mir nicht beistehen, sie hatten panische Angst vor Agata. Physisch war ich ihr in keinem Fall gewachsen. Mir fiel nichts ein, wie ich mich vor ihr schützen konnte. Eines aber war klar: Eine zweite solche Liebesszene mit Agata würde ich seelisch nicht verkraften. Ich konnte keine Beschwerde gegen sie einreichen, Iza hatte mich davor gewarnt, so etwas zu tun. Doch das wußte ich auch ohne sie. Ich mußte selbst mit meinem Problem fertig werden. Nur wie?

Der Morgen kam, das vergitterte Fenster hob sich vor dem Hintergrund der jetzt dunkleren Wand hell ab und warf ein durch die Vorhänge gefiltertes rosafarbenes Licht auf den Boden. Ein Leben in Rosa, dachte ich.

Ich fürchtete mich vor dem Moment, wenn wir, sie und ich, uns Auge in Auge gegenüberstehen würden. Wie sollte ich mich verhalten? So tun, als wäre nichts geschehen? Das könnte sie als Aufforderung verstehen. Also ihr lieber den Krieg erklären? Auf welche Weise? Auf sie zugehen und ihr in die Fresse schlagen? Sie würde es mir zurückzahlen, so daß ich nicht mehr auf die Beine käme. Und es würde überhaupt nichts ändern. Sie würde die Oberhand behalten. Sie mit etwas erpressen? Aber womit? Sie war ein mit allen Wassern gewaschenes Weibsstück, sie saß hier schon lange und nicht zum ersten Mal. Sie wußte, wer mit wem und wie das alles zusammenhing. Sie hatte sich wohl ein paar Wärterinnen gekauft, denn sie hatte keine Angst, nach dem Abendappell noch außerhalb der Zelle zu bleiben. Es wäre interessant zu wissen, wo sie dann war. Moment mal ... ihr Verhalten letzte Nacht, mal abgesehen von ihrer sexuellen Erregung, war mir merkwürdig vorgekommen, unnatürlich, als stünde sie unter Drogen. Vielleicht drückte sie? Ich müßte mir mal ihre Venen anschauen. Wenn sie auf den Armen Spuren hatte, war ich gerettet.

In der Zelle wurde es lebendig. Diejenige, die Zellendienst hatte, trug den Dreck raus und nahm den Wassereimer mit. Ich hatte recht gehabt, es war kein Tropfen darin. Agata kam als letzte herunter. Ich hatte Angst, sie anzuschauen. Ich hörte, wie Maske zu ihr sagte:

»Aga! Was hast du auf deinem Zifferblatt? Bist du in einen Stacheldraht gelaufen?«

Jetzt sah auch ich sie an. Ihr ganzes Gesicht war rot gesprenkelt, als hätte sie gerade die Pocken überstanden. Das waren die Spuren meiner Fingernägel. Unter den Augen war die Haut blau und gelb angelaufen, ihre Wangen hingen wie bei einer Bulldogge herab. Sie drückt, dachte ich, und Hoffnung kam in mir auf. Ich konnte nicht prüfen, ob sie Einstichstellen hatte, denn ihre Arme waren unter der Kleidung nicht zu sehen. Doch ihr Aussehen sprach für sich. In der Freiheit war der Genuß von Drogen nicht strafbar, doch im Gefängnis war das etwas anderes. Jemand mußte sie hier reinschmuggeln, und wenn herauskäme, wer, gäbe das eine Riesenaffäre.

Während des Frühstücks saß Agata so, daß sich unsere Augen nicht trafen. Keine Frage, sie mied mich, und das ließ Gutes für die Zukunft hoffen. Natürlich durfte ich ihr jetziges Verhalten nicht überbewerten, jemand wie sie hat gewöhnlich keine Gewissensbisse, sondern nur Augenblicke, in denen er sich schlecht fühlt. Wenn sie Lust bekommt, wird sie ihren Besuch wiederholen, wenn nicht heute nacht, dann in der nächsten, aber ich hatte wohl schon herausgefunden, wie ich mich wehren konnte.

Gleich nach dem Frühstück meldete ich mich bei der Wärterin auf unserem Stock und äußerte den Wunsch, in die Bibliothek gebracht zu werden. Sie befahl mir, zurück in die Zelle zu gehen und zu warten. Nach einiger Zeit erschien dieser Zwerg mit Brille und gab mir mit dem Kopf ein Zeichen – von Benehmen keine Spur. Wir gingen den gewohnten Weg entlang. Diesmal saß in der Wachstube eine alte Bekannte, die Maus, sie blätterte in einer Illustrierten, mit Brille sah sie aus wie eine Feldmaus...

Ich machte mich daran, das Bestandsverzeichnis der Bibliothek in Ordnung zu bringen, und blätterte die Leserkartei durch. Am häufigsten wurden die Bücher von Fleszarowa-Muskat ausgeliehen. Aber ich stieß auch auf eine überaus interessante Titelmischung: *Madame Bovary*, *Schuld und Sühne* und *Modernes Traumbuch*. Also sogar Konwicki, ein früher verbotener Autor. Ich schaute auf den Namen der Leserin, und mein Herz begann schneller zu schlagen. Izabella Poźniak. Das mußte sie sein – Iza. Denn in Klammern stand noch die Abkürzung »Per.«, was bedeutete, daß es jemand vom Personal war. Mir kam auch der Gedanke, daß hier vielleicht eines meiner Bücher stehen könnte. Ich wühlte in den Karteikarten. Es gab eines! »Daria Kalicka: Der Alte und andere Erzählungen«, las ich. Der Band, mit dem ich debütiert hatte. Ob ich ihn in dem Regal finden würde? Ich ging zu dem Platz, wo die Autoren mit K standen. Der Band befand sich im Regal neben ein paar Romanen von Kraszewski und Gedichten von Maria Konopnicka, andere Autoren mit K gab es nicht. Ich hielt das schmale Bändchen wie etwas ungeheuer Wertvolles in Händen. Mit ihm hatte doch alles angefangen.

Es war mir nie die Idee gekommen, ich könnte Schriftstellerin werden. Ich war einfach ins Pfarrhaus gefahren, um dort meine Semesterarbeit abzuschreiben, ich war im zweiten Studienjahr. Ich schleppte eine alte, ausgeleierte Schreibmaschine in mein Dachzimmer, die seit Jahren nicht mehr benutzt worden war, und hämmerte nachts in die Tasten. Völlig unerwartet tippte ich dann einmal an den Blattrand den Satz: »Singend ging er seines Weges.« Ich schaute mir den Satz an und schrieb einen zweiten: »Die Menschen blieben stehen. Sie schauten. Sie sagten: ›Er singt.‹« Und so entstand eine Erzählung:

Der Alte

Singend ging er seines Weges. Die Menschen blieben stehen. Sie schauten.

Er singt, sagten sie.

Und wohin geht er?

Es heißt, Jadźka sei zurückgekommen.

Jadźka ist zurückgekommen? Und weiß der Alte das?

Er weiß es, er geht zum Bahnhof, um sie abzuholen.

Und was weiß er?

Man hat ihm gesagt, daß Jadźka zurückgekommen ist. Er hat seine Kotze angezogen und geht jetzt zum Bahnhof, um sie abzuholen.

Die Mütze hat er vom Kopf genommen. Seine weißen Haare fallen ihm über die Augen, und er geht und singt.

Was hat man dem Alten über die Ankunft von Jadźka gesagt?

Na, eben, daß sie zurückgekommen ist. Daß sie am Bahnhof sitzt.

Ohne ein Wort zu sagen, hat er die Kotze vom Haken genommen, und jetzt ist er auf dem Weg.

Der Alte hat ihr, als ihm eine Tochter geboren wurde, den Namen der Schulzin gegeben.

Der Schulze ist ins Wirtshaus gegangen und hat kräftig einen getrunken. Nachher hat er sich vor dem Haus des Alten aufgestellt. Der Alte ist herausgekommen, hat sich an den Zaun gelehnt.

»Hast die Tochter Jadwiga genannt?« fragt der Schulze.

»Hab ich«, antwortet der Alte.

Der Schulze hat daraufhin kehrtgemacht und ist gegangen. Er hat sich aufs Pferd gesetzt, aber weit ist er nicht gekommen. Nachher hat er lange kein Bein mehr aus dem Bett gekriegt.

Im Frühjahr haben alle gewußt, daß der Alte zum Schulzen geht. Die Schulzin hat den Tisch abgewischt und Wodka hingestellt. Der Schulze hat sich aus dem Bett gewälzt. Auf die Bank haben sie sich gesetzt.

Der Alte sagt:

»Trinken wir, Schulze, denn ich heg keinen Groll mehr gegen dich. Du hast deine Jadwiga, ich hab die meine. Was war, vergessen wir und werden wieder Freunde ...«

Aber Jadźka ist nicht allein gekommen. Weiß der Alte, daß Jadźka nicht allein gekommen ist? Wahrscheinlich weiß er es nicht, sonst würde er nicht so gehen und singen. Aber er geht und singt.

Man muß den Alten aufhalten. Geht zum Schulzen, soll er sich was ausdenken, um ihn aufzuhalten, denn wenn der Alte sieht, daß Jadźka nicht allein gekommen ist, erschlägt er sie. Man muß zum Schulzen laufen, soll er das Fahrrad nehmen und dem Alten nachfahren. Er darf nicht zu spät kommen, weil der Alte Jadźka erschlägt.

Der Schulze steigt aufs Rad. Er flucht, daß Gott erbarm, denn gestern war Taufe bei den Witeks, und der Schulze hat kräftig einen getrunken. Der Schmerz schält dem Schulzen fast die Augen aus dem Schädel. Der Schulze verflucht Jadźka, daß sie gerade dann kommen muß, wenn bei Witeks Taufe war. Er verflucht den Alten, daß er sie abholen geht und nichts davon weiß, daß Jadźka nicht allein gekommen ist. Er verflucht das Fahrrad, daß es nicht auf dem Sand fahren will.

Als ein Baum den Schulzen fast erdrückt hat und man den Schulzen in die Klinik hat bringen müssen, haben die Leute angefangen zu reden, daß zur Schulzin einer der Jungs von den Szymons geht. Der Alte ist zur Schulzin gegangen. Ohne ein Wort hat er seinen Gürtel losgemacht und der Frau den nackten Hintern versohlt.

Von da an hat Jadwiga den Jungen von den Szymons nicht mehr über die Schwelle gelassen.

Der Alte ist schon auf der Anhöhe angelangt. Von dort kann man die Gebäude der Bahnstation sehen. Der Alte ist schon auf der Anhöhe, und der Schulze schafft es vielleicht nicht mehr rechtzeitig, denn seine Kette hat sich gelöst. Der Schulze muß das Fahrrad stehenlassen und zu Fuß weitergehen. Man muß Pferde anspannen und den Schulzen mit dem Wagen hinbringen, sonst schafft er es nicht mehr.

Aber alle Pferde sind auf dem Feld.

Beim Szymon steht eine Stute im Stall, weil sie ein Hufeisen verloren hat. Szymon ist zum Schmied gegangen, aber der hat auf der Taufe bei Witeks kräftig einen getrunken und schläft jetzt auf der Tenne.

»Weckt den Szymon auf! Soll er die Stute vor den Wagen spannen und den Schulzen hinfahren, sonst holt er den Alten nicht ein, der schon auf der Anhöhe ist, von wo aus man die Gebäude der Bahnstation sehen kann.«

Der Schulze und der Alte waren zusammen im Krieg. Als der Alte eine Kugel abbekam, hat ihn der Schulze zehn Kilometer weit auf den Schultern getragen. Sie sind zurück ins Dorf gekommen. Beide sind sie zur schönen Jadwiga. Vor ihrem Haus haben sie sich getroffen.

»Sie gehört mir!« sagt der Schulze und verstellt dem Alten den Weg.

»Aus dem Weg, Schulze!« sagt der Alte.

Aber dann, niemand weiß warum, machte der Alte kehrt, und der Schulze ist geblieben.

Der Schulze klettert fluchend die Anhöhe hinauf, Szymon kriecht von der Tenne herunter, der Alte ist stehengeblieben, schirmt mit der Hand die Augen ab und schaut in Richtung Bahnstation. Der Alte steht auf der Anhöhe und hält nach Jadźka Ausschau. Szymon soll doch schneller von der Tenne herunterkommen.

Äh, aus so einer Entfernung kann der Alte nichts sehen, jedenfalls kann er nicht erkennen, ob Jadźka allein gekommen ist oder nicht.

Aber für alle Fälle soll Szymon doch geschwinder von dieser Tenne runterkommen. Der Alte hat aufgehört, zur Bahnstation zu schauen, und geht weiter. Aber er geht ja gar nicht zur Bahnstation! Er ist in das Wäldchen bei Witeks Feld abgebogen. Vielleicht weiß der Alte gar nicht, daß Jadźka gekommen ist und auf der Bahnstation sitzt. Was heißt hier, er weiß es nicht. Daß sie gekommen ist, weiß er, nur weiß er nicht, daß Jadźka nicht allein gekommen ist.

Oh! Er ist wieder aus dem Wäldchen zurück, in der Hand hält er einen Eichenstock. Er stützt sich auf ihn und geht in Richtung Bahnstation.

Ganz klar, der Alte weiß, daß Jadźka nicht allein gekommen ist, und mit diesem Stock will er sie erschlagen.

Soll Szymon nur geschwind die Stute vor den Wagen spannen, weil der Schulze schon ganz außer Atem ist und immer langsamer geht, und der Alte ist schon ganz nahe an der Bahnstation. Äh, so nah dann auch wieder nicht. Von der Anhöhe zur Bahnstation sind es etwa drei Kilometer; wenn sich Szymon beeilt, dann schafft er es, den Schulzen rechtzeitig hinzufahren.

Hübsch war sie, die Jadźka vom Alten. Vielleicht ist aus ihr gar ein noch hübscheres Fräulein geworden, als die Schulzen-Jadwiga es gewesen ist.

Die Jungen im Dorf waren zum Sterben in Jadźka verliebt, doch der Alte hat auf seine Tochter aufgepaßt. Hat niemanden an das Mädchen rangelassen. Aber Jadźka hat sich sowieso nichts aus den Jungen gemacht . . .

Szymons Stute hinkt, weil sie gestern ein Hufeisen verloren hat, und Szymon sollte zum Schmied gehen, aber auf der Taufe bei Witeks hat er kräftig einen getrunken und ist eingeschlafen. Die Stute lahmt, und Szymon kann den Schulzen nicht fahren.

Man muß den Alten unbedingt aufhalten. Soll der Junge vom Schulzen aufs Feld laufen und ein Pferd vom Pflug spannen. Über den kurzen Weg holt er den Alten in einer halben Stunde ein.

Aber nicht der Junge vom Schulzen soll den Alten einholen, sondern der Schulze selbst. Aber der Schulze steigt auf kein Pferd, weil der Schulze zum letzten Mal auf einem Pferd saß, als die Taufe von Jadźka war. Zwanzig Jahre ist das her. Damals hat der Schulze kräftig einen getrunken, ist vom Pferd gefallen und hat sich das Rückgrat verletzt. Seit der Zeit kann der Schulze nicht mehr reiten. Wenn der Schulze auf kein Pferd steigt, dann soll doch Szymon losreiten und den Alten aufhalten.

Szymon braucht erst gar nicht loszureiten, denn der ein-

zige Mensch im Dorf, der den Alten aufhalten kann, ist der Schulze.

Das wird nichts, da hilft nur, einen Jungen zum Kommandanten zu schicken. Soll der Kommandant das Motorrad hergeben. Auf dem Motorrad holt der Schulze den Alten mit Leichtigkeit ein.

Aber der Schulze kann kein Motorrad fahren.

Na, dann kann der Kommandant den Schulzen fahren. Schließlich muß doch auch dem Kommandanten daran gelegen sein, daß der Alte Jadźka nicht erschlägt. Denn falls der Alte Jadźka erschlägt, dann hätte der Kommandant einen Haufen Ärger am Hals.

Dann soll der Junge zum Kommandanten laufen, und zwar schnell, weil der Alte nur noch einen Kilometer von der Bahnstation entfernt ist.

Zum Glück ist er wohl ziemlich erschöpft, weil er sich in den Graben gesetzt hat und ausruht.

Was macht der Alte jetzt?

Der Alte sitzt im Graben und raucht eine Kippe.

Na, der Kommandant ist mit dem Motorrad losgefahren, jetzt holt der Schulze den Alten mit Leichtigkeit ein.

Der Alte sitzt im Graben. Die Beine hat er vor sich ausgestreckt, die Kotze aufgeknöpft. Er raucht eine Kippe und singt.

Der Alte singt zum ersten Mal seit der Zeit, als Jadźka weggelaufen ist. Na ja, aber der Alte weiß nicht, daß Jadźka nicht allein gekommen ist. Deshalb sitzt er im Graben und singt.

Der Kommandant hat den Schulzen nun schon eingeholt. Der Schulze hat erst die halbe Anhöhe geschafft, weil er gestern auf der Taufe bei Witeks kräftig einen getrunken hat und ihm das Laufen jetzt schwerfällt. Komplette Katastrophe. Der Schulze hat gesagt, daß er sich für nichts in der

Welt auf das Motorrad setzt, weil er einmal vom Pferd gefallen ist und einen kranken Rücken hat, und auf dem Rücksitz, da rüttelt es stark.

Dann soll der Kommandant doch alleine fahren und den Alten anhalten. Schließlich müßte dem Kommandanten doch am meisten daran gelegen sein, daß der Alte Jadźka nicht erschlägt. Denn wenn der Alte Jadźka erschlägt, dann hat keiner so viel Ärger am Hals wie der Kommandant.

Aber der Kommandant braucht erst gar nicht zu fahren, weil der einzige Mensch, der den Alten aufhalten kann, der Schulze ist.

Jetzt ist der Alte aufgestanden, hat seine Kotze abgeklopft und geht weiter.

Die Weiber im Dorf haben sich gar nicht genug wundern können, daß ein Bauer sich so um sein Kind kümmert wie der Alte um Jadźka. Er hat die Windeln gewaschen, sie mit der Flasche gefüttert. Die Frau hat er nicht an das Kind gelassen ...

Als Jadźka größer geworden ist, da ist sie ihm auf Schritt und Tritt gefolgt. Der Alte hat geduldig sein Tempo ihren kleinen Beinchen angepaßt. Sie haben oft unterwegs ausgeruht. Da hat er ihr dann mit seiner schönen und klaren Stimme vorgesungen.

Gestern zur Taufe bei Witeks ist doch der Schwager aus der Stadt gekommen. Der Schwager ist auf dem Motorrad mit einem Beiwagen gekommen, weil er die Schwiegermutter gebracht hat. Und in der Frühe ist er allein zurückgefahren, also hat er den Beiwagen auf dem Hof von Witeks stehen lassen. Soll der Kommandant auf den Hof zu den Witeks fahren, den Beiwagen nehmen, den Schulzen in den Beiwagen setzen, dann kommt er rechtzeitig hin.

Aber das Tor bei den Witeks ist verschlossen. Alle sind sie auf dem Feld, und bis Witek vom Feld gelaufen kommt, ist der Alte schon zehnmal an der Bahnstation.

Man muß das Tor aufwuchten. Am besten, man ruft Szymon, soll Szymon dem Kommandanten helfen, das Tor aufzuwuchten. Oh, da ist Szymon!

Ziemlich kläglich, wie sie sich beim Aufwuchten anstellen. Kein Wunder, beide waren sie gestern auf der Taufe bei Witeks. Na, endlich ...

In zehn Minuten wird der Alte an der Bahnstation sein. Der Schulze und der Kommandant müssen sich sehr beeilen, wenn sie es noch schaffen wollen.

Zum Glück hat der Alte mal gemußt und ist stehengeblieben. Er ist auch langsamer geworden. Er schleppt sich weiter und stützt sich auf seinen Stock. Mit dem Stock will der Alte Jadźka erschlagen. Er weiß wohl, daß Jadźka nicht allein gekommen ist.

Szymons Junge, der in der Stadt Medizin studiert, hat sich in Jadźka verliebt. Szymon ist zum Alten gegangen und hat um das Mädchen angehalten.

Der Alte hat geschwiegen und dann gesagt:

»Schlecht hast du deinen Sohn erzogen, Szymon. Zu fremden Frauen schleicht er sich. Zur Jadwiga-Schulzin ist er gegangen, als man ihren Mann ins Krankenhaus gebracht hat. Ihm geb ich Jadźka nicht!«

Das Motorrad vom Kommandanten ist im Sand steckengeblieben. Nicht mal bis auf die Anhöhe ist er gekommen. Jetzt schaffen sie es nicht mehr.

Gerade hat der Alte die Bahnstation betreten.

Man muß den Pfarrer benachrichtigen. Er soll die Glokken läuten.

Unglück hängt in der Luft.

Der Pfarrer gibt die Schlüssel vom Glockenturm dem Organisten. Der Organist steigt keuchend die Treppen nach oben, weil er die ganze Nacht bei Witeks auf der Taufe gespielt hat. Gleich fängt er an zu läuten ...

Jadźka ist am Morgen angekommen, und jetzt ist es schon fast Abend. Sie sitzt im Wartesaal. Über die Schultern hat sie sich ein Tuch gelegt.

Der Alte kommt hinkend näher. Auf den Stock hat er sich gestützt.

Der Alte schweigt und Jadźka schweigt.

»Na, Jadźka!« sagt der Alte endlich. »Du bist zurückgekommen, und nicht allein bist du zurückgekommen!«

Jadźka ist von der Bank aufgestanden, Tränen groß wie Erbsen kullern ihr über die Wangen.

Der Alte hat seine weiße Mähne aus den Augen gestrichen und ist auf Jadźka zugegangen, das Bündel hat er ihr aus den Armen genommen.

»Nu«, sagt er, »nimm den Koffer, Jadźka. Die Wiege hab ich rausgekramt, die, die deine selige Mutter auf den Dachboden gestellt hat. Laß uns nach Hause gehen, Jadźka!«

Der Alte hat von Anfang an gewußt, daß Jadźka nicht allein gekommen ist.

Ich hatte meine Erzählung zu einer Zeitschrift gebracht, die es längst nicht mehr gibt. Möglicherweise hatte ich sie wegen ihres Untertitels gewählt: Wochenschrift für junge Menschen. Ich war jung und völlig unerfahren. Ich hatte keine Ahnung, wohin ich gehen sollte oder zu wem. Der Redaktionsassistent nahm den Text entgegen und meinte, er könne nichts versprechen. Aber als ich einen Monat später wegen einer Antwort nachfragte, teilte er mir schon in einem ganz anderen Ton mit, daß der Chefredakteur mich sprechen wolle. Ich betrat das Chefzimmer, dort sah ich einen Mann mittlerer Größe, in einem grauen Anzug und mit einem Allerweltsgesicht.

»Ich freue mich, Sie kennenzulernen«, sagte er und reichte mir die Hand. Als ich ihm meine gab, hielt er sie für einen Moment fest.

Das brachte mich völlig aus der Fassung, ich war auch so schon reichlich nervös.

»Bitte, setzen Sie sich doch, Pani Daria.« Er wies auf einen Sessel bei einem kleinen Tisch, er selbst setzte sich mir gegenüber. »Tee?«

»Danke«, brachte ich mit Mühe hervor.

»Danke ja oder danke nein?« Er lächelte.

»Nein.«

Wie könnte ich in seiner Gegenwart Tee trinken, ich brächte es nicht fertig, das Glas in der Hand zu halten.

»Daria, das ist ein schöner Name, ausgesprochen selten. Ihre Eltern hatten Phantasie.«

»Ich mag ihn nicht«, antwortete ich hastig.

»Warum?«

»Weil... einfach so, ich mag ihn nicht...«, stotterte ich und dachte gleichzeitig, daß er so mit mir redete, weil er keine gute Nachricht für mich hatte. Er hat meine Erzählung abgelehnt, und jetzt weiß er nicht, wie er mir das sagen soll. Als hätte er meine Gedanken erraten, sagte er:

»Ihre Erzählung gefällt mir sehr gut, sie gefällt mir so gut, daß ich Sie kennenlernen wollte. Wissen Sie, warum die Erzählung so außergewöhnlich ist?«

Schweigend schüttelte ich den Kopf.

»Sie ist handwerklich perfekt, jemand beobachtet von oben die Handlung und kommentiert sie. Ich würde Ihnen wirklich empfehlen weiterzuschreiben.«

Wir schwiegen.

»Daran habe ich nicht gedacht«, sagte ich schließlich.

»Sie studieren Polonistik, was wollen Sie danach machen?«

»Na ja ... ich habe noch keine konkreten Pläne ...«

Ich konnte ihm nicht sagen, daß ich nur deshalb polnische Philologie gewählt hatte, um mich endlich selbst zu bestimmen. Ich wollte schön Polnisch sprechen und diesen östlichen Singsang loswerden, der so etwas wie meine Visitenkarte war. Klare Sache, eine Russin. Wenn schon mein leiblicher Onkel alle, die von dort stammten, in einen Topf warf, was sollte man da erst bei Fremden sagen. Es gelang mir, meinen Akzent abzulegen; nur wenn ich nervös war, merkte man noch etwas.

»Vielleicht kommen Sie zu uns in die Redaktion?« hörte ich ihn sagen.

Wenn ich damals gesagt hätte: nein danke, in gar keinem Fall, vielleicht befände ich mich dann jetzt nicht hier. Denn dieser Mann, dieser Chefredakteur der Wochenschrift für junge Menschen, war Edward. Es ist wahr, auf den ersten Blick sah er recht unscheinbar aus, aber wenn er wollte, konnte er interessant sein. In seinem Lächeln lag etwas Einnehmendes. Edwards Gesicht veränderte sich dann, bekam einen Glanz, als hätte man in seinem Inneren eine Lampe angezündet. Seine Hände rührten mich immer, sie waren fast quadratisch, mit kurzen Fingern, Hände wie aus Kordel geknüpft mit Knoten anstelle der Gelenke. Während unserer zahlreichen Streitereien wirkten diese Hände entwaffnend auf mich, es genügte, daß ich sie anschaute. Sie wirkten so schutzlos.

Heute nacht habe ich kein Auge zugetan, obwohl ich den Eindruck hatte, daß Agata schlief. Sie schniefte sogar durch die Nase und so voller Schmerz wie ein kleiner Hund, dem man etwas zuleide getan hat. Doch dieses Mal empfand ich kein Mitleid mit ihr, sie war es gewesen, die mir ein Unrecht zugefügt hatte.

Seitdem ich mich hinter Gittern befand, wurde meine Natur ständig vergewaltigt, war ich von dem, was ich liebte und was mir teuer war, abgeschnitten. Ich hatte hier keines meiner Bücher, keine meiner Schallplatten, ohne die ich den Tag bis zum Abend nicht hatte durchstehen können. Als mein Plattenspieler einmal den Dienst versagt hatte, war das fast ein Drama gewesen. Ich war zu verschiedenen Annahmestellen gelaufen und hatte um eine Schnellreparatur gebeten. Ich war bereit, jeden Preis zu zahlen, nur um mein Morgen-, anschließend mein Mittags- und zum Schluß mein Abendkonzert zu haben. Meine Favoriten waren die Großen – Bach und Beethoven –, aber am häufigsten hörte ich Mozart, weil seine Musik mich wie Wasser durchfloß, schwingend und klar, und keine so große Anforderung stellte oder solche Konzentration erforderte wie die jener anderen. Zur Musik von Mozart schrieb ich meine Bücher und putzte die Wohnung; wenn ich telefonierte, hatte ich sie im Hintergrund. Aber jetzt war ich von ihr abgeschnitten. Auch meine Privatsphäre, die mir so wertvoll war, hatte man mir genommen. Von Anfang an hatte ich um ein eigenes Zimmer gekämpft, gleich vom ersten Tag an, als ich mit Edward zusammengezogen war. Er hatte darin einen Vorwand gesehen, hatte mich verdächtigt, ich wolle mich von ihm abgrenzen, doch für mich war es lebensnotwendig gewesen. Ich mußte von Zeit zu Zeit allein sein, vielleicht ertrug ich deshalb die Monate der Isolation in der Untersuchungshaft so gut. Mein Rechtsanwalt wollte sich um meine Verlegung in eine größere Zelle bemühen, wo ich Gesellschaft gehabt hätte, doch ich hatte ihn angefleht, es nicht zu tun. Ich hatte nicht vorgehabt, ihn zu engagieren. Ich war der Meinung gewesen, daß ich überhaupt keinen Anwalt bräuchte, und wenn es denn unbedingt sein mußte, dann den, der mir von Amts wegen zugeteilt wurde. Doch mein Onkel war anderer Ansicht, er wandte sich an eine der großen Berühmtheiten, und diese Berühmtheit erklärte sich bereit, mich zu verteidigen. Vielleicht hatte mein Onkel ja recht gehabt, vielleicht hätte ich mit einem schlechteren Anwalt eine viel längere Strafe absitzen müssen. Ich bekam neun Jahre, und das niedrigste Strafmaß des Paragraphen, nach dem ich verurteilt wurde, sah acht Jahre vor.

Damals war es mir einerlei gewesen – acht, zehn, fünfzehn Jahre oder gar die Todesstrafe. Die Welt war doch in Stücke gesprungen. Aber seit ich hier bin, sehe ich das anders. Jetzt will ich vor allem weg von hier.

Wir waren von dem See zurückgekommen, und unser Leben ging seinen gewohnten Gang. Edward schrieb seine Referate, ich bereitete mich auf die Magisterprüfung vor. Nach unserer Hochzeit hatte ich die Redaktion verlassen.

»Du könntest endlich anfangen zu schreiben«, hatte Edward gesagt.

»Aber ich schreibe doch meine Magisterarbeit.«

»Mach keine Ausflüchte, du hast sechs Erzählungen geschrieben, jetzt schreibst du noch drei, vier, und du hast ein Buch.«

»Aber wozu denn?«

Edward zeigte mir den Vogel.

Unsere Situation war ziemlich zweideutig. Wir wohnten zusammen, aber nicht ganz, denn einen Teil meiner Sachen hatte ich in der Malczewski-Straße bei meinem Onkel gelassen. Damit ich sagen konnte, ich sei nicht mit meiner ganzen Habe ausgezogen. Dort übernachtete ich auch, wenn Edward verreist war. Wenn er zurückkam, war ich bei ihm. Das heißt in derselben Wohnung, denn wir schliefen nicht miteinander. Ich gestattete ihm, mich zu küssen, zu streicheln, aber mehr erlaubte ich nicht. Im letzten Moment gelang es mir immer, mich ihm zu entwinden, zu entfliehen. Manchmal sah das aus wie ein Kampf. Einmal riß mir Edward die Kleider vom Leib, er war brutal. Nachher hatte ich blaue Flecken.

»Wenn du mich nicht liebst, dann sag es!« verlangte er mit bebender Stimme.

»Ich liebe dich.«

»Worum geht es dann, verdammt noch mal? Willst du, daß ich im Irrenhaus lande? Wenn das so weitergeht, ist das ziemlich wahrscheinlich.«

»Ich habe Angst.«

»Wovor?« fragte er. »Hast du Angst, schwanger zu werden? Dagegen gibt es doch Mittel.«

»Nein! Ich weiß nicht, wovor ich Angst habe«, antwortete ich heftig. »Es ist stärker als ich ...«

Ich saß hinter dem Pult, auf dem die Leserkartei in Holzschachteln stand. Ich sortierte die Karteikarten und legte diejenigen in die Schublade, die nicht mehr aktuell waren, denn ich wußte nicht, was ich damit tun sollte. Vielleicht gehörten sie in das Gefängnisarchiv. Wenn ein Doktorand einmal eine Arbeit über das Leseverhalten in polnischen Gefängnissen schreiben sollte, könnten solche Karten für statistische Erhebungen von Nutzen sein. Ich richtete mich nach dem Datum der zuletzt ausgeliehenen Bücher.

Die Maus trippelte zu mir, vor dem Pult blieb sie mit einem eigenartigen Gesichtsausdruck stehen, als wäre sie verlegen.

»Wer hat den *Kirschgarten* geschrieben? Mit neun Buchstaben.«

»Tschechow.«

»Es gab so ein Lied, aber ich weiß nicht mehr, von wem.«

»Nein, es handelt sich um ein Theaterstück.«

»Wie Sie meinen«, antwortete sie und ging an ihren Platz zurück. »Es paßt«, rief sie kurz darauf.

Sie hatte mich gesiezt. Ganz offensichtlich hatte die Funktion, die ich ausübte, meinen Wert in ihren Augen erhöht. Davor hatte sie »du« zu mir gesagt, und zwar in einem eher herablassenden Ton. Vielleicht hatte sie sich auch versprochen. Aber wohl doch nicht, denn als sie mich zum Mittagessen brachte, kam sie wieder mit dem »Sie«.

»Ich hab gehört, Sie sind Schriftstellerin«, sagte sie und lächelte schief.

»Von wem?«

»Ach, unsere Iza hat was gesagt, daß Sie Schriftstellerin sind oder so was... Was schreiben Sie denn?«

»Na ja, Bücher...«

»Aber was für welche, über Liebe oder Krimis?«

»Solche und solche.«

Meine Erklärung hatte Bestand vor ihren Augen.

»Kennen Sie dann die Fleszarowa-Muskat?«

»Nein, kenne ich nicht. Die lebt übrigens nicht mehr.«

»Lebt nicht mehr!« sagte sie bekümmert. »Ich hab sie so gern gelesen, jetzt tun mir die Augen weh, und ich les nicht mehr.«

Wie eigenartig doch alles miteinander verwoben ist. Tschechow taucht schon zum soundsovielten Male in meinem Leben auf, und zumindest bisher war es nicht ohne Folgen geblieben. Und diesmal? Wird es bei einem Lösungswort für ein Kreuzworträtsel bleiben?

Es kam vor, daß Großmutter zu ihrer Schwester nach Białystok fuhr und der Pope und ich allein im Pfarrhaus blieben. Dann konnte ich nicht wie eine Wildkatze vor ihm in mein Dachzimmer flüchten. Ich ging in die Schule, und wenn ich zurück nach Hause kam, mußte ich meine Hausaufgaben machen, die er sorgfältig prüfte. Und daraus entwickelte sich die Gewohnheit, daß er mir, wenn er mit mir zufrieden war, irgendeine Geschichte erzählte. Ich liebte diese Augenblicke, wenn wir am Tisch saßen, auf dem eine Öllampe brannte. Im Pfarrhaus gab es bereits Strom, aber Teodozjusz zündete abends die Öllampe an, weil er der Meinung war, daß sie, im Gegensatz zu einer Glühbirne, eine wirkliche Seele habe. Er erzählte, und dabei schloß er oft seine Augen. Also schloß ich auch die meinen, und fast sah ich diese Schwestern, die so unglücklich waren und sich nach einer anderen, interessanteren Welt sehnten; die seufzten: nach Moskau ... nach Moskau ... Oder den ehrlichen Onkel Wanja, der in seine Schwägerin verliebt war, die dann zwar auch liebte, aber jemand anderen, und der außerdem der Mut fehlte, der Stimme ihres Herzens zu folgen ... In dieser Geschichte war jeder in jemand anderen verliebt und einer unglücklicher als der andere.

»Wozu liebt man sich dann überhaupt?« fragte ich. »Nur um zu weinen? Da ist es besser, nicht zu lieben und fröhlich zu sein ...«

»Man muß jemanden lieben, Daria Aleksandrowna«, antwortete er sanft. »Ein Leben ohne Liebe ist leer.«

Damals habe ich ihm wohl nicht geglaubt. Aber tue ich es jetzt?

Jahre später, schon als Gymnasiastin, wurde mir klar, daß der Pope mir die Stücke von Tschechow erzählt hatte, natürlich in einer vereinfachten Form, der Phantasie eines Kindes angepaßt. Aber meine Vorstellung schuf sich ein Bild der Tschechowschen Figuren, und ich glaube, daß kein Theater der Welt diesem Bild gerecht zu werden vermochte. Als ich zum ersten Mal *Die drei Schwestern* auf der Bühne sah, weinte ich bitterlich ...

Nach dem Mittagessen kehrte ich in die Bibliothek zurück, natürlich nicht allein, der Zwerg brachte mich hin, auf dem Platz der Maus saß eine fremde Wachtel. Sie glotzte mich finster an, schaute mir förmlich auf die Finger, und als ich zwischen die Regale ging, um ihren Blicken zu entgehen, kam sie nach einiger Zeit angelatscht, um zu sehen, was ich tat. Ich ordnete die Bücher, nicht alle waren, wie sich zeigte, alphabetisch eingestellt. Zu meiner Freude entdeckte ich das *Moderne Traumbuch*, das unter den Buchstaben »M« geraten war, und es war, wie wenn man auf der Straße einen lange vermißten Freund wiedertrifft. Meine Gedanken kehrten ständig zu der Sache mit Agata zurück. Wie ich sie lösen könnte. Eine Erpressung wäre nicht schlecht, nur müßte ich damit kommen, bevor sie sich wieder an mich erinnerte. Ich mußte sie überrumpeln und durfte damit nicht allzu lange warten. Nur daß ich mit ihr nicht vor Zeugen sprechen konnte; sie aber beiseite zu nehmen wäre unklug gewesen.

Abends nach dem Appell bekam ich einen Schrecken, denn Agata war aus der Zelle geschlüpft. Als die Wärterin das Licht löschte, war es stockdunkel. Wie um mich zu ärgern, brannte die Lampe vor dem Fenster nicht, bestimmt war die Birne wieder kaputt. Das Herumtasten im Dunklen war nie besonders angenehm, um so mehr, als man das Licht gar nicht anmachen konnte, denn der Schalter befand sich außerhalb der Zelle. Und jetzt erschien mir die Dunkelheit besonders unheilvoll. Mit zum Zerreißen gespannten Nerven wartete ich auf Agatas Rückkehr. Mein Körper war steif und unbeweglich, als hätte ihn jemand zusammengeschnürt.

Sie kam nach Mitternacht. Die Pritschen bebten von ihren schweren Schritten. Gleichzeitig konnte man das Knirschen des Schlüssels im Schloß hören, also hatte sie eine Wachtel hergebracht, die jetzt die Zelle abschloß. Ich ballte meine Fäuste, als könnte mir das helfen. Meine Kehle war ausgetrocknet, und ich hatte Mühe zu schlucken. Agata kletterte auf ihr Bett und drehte sich mit dem Gesicht zur Wand, ich sah die Umrisse ihres massigen Rückens. Trotzdem hatte ich Angst einzuschlafen. Erleichtert begrüßte ich das Morgengrauen. Ich ging nicht in die Bibliothek, sondern machte von meinem Vorrecht Gebrauch, in der Zelle bleiben zu können. Ich döste vor mich hin, doch hörte ich dabei alles, was draußen vorging, Schritte, Schlurfen, die Stimme des Radiosprechers. Die Ohrstöpsel benutzte ich nicht, ich hatte beschlossen, sie nie wieder zu benutzen. Wenn sie nicht gewesen wären, hätte ich vielleicht rechtzeitig gehört, daß Agata auf meine Pritsche kletterte. Bei ihrer Körperfülle und dem engen Raum in der Zelle konnte man Agata immer hören. Eigentlich war es erstaunlich, daß dieser Koloß sich einen oberen Platz ausgesucht hatte, da hochzuklettern konnte keine leichte Aufgabe sein. Vielleicht betrachtete sie das als eine Art Gymnastik. Ich überlegte, ob man sie überhaupt als eine Frau bezeichnen konnte. Sie war so etwas wie ein Hybride, so eine Mischung der Formen, des Geschlechts, sogar der Gattung, denn man durfte wohl nicht allzu sicher sein, daß sie wirklich ein Mensch war. Von ihr als von einer Frau zu sprechen, und das im Vergleich mit Iza, war eine grobe Taktlosigkeit. Iza war eine Frau, daran hatte ich keine Zweifel. Iza war noch viel mehr eine Frau als ich, ihre Weiblichkeit regte die Phantasie an. Sie war ein Phänomen, an das man sich noch stundenlang erinnern und über das man nachdenken konnte. Allein ihr Gesicht, diese unglaublich goldgelben Augen. Ihr Lächeln ... Es war eigenartig, sie rauchte so viele Zigaretten, und doch hatte sie weiße, sehr schöne Zähne. Ich war gespannt, wie sich unsere Beziehung entwickeln würde ... Sie war intelligent, dabei gebrauchte sie eine ziemlich häßliche Sprache, das irritierte mich ein wenig. Nur daß es hier künstlich, ja sogar lächerlich gewesen wäre, Salongespräche zu führen. Ich selbst drückte mich im übrigen auch nicht sehr gewählt aus; wenn jemand hören könnte, wie ich meine Gedanken formulierte, wäre er überrascht. Aber an diesem verderbten Ort wird alles verderbt, sogar das Innere der Menschen.

Frauen übten eine Faszination auf mich aus, diese wirklichen Frauen, die sich ihrer Weiblichkeit bewußt waren. Die schönen, nach Parfum duftenden. Meist machten sie mich verlegen, und ich ging ihnen aus dem Weg, suchte eher die Gesellschaft von Frauen, die mir ähnlicher waren, von gewöhnlichen Frauen. Jemand könnte sagen, eine Schriftstellerin sei keine gewöhnliche Frau. Doch nicht eine Schriftstellerin, wie ich eine war. Ich schuf die Wirklichkeit nicht, ich beschrieb sie, als hätte ich keine Phantasie. Ich verkaufte stückchenweise, was ich zu verkaufen hatte, und ich wurde dadurch immer ärmer. Vielleicht konnte ich mir deshalb ein persönliches Leben nicht leisten. Jedes stärkere Gefühl, das ich nicht auf Papier übertrug, erschien mir wie Material, das ich vergeudete. Mir genügten ein fremdes Leben, eine fremde Liebe, fremde Mutterschaft. Ich hatte panische Angst davor, schwanger zu werden, und zum Glück war mir das erspart geblieben. Nicht erspart geblieben war es leider meiner besten Schulfreundin. Zusammen waren wir immer mit der Schmalspurbahn in die Schule gefahren. Als Schülerin war Natalia eher dünn gewesen, nur ihre Haare waren üppig, sie trug Zöpfe, die dick wie Fuchsschwänze waren. Sie wuchs zu einer bildschönen Frau heran. Ich war auf ihrer Hochzeit, der Pope hatte sie noch kurz vor seiner Pensionierung zelebriert. Natalias Mann sah neben ihr ziemlich unscheinbar aus, doch liebte er sie wohl. Irgendwann gegen Ende des Sommers bemerkte ich durch das Dachfenster dann, daß Natalias Taufpatin durch den Obstgarten gelaufen kam. Ich wunderte mich, auf ihren Schultern ein schwarzes Kopftuch zu sehen. Bei der Hitze! Ich hatte noch keine böse Vorahnung. Aber dann rief mich Großmutter nach unten. Natalia. Sie war plötzlich gestorben. Beide Frauen machten Ausflüchte, nannten unklare Gründe, erst viel später erfuhr ich, daß es eine Eileiterschwangerschaft gewesen war. Ich ging zum Haus ihrer Eltern, denn nach weißrussischem Brauch hält man bei dem Verstorbenen Wache. In der abgedunkelten Stube lag Natalia auf einem mit weißen Laken bespannten Tisch, um sie herum brannten dünne Kerzen. Sie sah eher aus wie jemand, der schlief, als wie jemand, der tot war. Besonders stark berührten mich ihre reglosen, nackten Füße. Sie war immer so schnell gelaufen, als eilte sie irgendwohin, ich hatte ihr kaum folgen können.

In den Ecken hatten sich alte Frauen niedergelassen, die sich immer, wenn jemand schwer erkrankt war oder starb, einer Schar von schwarzen, unheilverkündenden Vögeln gleich, einfanden. Sie trugen lose über die Schultern geworfene schwarze Tücher, aus denen runzelige Hälse hervorstaken, und Kopftücher, die unter dem Kinn zusammengebunden waren. Die zahnlosen Münder bewegten sich tonlos. Schließlich flüsterte eine von ihnen schrill:

»Ist das Täubchen fortgeflogen, nicht einmal gezwitschert hat es mehr. So still, so leise ...«

Nur das Zischen des schmelzenden Stearins, wenn die Flammen der Kerzen in die Höhe schossen, und das Geflüster der Frauen waren zu hören.

»Ewiger Friede, ewiger Schlaf ihrem Gewissen«, flüsterte die erste von neuem.

»Ihrem Herzen«, flüsterte die zweite.

»Ihren Augen.«

»Ihrem Mund.«

Und wieder die erste:

»Damit kein Schmerz das Herz ergreife.«

»Damit kein Laut das Ohr erreiche«, ergänzte die zweite.

»Und keine Träne die Augen streife«, schloß die dritte.

Auf mich machte das einen merkwürdigen Eindruck, der Ritus kam mir irgendwie heidnisch vor, als hätte das nichts mit Religion zu tun. Ich trat aus der Stube und hatte dabei die ganze Zeit diese reglosen, nackten Füße vor Augen.

Ein Gespräch mit Iza war wie der Eintritt in eine gänzlich andere Welt. Allein schon die Tatsache, daß ich sie anschauen konnte, half mir, meine inneren Spannungen zu lösen. Seit gut zwei Wochen lief ich aus Mangel an Schlaf halb bewußtlos herum. Ich hatte Angst, Agata könnte mich im Schlaf überraschen. Ich hatte immer noch keine Gelegenheit gehabt, sie vor einem neuerlichen Versuch zu warnen. Es gab zwar keine Anzeichen, daß sie es noch mal versuchen würde, doch ich war vorsichtig. Während des gemeinsamen Bades stellte ich mich unter eine Dusche, die so weit wie möglich von ihr entfernt war, und achtete darauf, nicht in einer Lücke zu stehen, wo sie mich sehen könnte. Ich wollte sie nicht provozieren. Sie spionierte mir auch nicht nach. Langsam schöpfte ich Hoffnung, daß sie es einfach aufgegeben hatte oder eine der Neuzugänge zum Gegenstand ihrer Aufmerksamkeit geworden war. Um so mehr, als sie von dem Pärchen unten keinerlei Dienste verlangte. Doch dann kam die Nacht, als ich im Halbschlaf hörte, wie sich etwas bewegte, und gleich darauf ihre Pranken sah, die sich am Rand meiner Pritsche festhielten. Mein Herz schlug mir bis zum Hals, in meinen Schläfen hämmerte es. Ich durfte nicht zulassen, daß sie heraufkam, dann würde ich nicht mehr mit ihr fertig. Ich hatte keinen Augenblick zu verlieren. Ich richtete mich auf, stemmte meine Füße gegen ihre Schultern und stieß sie mit aller Gewalt von mir weg. Es gelang. Ihre Hände lösten sich von meiner Pritsche. Ich hörte einen dumpfen Schlag, dann war es still. Es dauerte eine ganze Weile, dann hörte ich sie kurz stöhnen. Und dann noch einmal.

»Ceska! Hol Hilfe!« preßte Agata schließlich hervor.

Das war wohl an dieses Mädchen mit dem Pferdeschwanz gerichtet.

»Cesḱa!«

Die untere Pritsche knarrte, und eine verschlafene Stimme fragte:

»Aga? Was ist? Was ist passiert?«

»Ich bin rausgefallen, hol Hilfe!«

Unten kam jetzt Bewegung auf, denn auch Maske war wach geworden. Zusammen versuchten sie, Agata hochzuheben, aber sie jaulte vor Schmerz. Die Wärterin wurde gerufen.

»Ich glaub, ich hab mir das Bein gebrochen«, sagte Agata mit schmerzverzerrter Stimme. »Ich bin aufgestanden, um zu pinkeln, und bin gestolpert.«

Die Wärterin holte zwei Sanitäter mit einer Trage aus der Krankenstation des Gefängnisses, doch sie hatten enorme Schwierigkeiten, Agata darauf zu legen, und erst nach mehreren vergeblichen Versuchen gelang es schließlich. Krachend fiel die Tür hinter ihnen ins Schloß. Hier kümmerte es niemanden, daß dadurch jemand am Schlaf gehindert werden könnte.

Und schließlich war das passiert, was früher oder später hatte passieren müssen. Ich erfuhr, was es wirklich heißt, mit einem Mann zusammenzusein. Wir waren damals noch nicht verheiratet. Edward mußte zu einem mehrtägigen Symposium nach Trier und hatte beschlossen, mich mitzunehmen.

»Du schaust dir unterwegs ein bißchen die Weinberge an«, hatte er gesagt. »Trier selbst ist zauberhaft, voll römischer Spuren...«

Er hatte mich im übrigen gar nicht zu dieser Reise überreden müssen, ich selbst hatte darauf gebrannt zu fahren. Er saß in einem verrauchten Saal in Gesellschaft von Menschen, die ähnlich wie er nur Fragen der zeitgenössischen Literatur im Kopf hatten, während ich durch die Stadt schlenderte. Es war früh im Herbst, und die Bäume hatten sich alle nur möglichen Farbtöne von Gelb und Rot angelegt. Als die Sonne herauskam und die Berghänge beschien – die Stadt lag in einem weiten Tal –, dachte ich, jemand hätte auf diese Hänge einen bunten handgearbeiteten Teppich geworfen. Ein Trierer Flickenteppich, dachte ich, und dieser Anblick entzückte mich mehr als die Reste alter Bauwerke. Natürlich schaute ich mir mit Interesse das Stadttor aus römischer Zeit an, das aus perfekt gefügten Steinen gebaut ist. Auch die gut erhaltenen Ruinen der römischen Bäder beeindruckten mich. Auf den steinernen Stufen ging ich in das unterirdische Labyrinth und war ergriffen. Den Weg durch die Korridore erleuchteten wie einstmals Fackeln. Doch wirklich tief berührte mich der Besuch in der Savigny-Kapelle des Doms, wo ich Fresken sah, die in der Mitte des 14. Jahrhunderts von einem unbekannten Künstler gemalt worden waren.

Ich schlenderte durch die Straßen dieser Ungereimtheit von Stadt, in der sich das, was kaiserlich, und das, was germanisch war, ständig in die Quere kamen, während ich versuchte, von den Passanten zu erfahren, an welcher Stelle sich der in meinem Führer verzeichnete Turm ohne Fenster aus dem 11. Jahrhundert befand. Leider reichten die Englischkenntnisse meiner Gesprächspartner nicht aus, und sie konnten nicht verstehen, worum es mir ging. Wie aber soll man durch Gesten erklären, was ein Turm ohne Fenster ist und dazu noch aus dem 11. Jahrhundert? Meine Pantomime wurde von einer korpulenten Frau mit einem dicken Knoten grauer Haare unterbrochen; sie war ziemlich ärmlich gekleidet, trug einen an den Ärmeln abgewetzten dünnen Mantel und ausgelatschte Turnschuhe.

»Sie sind aus Polen?« fragte sie.

»Ja.« Ich war überrascht. »Sieht man das?«

»An den Schuhen«, antwortete sie.

Wir lachten beide.

»Ich zeige Ihnen den Dom«, sagte sie. »Ich habe dort mittelalterliche Fresken in einer Kapelle restauriert, zu der normale Sterbliche leider keinen Zutritt haben.«

»Was stellen sie dar?«

»Das Jüngste Gericht.«

»Ich glaube, wenn man es bei Breughel gesehen hat, dann kann man es woanders auch mal nicht sehen.«

Sie lächelte, und in diesem Lächeln war etwas, das bei mir plötzlich den Wunsch wachrief, diese Fresken zu sehen, um jeden Preis in diese Kapelle zu gehen. Ich sagte ihr das. Sie schüttelte den Kopf.

»Nein, dort können Sie nicht hinein. Kein Fremder hat da Zutritt. Dort sind die Särge hoher kirchlicher Würdenträger aufgestellt, die Kapelle ist erfüllt vom Tod ...«

»Dann will ich diesen Tod spüren«, ließ ich nicht lokker.

Doch sie gab mir nicht einmal mehr eine Antwort. Als

wir dann im Dom waren, zog ich meine Führerin zur Tür der Kapelle, anstatt wie die anderen Touristen den Sarkophag zu besichtigen, in dem sich das weltberühmte Gewand Christi befand, das nur alle fünfzig Jahre einmal der Öffentlichkeit gezeigt wird – zuletzt so um 1950, also vor meiner Geburt. An der Tür hing ein riesiges, rostiges Schloß. Ich schaute wehmütig zu der Tür hin, als wir den inneren Friedhof umrundeten, auf dem jene Würdenträger ruhten.

Wir waren wieder an die Stelle gegenüber dem Eingang zur Savigny-Kapelle gelangt, als ich von der anderen Seite einen Ordensbruder mit einem Schlüsselbund am Gürtel auf uns zukommen sah. In der Hand trug er eine Gießkanne, bestimmt ging er auf den Friedhof, um die Blumen zu gießen. Ich mußte nicht fragen, um zu wissen, daß einer dieser Schlüssel in das rostige Eisenschloß passen würde. Ich zupfte meine Begleiterin an der Hand, wir blieben stehen. Auch er blieb stehen. Er war von kleinem Wuchs und trug ein braunes Habit mit Kapuze. Sein Haar war ganz weiß, im Gesicht waren nur kleine, durchdringende Äuglein und eine hervorspringende Nase zu sehen.

»Fragen Sie ihn doch, ob ich da nicht rein kann«, flüsterte ich.

»Mich läßt er nicht hinein, obwohl er mich kennt«, antwortete sie.

Mit meinem Blick drängte ich, also räusperte sie sich und gab meine Bitte weiter. Auf dem Gesicht des Mönchs zeichnete sich Verwunderung ab. Ein paar Sekunden blieb er sprachlos, dann fragte er barsch:

»Und wozu will sie da hinein?«

»Sagen Sie ihm bitte, daß ich Schriftstellerin bin und fühle, daß ein Blick auf diese Fresken mein Leben verändern würde ... Ich bin dabei, ein Buch abzuschließen ...«

Sie übersetzte, was ich gesagt hatte, doch es war schwer, an seinem Gesichtsausdruck zu erkennen, inwieweit ihn das überzeugte. Ich war mir sicher, daß ich wieder von hier weggehen würde, ohne etwas erreicht zu haben. Als ich sah, daß er die Schlüssel von seinem Gürtel nahm, versagten mir die Beine.

Er sagte etwas, das ich verstand:

»Nur eine Minute!«

Die Zeit lief bereits, aber ich konnte mich nicht von der Steinplatte losreißen.

»Na, jetzt gehen Sie schon«, drängte mich meine Begleiterin.

Ich fürchtete, er würde es sich anders überlegen und das Schloß wieder verschließen. Mit einer übermenschlichen Anstrengung riß ich meine Füße von der Erde. Ich ging allein hinein. Der Mönch und die Restaurateurin blieben vor der Tür.

Da stand ich also vor dem Jüngsten Gericht. Als Eindringling, als unberufener Zeuge, dessen war ich mir wohl bewußt.

Ganz oben leuchtete das strenge Antlitz Gottes, während unten Teufel an zu Bündeln geschnürten, nackten Mönchen zogen, die sich zu Lebzeiten Ausschweifungen hingegeben hatten. Zu ihren Füßen krochen wiederum babylonische Huren, gleichfalls entblößt und von abstoßendem Äußeren, mit hängenden Bäuchen und fadenlangen Brüsten. Eine von ihnen hielt eine Schlange in der Hand, die mit ihrer Zunge versuchte, den Fuß des Mönches daneben zu erreichen. Die Teufel schienen lebendig zu sein, sie hatten bedrohliche Fratzen, aus denen Flammen hervorschlugen. Und nicht die kleinste Spur von Mitleid. Natürlich, es war ja auch das Jüngste Gericht, das normale Menschen sich mit ihrem ganzen Leben verdienen, Geistliche sogar zweifach. Und zweifach wurden ihnen jetzt die Sünden berechnet. Dort oben wurde der Schiedsspruch Gottes verkündet, nicht der der Menschen, deshalb war er gerecht. Ein mir unbekannter Mensch, dessen Staub die Winde der Jahrhunderte längst verweht hatten, versuchte mir diese Wahrheit zu vermitteln. Es gibt eine Gerechtigkeit!

Ich ging nicht, ich stürzte aus der Kapelle. Von einer plötzlichen Dankbarkeit ergriffen, beugte ich mich zur Hand des Bruders Pförtner herab, doch er entriß sie mir im letzten Augenblick.

»Geht mit Gott, Frau!« sagte er, schloß die Tür der Kapelle wieder zu und entfernte sich mit kleinen Schritten.

Schweigend ging ich neben meiner Begleiterin her. Ich verdankte ihr viel, doch ich wußte überhaupt nicht, wie ich ihr das sagen sollte. Für mich selbst war das etwas so Neues und Ungewöhnliches. Ich schlug vor, einen Kaffee zu trinken. Sie nahm den Vorschlag gerne an. Und wir sprachen eher über sie als über mich. Sie war als frischverheiratete Frau nach Trier gekommen, wunderhübsch, zart und in ihren Mann verliebt, der von hier stammte. Er hatte eine Burg auf einer der Berghöhen, richtete ihr darin eine Werkstatt ein, von der sie nur hatte träumen können. Sie hatte geglaubt, das Leben beschenke sie über die Maßen reichlich, und so war es wohl auch gewesen. Doch dann nahm es ihr ebenso reichlich alles wieder weg. Der Ehemann hatte sie verwöhnt und mit Geschenken überhäuft, bis er bankrott gegangen war. Die Burg wurde ihm zur Begleichung der Schulden weggenommen. Und damit endete die romantische Liebe des Mannes zu der wunderhübschen, talentierten Polin. Ich glaubte ihr, daß sie zweifelsfrei ein Falsifikat vom Original unterscheiden konnte, selbst wenn es noch so perfekt gemacht war. Und das beruhte nicht nur auf Wissen, sondern auch auf Intuition, über die sie verfügt hatte. Sie hatte ihre Intuition verloren, als ihr Leben in Schutt und Trümmer fiel. Jetzt lebte sie ein gutes Stück außerhalb der Stadt in einem angemieteten Zimmer ohne Wasser und hatte einen zwölf Jahre alten Ford, der Steigungen immer schlechter bewältigte. Voll Angst dachte sie daran, was wohl würde, wenn er eines Tages seinen Dienst versagte. Außerdem war sie dick geworden, denn sie hatte Probleme mit der Schilddrüse. Sie sah aus wie ihre eigene Großmutter, und sie wußte es. Sie hatte kein festes Einkommen, so daß es ihr mal besser, mal schlechter ging. Im Augenblick fehlte ihr Geld, sie war mit der Miete im Rückstand und konnte nicht sicher sein, ob sie ihre Sachen nicht auf der Straße finden würde, wenn sie nach Hause kam.

»Warum gehen Sie nicht nach Polen zurück?« fragte ich.

Sie lächelte traurig.

»Weil ich hierbleiben muß... hier fühle ich mich zu Hause, die Mauern sprechen zu mir...«

Zu mir auch, dachte ich überrascht.

»Heute ist ein besonderer Tag«, sagte sie. »Mein früherer Mann heiratet heute eine andere. Ich habe einen Spaziergang gemacht und Sie getroffen... Und was macht Ihr Mann?«

»Noch ist er es nicht«, antwortete ich.

Ich war vor Edward zurück im Hotel, und ohne Licht zu machen, legte ich mich aufs Bett. Noch einmal durchlebte ich diesen ungewöhnlichen Tag. Im Dunkeln zogen an mir die Fresken der Savigny-Kapelle vorbei, die Burg auf dem Berg, in dem meine unglückliche Landsmännin mit ihrem deutschen Mann gewohnt hatte, das unterirdische Labyrinth der römischen Bäder... Als Edward zurückkam, wollte ich ihm das erzählen, doch ich fand keine Worte dafür.

»Weil das alles so ungewöhnlich ist, werd ich dir auch etwas Ungewöhnliches anbieten.«

Er holte sein Zigarettenetui aus der Tasche und entnahm ihm eine Zigarette, um sie mir anzubieten.

»Ich rauche nicht«, sagte ich verwundert.

»Das ist Gras.«

Ich schaute ihn mit großen Augen an.

»Was bietest du mir da an?«

»Zieh ein paarmal, das steigert deine Sinneswahrnehmung.«

Nach einem Moment des Zögerns fügte ich mich. Zu Anfang war ich verkrampft und erwartete eine sofortige Reaktion, doch nichts dergleichen geschah, also fing ich an, ihm meine Erlebnisse dieses Tages zu erzählen. Und tatsächlich ging es jetzt viel besser als zuvor, ich hatte keine Schwierigkeiten mehr, die richtigen Worte zu finden, um auszudrücken, was ich empfand.

Edward hörte sich meine Schilderungen aufmerksam an, doch mehr als die Eindrücke aus der Kapelle interessierte ihn die Geschichte meiner Führerin.

»Da hast du ein Thema für eine Erzählung«, sagte er. »Vielleicht bringst du endlich das Buch zu Ende?«

»Ganz bestimmt«, antwortete ich überzeugt.

Noch einmal zog ich an dem Joint und verbrannte mir dabei fast die Fingerspitzen, denn die Zigarette war nur noch ein Stummel. Und dann drehte sich mir auf einmal der Kopf, alles um mich herum erschien in grellen Farben, Edwards Stimme wurde durchdringend, sein Lachen reizte mein Trommelfell. Ich hielt mir die Ohren zu und bat ihn, ruhiger zu sein. Edward nahm mich in seine Arme.

»Wenn du willst, daß ich meinen Mund halte, dann erlaube meinem Herzen zu sprechen«, flüsterte er.

Ich wollte etwas antworten, doch plötzlich war ich dazu nicht mehr fähig. Ich verfiel in einen Zustand der Erstarrung, es war unglaublich, mein Körper führte ein unabhängiges Leben und reagierte auf kein Signal meines Gehirns mehr. Ich hatte den Kontakt mit meinem Körper verloren und war doch gleichzeitig irgendwo genau in seinem Inneren. Alle meine Sinne waren geschärft, ich reagierte auf die leichteste Berührung. Als Edward mit seiner Hand über meine Haut fuhr, schmerzte es geradezu. Er war sich wohl nicht bewußt, was in mir vorging. Er war selbst benebelt von den Drogen und seiner wachsenden Erregung. Immer heftiger küßte er mich, und mir war klar, daß gleich etwas Furchtbares passieren würde, konnte es aber nicht verhindern. Plötzlich spürte ich einen stechenden, fast tierischen Schmerz. Ich wollte schreien, doch es kam kein Ton aus meiner Kehle. Schmerz, Blut...

Ich habe Edward nie gestanden, welche Gefühle ich während dieses fast schon rituellen Aktes, bei dem ich meine Jungfräulichkeit verlor, gehabt habe. Ich verlor sie, ohne unschuldig gewesen zu sein, vielleicht wurde ich deshalb dafür bestraft. Gegen Morgen kam ich endlich wieder zu mir, ich erinnerte mich, was passiert war und wo ich mich befand. Neben mir schlief Edward, den Rücken hatte er mir zugekehrt. Ich wußte nicht, was ich tun sollte, mich anziehen und weglaufen, bevor er aufwachte, oder bleiben, mich mit der Situation abfinden und mich an seinen Rükken schmiegen. Ich hegte ihm gegenüber keine bösen Gefühle. Das, was passiert war, sprach nicht gegen ihn, sondern eher gegen mich. Man hatte anscheinend etwas vergessen, als man mich in diese Welt geschickt hatte. Man hatte mich nicht mit weiblicher Intuition ausgestattet, die einem sonst auf einfache Weise hilft, sich in den verschiedenen Situationen zurechtzufinden. In dieser Nacht hatte ich etwas erlebt, das allen einigermaßen normalen Frauen widerfuhr. Sie kamen damit irgendwie zurecht, und es war kein derartiger Alptraum für sie. Allerdings gab ihnen auch niemand vorher Drogen... Na ja, weil sie keine Drogen brauchten ... Ich war nicht so wie die anderen, aber wie die anderen liebte ich einen Mann und wollte ihn nicht verlieren. Also schmiegte ich mich schließlich an seinen Rükken...

Diese unerwartete Lösung meiner Probleme befreite mich davon, des Nachts zu wachen. Allerdings empfand ich so etwas wie Gewissensbisse. Aus den Gesprächen in der Zelle erfuhr ich, daß es ein offener Oberschenkelbruch war. Agata war in ein Gefängniskrankenhaus nach Warschau gebracht worden, weil unser Arzt die Behandlung nicht riskieren wollte. Die Strafe für das, was ich durch Agata erlitten hatte, erschien mir gar zu grausam. Aber konnte man hier überhaupt von Strafe und Schuld sprechen? Sie war als Frau zurückgewiesen worden. Bei keinem Mann hatte sie eine Chance, also hatte sie sich dahin gewandt, wo sie erwarten durfte, akzeptiert zu werden. Nur eine Frau kann eine andere Frau ganz verstehen, ihr Herzlichkeit erweisen und wirkliche Wärme spenden. Die Zärtlichkeit eines Mannes ist anders. Sie grenzt immer an heftigere Gefühle, Sex ist ja auch eine Form von Aggression, ist vom Prinzip her schon brutal.

Vielleicht rührten Edwards und meine Eheprobleme daher, daß ich die Einweihung in der falschen Reihenfolge erlebt hatte, nicht so, wie es die Natur vorsieht. Zuerst sollte der Schmerz sein, der jede Art von Geburt begleitet. Ich bezahlte dafür meinen Preis, weil ich meinen Mann liebte, mich aber gleichzeitig nicht von der Furcht vor seiner Körperlichkeit befreien konnte, vor seinem Verlangen, das so egoistisch war und auf nichts Rücksicht nahm, was mir wichtig war. Einmal hatte Edward in seiner Wut gesagt:

»Weißt du denn nicht, daß ein erigierter Schwanz kein Gewissen hat?«

»Ich habe es zu spät erfahren«, hatte ich geantwortet.

Es war während der Sommerferien passiert, ein Jahr vor dem Abitur. Ich hatte in meinem Dachzimmer im Pfarrhaus gesessen und aus dem Fenster geschaut. Nicht weit von uns führten Studenten irgendwelche Studien durch. Borysówka mußte für verschiedene Forscher ein interessanter Ort gewesen sein, denn dauernd waren welche da, Ethnographen, Biologen, Meteorologen, Archäologen. Er gehörte zu den letzteren. Sie gruben in der Nähe des Pfarrhauses ein Loch, zäunten es mit Stangen ein und suchten dort in einem fort nach etwas. Dabei gingen sie ständig von hier nach dort, denn sie brauchten Wasser aus dem Brunnen, viel Wasser. Sie schleppten einen Eimer nach dem anderen herbei. Unter anderem auch er, dieser Student. Es war heiß, also hatte er sein Hemd ausgezogen und paradierte mit bloßem Oberkörper. Sein Körper war braungebrannt, und seine blonden Haare kontrastierten schön mit der olivbraunen Farbe seiner Haut. Einmal blieb er stehen, sah zu mir hoch und rief:

»Fräulein vom Fenster, komm herab zu uns!«

»Kann ich nicht«, lachte ich und war überhaupt nicht verlegen.

»Warum nicht?«

»Weil Großmutter es nicht erlaubt.«

Er machte eine unbestimmte Handbewegung.

»Vielleicht bitten wir Großmutter, daß sie es dir erlaubt?«

Ich schüttelte den Kopf.

Dann trafen wir uns eines Tages auf dem Weg. Ich war nicht mehr so unbefangen, sondern angespannt und hätte am liebsten auf dem Absatz kehrtgemacht und wäre davongelaufen. Aber irgendwie machte ich das dann doch nicht. Ich wollte nicht, daß er dachte, ich sei eine dumme Gans. Es lag mir sogar daran, daß er nicht so von mir dachte. Er stellte den Wassereimer ab und faßte mich am Kinn. Dabei sah er mir in die Augen.

»Grünauge«, flüsterte er. »Sag, wie heißt du?«

»Daria.«

»Du hast den schönsten Namen der Welt!«

Nachher fragte mich Großmutter aus, was der Student von mir gewollt habe.

»Er hat nach dem Weg gefragt«, sagte ich mürrisch.

Doch sie ließ es dabei nicht bewenden.

»Aber warum hat er dir so in die Augen geschaut?«

»Weil ich wie stumm dastand!« schrie ich und rannte aus der Küche.

Noch ein paarmal begegneten wir uns auf dem Weg, bis er eines schönen Nachmittags, die Sonne verschwand bereits hinter den Bäumen, meine Hand nahm und mich wegführte. Ich ging ohne Widerstand mit. Wir gelangten auf den kleinen alten Friedhof hinter dem Pfarrhaus. Der Student stieg durch ein Fenster in die Holzkapelle, öffnete die verriegelte Tür von innen und ließ mich ein. Drinnen war es dämmrig, die durch die Ritzen der Fensterläden einfallenden Sonnenstrahlen sahen wie goldgelbe Hobelspäne auf dem Boden aus.

»Daria«, sagte er mit warmer Stimme. »Zieh dein Kleid aus.«

Ich machte einen Schritt nach hinten, doch er nahm meinen Kopf in seine Hände und zog mich wieder zu sich hin.

»Daria, ich tu dir nichts. Mach, was ich gesagt habe.«

Und ich gehorchte und zog mir das Kleid über den Kopf.

Ich stand mitten in dem Raum, in dem es nach Staub und modrigem Holz roch, und hielt die Arme schützend vor meine entblößten Brüste, als wäre mir kalt. Mein Herz schlug wild. Auch der Student zog sich aus. Er kam ganz nah zu mir und umarmte mich. Ich spürte etwas Verwunderliches, etwas, das plötzlich zwischen uns auftauchte und fremd war, bei mir jedoch gleichzeitig Neugier und Faszination auslöste. Er kniete nieder und drängte auch mich hinzuknien, dann küßte er meine Brüste. Die Berührung seines Mundes war mir angenehm, eine süße Trägheit überfiel mich. Danach legten wir uns auf seine Jacke, mit seinen Lippen berührte er meine Haut, seine Küsse waren zart wie ein Lufthauch. Ich selbst kam mir dabei ganz fremd vor und konnte mich in diesem nackten Mädchen gar nicht wiedererkennen. Plötzlich hatte ich das Verlangen nach mehr als nur Küssen. Ich wußte jedoch nicht, wie ich ihm das sagen sollte, ich war unerfahren und hilflos in meinem Verlangen. Er merkte es, auch ohne daß ich etwas sagte.

»Nein, Daria«, flüsterte er. »Das wäre brutal, das würde dich verletzen ... Wir machen das anders ...«

Er öffnete meine Schenkel und berührte mich mit seiner Zunge. Mein Körper gab sich seinen Liebkosungen hin, wartete auf sie und begann sie zu fordern. Ich wurde immer ungeduldiger, und für einen Moment befand ich mich dann plötzlich in einem Zustand der Schwerelosigkeit. Eine Leichtigkeit, herrlich und wunderbar, und dann eine ebenso plötzliche Rückkehr auf die Erde und plötzliche Scham.

»Du mußt dich für nichts schämen, Daria«, sagte der Student. »Unsere Liebe ist rein und unschuldig. Mag die fremde schmutzig sein ...«

Fremde Liebe

Nach dem, was Iza sagte, war Agatas Geliebte ganz in Ordnung gewesen. Und trotzdem hatte sie sich mit diesem Monster eingelassen und noch beim Abschied vom Gefängnis gejammert, weil sie sich für einige Zeit nicht sehen würden. Für eine ziemlich lange Zeit, denn Agata hatte noch zwei Jahre abzusitzen, und da sie rückfällig war, hatte sie keinen Grund, auf eine Strafverkürzung zu hoffen. So eigenartig das auch klang, Agata war in dieser Verbindung angeblich die Untreue, und Seitensprünge kamen bei ihr immer wieder vor. Die Geliebte machte ihr dann Vorwürfe, und es kam zu heftigen Szenen. Als die andere entlassen wurde, lagen sie sich weinend in den Armen.

»Ich werd dich nicht besuchen, Aga«, sagte sie. »Freiwillig setz ich keinen Fuß hier rein, aber ich werd dich immer in meinem Herzen haben.«

Und wieder heulten sie los. Was für eine Szene!

Vielleicht wäre es mir draußen in der Freiheit schwerer, das zu verstehen. Jetzt weiß ich, daß das Leben überraschende Lösungen bringen kann. Und faszinierende. Was ich für Iza empfand, hatte auf jeden Fall mit Sex nichts zu tun. Ich hatte nie solche Neigungen und nach der Geschichte mit Agata noch viel weniger. Das wäre geradezu unmöglich. Sex war für mich immer eine schwierige Sache. Ich konnte der Rolle der Geliebten nicht gerecht werden, obwohl das nach außen gar nicht so schwer ist. Viele Frauen tun oft jahrelang nur so, um ihre Ehe zu retten. Besonders dann, wenn Kinder da sind. Ich konnte das nicht, selbst wenn ich es versuchte, wurde ich umgehend enttarnt. Edward sprang dann aus dem Bett und lief in das andere Zimmer, wo er im Dunkeln Zigaretten rauchte. Einmal rannte er wie ein Irrer mitten in der Nacht aus dem Haus und stieg in sein Auto. Ich hatte Angst, er könnte einen Unfall haben. Zum Glück kam er gesund und heil wieder. Ich lief in den Flur. Wir schmiegten uns eng aneinander.

»Warum?« hörte ich seine verzweifelte Stimme fragen.

»Ich weiß es nicht.«

Bestimmt nicht deshalb, weil ich ihn nicht geliebt hätte, auch nicht deshalb, weil ich ihn oft als Mensch verachtete. Insbesondere dann, wenn er aus Sorge um seinen eigenen Hintern etwas widerrief. Zum Beispiel lobte er irgendein Buch, sprach voller Begeisterung davon, aber sobald er merkte, daß der Autor bei denen, die etwas zu sagen hatten, nicht besonders gut angesehen war, schrieb er eine vernichtende Rezension. So war er eben, leider. Auf der einen Seite ein ungewöhnliches Wissen, eine faszinierende Intelligenz, ein wirkliches Talent, doch ein völliger Waschlappen. Vielleicht lag sein Unglück darin, daß er hier geboren war, als Intellektueller im Westen hätte er nicht zwischen Karriere und dem eigenen Gewissen wählen müssen. Und sein Gewissen war nun wirklich belastet ... Ich gab mir Mühe, in den Augenblicken der Ruhe nicht daran zu denken, dann, wenn unsere Beziehung gerade in Ordnung war, das heißt, wenn sich gerade keiner von uns beiden von dem, was der andere gesagt hatte, tief verletzt fühlte. Er schrie, er habe eine Hure geheiratet, die nur deshalb bei ihm sei, weil sie meine, daß eine Frau ein paar Hosen bei sich haben sollte. Ich schimpfte ihn alles – vom Konformisten bis zum Kommunistenknecht. Danach versöhnten wir uns wieder. Es kam vor, daß wir zusammen auf dem Sofa lagen; Edward hatte seinen Kopf auf die Lehne gelegt und ich den meinen auf Edwards Bauch. Beide lasen wir ein Buch. Und von Zeit zu Zeit tauschten wir Bemerkungen aus. Ich liebte diese Momente. Sie waren eine Bestätigung unserer Verbindung. Ich verdankte ihm zweifellos viel. Als ich ihn kennengelernt hatte, war ich innerlich weich wie Knete gewesen. Er konnte mich formen, wie er nur wollte. Und ich glaube, er hat mir dabei kein Leid zugefügt, im Gegenteil, er half mir, daß ich zu mir fand. Oder, wie er das nannte: Er hatte einen Brillanten eingefaßt. Das war natürlich übertrieben, denn ein Brillant war ich nun wieder nicht, aber ich hatte ein paar Bücher geschrieben, die gerne gelesen wurden.

Das letzte Treffen mit Iza stellte eine Wende in unserer Beziehung dar, jedenfalls scheint es mir so. Bisher hatten wir uns steif an unsere Rollen gehalten, sie stellte mir selbstverständliche Fragen, und ich gab ihr selbstverständliche Antworten. Und plötzlich nun schaute sie mir in die Augen, in den Fingern die unvermeidliche Zigarette – ich hatte mich schon damit abgefunden, daß sie rauchte, sogar der Rauch störte mich nicht mehr so –, und fragte:

»Warum hast du ihn getötet?«

Ich fühlte mich in die Enge getrieben, ich wußte nicht, was ich antworten sollte. Denn wie soll man auf eine so gestellte Frage antworten.

»Ich habe alles vor Gericht gesagt...«, murmelte ich, obschon das nicht ganz der Wahrheit entsprach. Im Gericht hatte mein Anwalt für mich gesprochen, ich hatte vorwiegend geschwiegen.

Iza lachte laut.

»Vor Gericht sagt man so allerlei. Ich frage privat. Hast du ihn gehaßt?«

»Ich … Ich habe ihn geliebt.«

»Und er hat dich nicht geliebt?«

»Er hat mich geliebt.«

Ihre Mundwinkel zuckten bei diesem vertrauten, verstohlenen Lächeln. Sie sog den Rauch tief ein und blies ihn in einer blaugrauen Wolke wieder aus, die für einen Moment ihr Gesicht verbarg.

»Ihr müßt ja ein Paar abgegeben haben.«

»Eigentlich war es gar nicht so schlecht«, sagte ich nach kurzem Überlegen. »Wenn nicht andere Menschen …«

Ich hielt inne, denn wie sollte ich ihr erklären, daß ich unter »andere Menschen« die Frau verstand, mit der Edward zusammengewohnt hatte.

»Warum wart ihr in jenem Moment beide unbekleidet?«

»In jenem Moment …« Daß sie genau dieselben Worte benutzte, die auch ich im Geiste benutzte, um meine Tragödie zu benennen, machte mich benommen. Ich begriff auf einmal, daß ich mich nicht zufällig hier befand. Immer schon hatte ich auf einen so perfekten geistigen Kontakt mit einem anderen Menschen gewartet, den idealen Kontakt, doch ich hatte geglaubt, dies sei nicht möglich. Mit Edward hatte ich mich sehr gut verstanden, es hatte genügt, daß ich einen Satz anfing, und er konnte ihn ohne weiteres zu Ende bringen. Nie war es allerdings so, daß er den Satz von Anfang bis zum Ende an meiner Statt aussprach. Aber er war ein Mann …

Gleich nachdem ich in die Bibliothek, in den Bücherstall, wie meine Kolleginnen sagten, gekommen war, vergrub ich mich in einen Berg diverser Papiere. Der Großteil der Bücher im Gefängnis stammte, wie ich feststellte, aus Schenkungen; das Verzeichnis der Wohltäter war stattlich und enthielt überwiegend Institutionen, die ihre überflüssigen Titel loswerden wollten. Zum Beispiel die Werke Lenins. Aber es gab auch einige durchaus anständige Titel, das waren Weihnachtsgeschenke von Verlegern. Ich stieß auch auf die Kartei, in der verzeichnet war, wenn ein Exemplar ausgesondert wurde, weil es schon völlig zerlesen war. Die Ehre eines solchen Todesurteils hatten in unserer Bibliothek bisher nur Kriminalromane erfahren. Eigentlich lustig, daß im Bau für Kriminelle sich Krimis einer solchen Beliebtheit erfreuten. Vielleicht ist das einfach Fortbildungsliteratur.

»Was wühlen Sie so in diesem Papierzeug, Pani Daria, von dem Staub kann man ja eine Leberentzündung kriegen«, rief die Maus von ihrem Aufsichtsposten. »Bei einer meiner Bekannten hat das böse geendet, sie ist ständig mit dem Lappen durch die Wohnung gerannt und hat Staub gewischt. Das hat sich ihr auf die Leber geschlagen...«

Und dann versteh ich auf einmal, weshalb sie so mit mir redet. Sie kommt zu mir und zieht aus ihrer Bluse meinen letzten Roman hervor.

»Vielleicht könnten Sie eine Widmung hineinschreiben, eine Bekannte von mir hat mich darum gebeten, sie verschlingt Ihre Bücher. Sie sagt, daß Sie wunderschön schreiben, für die Leute...«

»Ist das die, die soviel Staub wischt?« frage ich.

»Nein, nicht die. Die ist schon längst unter der Erde. So eine von uns, aus der Küche...«

Klar, natürlich, denke ich, das paßt mal wieder. Ich schreibe Literatur für Köchinnen. Wenn das meine Feinde hören könnten, hätten sie wirklich einen guten Tag.

»Wenn sie hier arbeitet, warum ist sie dann nicht selbst gekommen?«

»Halt so... hat keinen Mut...«

Wieder so ein Paradox, ich bin doch Insassin einer Strafanstalt, also ein Niemand. Man kann mich wie einen Hund behandeln, auch wenn der Generaldirektor der Gefängnisse Polens der Meinung ist, daß wir auch Menschen sind. Doch bisher denkt wohl nur er so. Ich bin besonderer Brutalität seitens des Gefängnispersonals zum Glück nicht begegnet, doch erstens geht es in Frauengefängnissen nicht ganz so streng zu, und zweitens hat mir Iza verraten, daß die sofort wissen, wen sie deckeln können und bei wem eine sanftere Gangart angebracht ist. »Deckeln« bedeutet dabei oft, jemanden fertigzumachen. Iza erzählte mir von einem Fall, über den jüngst viel gesprochen wurde. Da hatten Wachteln einen Gefangenen zusammengeschlagen und ihn dann, damit er keine Beschwerde gegen sie erheben konnte, in den Karzer gesperrt, bis die Spuren der Schläge auf seinem Körper verschwunden sein würden. Der Unglückliche hatte einen Weg gefunden, sich zu befreien. Er beging Selbstmord. Eine Untersuchung des Falls lief an, und nur deshalb kam die Sache raus. Ich wurde zur Gruppe der Untypischen gezählt, auch das war eine Information von Iza, genauso wie Pani Manko, nur daß ich einen Strich höher eingestuft war. In meinen Akten stand der Vermerk, ich sei eine »moralisch höherstehende« Person. Nun gut, aber Handschellen hatten sie mir auch angelegt. Das war ein eigenartiges Gefühl, ein übles Gefühl, genauer gesagt. Furcht, Scham und die Unsicherheit, wie man sich in einer solchen Situation benehmen soll. Nur einmal hatte ich Handschellen an, und zwar als man mich nach der Urteilsverkündung aus dem Gericht führte. Während der Fahrt nach Kowaniec dann schon nicht mehr. Vielleicht war das so ein psychologisches Spielchen von denen, damit ich keinen Widerstand leisten würde, denn immerhin waren mir neun Jahre aufgebrummt worden.

Dabei war ich eher verwundert, daß es so wenig war, aber das wußten sie nicht. Und dieses Kowaniec... Ein schöner Name, schade nur, daß ich dabei immer an das Gefängnis denken werde. Ringsum nur Felder und ein Spalier hoher Bäume entlang der Straße. Schon von weitem kann man den düsteren, von einer Mauer umgebenen Gebäudekomplex sehen. Bis zur Stadt sind es sechs Kilometer, in der Nachbarschaft gibt es sonst nur ein paar zweistöckige Doppelhäuser aus Betonplatten, in denen das Gefängnispersonal wohnt. Iza lebt in einer solchen Wohnung...

Eine eigenartige Szene beobachtete ich am heutigen Abend oder eigentlich eher am späten Nachmittag, gerade ging die Sonne unter, und durch das Gitter und das wütende Rosa der Vorhänge (ich überlege immer noch, was ich tun könnte, um sie loszuwerden) zwängte sich ihr letzter Strahl und brach sich an der Wand, bei der die Schüssel auf dem Ständer und der Kübel stehen. Maske und ihre Freundin verrichteten ihre täglichen Waschungen. Wir sind jetzt nur drei in der Zelle, weil Agata, wie bekannt... und weil Pani Manko an Grippe erkrankt ist, so einer klassischen Grippe mit hohem Fieber, und man sie auf die hiesige Krankenstation gebracht hat, damit sie uns nicht ansteckt. Von meinem Platz aus beobachtete ich die zwei. Sie trugen die gefängniseigenen Trägerhemdchen aus grobem Stoff. Sie wuschen sich stückchenweise, denn wie anders kann man sich in einer Schüssel waschen, vor allem wenn das Wasser kalt ist. Danach stellten sie die Schale auf die Erde, und die mit dem Pferdeschwanz, sie hatte ihre Haare jetzt gelöst, setzte sich hin, und Maske wusch ihr die Füße. Aber wie sie ihr die Füße wusch! Wenn das ein talentierter Regisseur drehen würde, könnte es eine der schönsten Liebesszenen des Weltkinos sein. Die Art, wie eine der beiden Frauen den Fuß der anderen in ihren Händen hielt, die Zärtlichkeit, die sich in dieser Geste ausdrückte, das alles war unbeschreiblich. Sie küßte den Fuß, dann goß sie andächtig Wasser aus dem Blechbecher darüber. Sie seifte den Fuß ein und begoß ihn noch einmal. Dasselbe machte sie mit dem anderen. Dann sah ich, wie sich das sitzende Mädchen nach vorne zu der anderen beugte, die langen rehbraunen Haare, auf die gerade die abendlichen Sonnenstrahlen fielen, verdeckten ihr Gesicht. Ich sah ihr von der Sonne beschienenes Haar und die nackten Arme, die sich der Freundin entgegenstreckten. Mit der Hand berührte sie Maskes Wange, und die schmiegte ihre Schulter an diese Hand. Das war nur ein Augenblick, der Sonnenstrahl wanderte weiter zur Wand, und die Szene erlosch. Wieder waren da nur zwei mit ihren Liebschaften meinen Schlaf störende Frauen.

Gespräch mit Iza

»Was heißt, du hast ihn in die Hand gebissen? Du machst Witze!«

»Er konnte mich so weit bringen, daß ich die Kontrolle über mich verlor. Ich war dann nahe daran, mich auf ihn zu werfen und ihn zu schlagen... Natürlich kam es nie soweit...«

»Aber du hast ihn gebissen.«

»Wir waren beide selbst ganz überrascht. Er ist dann auch gleich fortgegangen...«

»Aber in diesem konkreten Fall, was hast du da eigentlich gewollt? Daß er den Fernsehzuschauern sagt, du seist eine große Schriftstellerin?«

»Er hat geglaubt, wenn er mich in einen Sack zusammen

mit Nichtskönnern schmeißt, wenn er mich zum Abschuß freigibt, dann denken die anderen, was er doch für ein objektiver Kritiker ist. Aber das hat ihm auch nicht geholfen. Und mir hat es sehr geschadet. Wenn er mich gelobt hätte, wäre das ohne Bedeutung gewesen, aber so ... Wenn schon der eigene Mann so über sie spricht, dann steht es wirklich schlecht um sie ...«

»Aber vielleicht hat er das extra gemacht, damit andere dann protestieren und für dich eintreten.«

»So naiv war er dann auch wieder nicht. Er hat das für sich getan ...«

Habe ich meinen Mann gekannt? Es mochte mir so vorgekommen sein, aber so ganz wußte ich nicht, wie er war. Was er dachte. Was er überhaupt dachte und was er über mich dachte. Mit Sicherheit war ich wichtig für ihn. Aber was bedeutete das? Ich war es doch gewesen, die diese Aufteilung in Gefühle einerseits und Bett andererseits festgelegt hatte. Mein Platz war bei den Gefühlen, ihrer war im Bett. Wie war das wirklich gewesen ... Ich fürchte, daß keiner von uns dreien das wußte. Die einzige zufriedene Person war ganz sicher sie. Denn weder ich noch Edward konnten wirklich zufrieden sein, wir hatten uns doch immer nur gestritten. Er war wahrscheinlich noch weniger zufrieden als ich. Er hatte kein reines Gewissen. Und ich ... Ich redete mir schon seit meiner Kindheit Schuldgefühle ein.

Als Fünfjährige, glaube ich, war ich heimlich in das Kirchlein geschlichen, obwohl ich wußte, daß ich nicht allein dorthin gehen durfte. Ich kam immer mit Großmutter zum Gottesdienst, doch da verstellten mir die Gläubigen den Blick auf den Altar. Damals sah ich die goldene Wand, die das Schiff von dem Altarraum trennte, genau vor mir.

Sie hatte drei Türen, von oben bis unten war sie mit verschiedenartigen und verschieden großen Ikonen bedeckt. Das war ungeheuer reich ... Einige der Ikonen glitzerten mit ihren kostbaren Steinen, andere hatten silberne oder goldene Verkleidungen, und nur die Gesichter der Heiligen waren zu sehen. Alle Ornamente auf den Verkleidungen zeigten Pflanzenmotive, wie ich später, bereits als Erwachsene, festgestellt habe. Damals war ich völlig verängstigt. Direkt auf der Erde brannten Hunderte von winzigen Kerzen, die flackernden Flammen spielten ein raffiniertes Spiel miteinander, die einen legten sich fast flach hin, andere schossen in die Höhe. Und die Gesichter der Heiligen, die waren so streng, so bedrohlich! Ihre Augen schauten vorwurfsvoll auf das kleine Mädchen, das sich hier trotz des ausdrücklichen Verbots eingeschlichen hatte und ihren Frieden störte. Diese Blicke versetzten mir einen solchen Schrecken, daß ich auf einmal anfing, bitterlich zu weinen. Ich stand vor des Kaisers Tür und war starr vor Angst. Ich konnte mich nicht mehr bewegen, sondern weinte nur immer lauter. Zum Glück hörte Großmutter mein Weinen.

Seit einiger Zeit kommt regelmäßig eine höchst seltsame Kreatur in die Bibliothek. Anders kann man das nicht nennen, denn es fällt schwer sich vorzustellen, daß so jemand eine Frau oder überhaupt ein Mensch sein kann. Statt der Haare hat sie einen violetten Hahnenkamm auf dem Kopf, von ihren Wimpern tropft die Tusche, die meist unter den Augen verläuft und schwarze Halbringe bildet. Also wirklich, in manchen Fällen geht diese Freiheit zu weit. Der neue Generaldirektor weiß bestimmt nicht, was er tut, wenn er die Gefängnisdisziplin so weit lockert. Laut den Bestimmungen konnten Gefangene, wenn sie in ihrer Freizeit die Bibliothek benutzen wollten, nur in Gruppen kommen, doch für dieses Wesen galt das nicht. Diese Kreatur kommt also, steht an der Wand und starrt mich an. Das dauert ein paar Stunden, oft bis zum Ende der Freizeit. Ich versuche, nicht am Pult zu sitzen, sondern verstecke mich zwischen den Regalen, aber wenn ich allzu lange nicht auftauche, kommt diese Kreatur näher und hält nach mir Ausschau. Sie reckt ihren Hals, stellt sich auf Zehenspitzen, manchmal geht sie auch in die Hocke. Und dabei wird sie immer unverschämter. Zuletzt ist sie mir sogar zwischen die Regale gefolgt.

»Hier ist der Zugang verboten«, sagte ich scharf.

Die Kreatur zog sich zurück, doch beim nächsten Mal reagierte sie schon nicht mehr auf meine Warnung. Sie lehnte sich gegen ein Regal, heftete ihre blutunterlaufenen Augen auf mich und fing an, vor meinen Augen zu onanieren. Mir wurde schlecht vor Ekel. Ich wußte nicht, was ich tun sollte, und fing an, mit den Armen zu wedeln, als wollte ich Hühner verscheuchen.

»Ksch, ksch!« wiederholte ich in einem fort.

Sie brachte ihr Liebesspiel jedoch zu Ende, klimperte mit ihren steifen Wimpern und scherte sich schließlich fort.

An diesem Tag hatte die Maus Dienst. Sie strickte Hausschuhe für ihren Enkel und kümmerte sich um gar nichts.

»Die ist wieder hier aufgetaucht«, sagte ich mit bebender Stimme.

»Wer?«

»Die mit dem lila Schopf.«

»Ach, die Aśka«, die Wärterin machte eine wegwerfende Handbewegung, »die hat sie nicht alle.«

»Aber sie stört mich bei der Arbeit.«

Die Maus schaute mich über den Brillenrand hinweg an.

»Aber die macht doch nichts, steht nur da. Was stört Sie das?«

Ich konnte ihr nicht sagen, was die Aśka machte, wenn sie da stand, es wollte mir nicht über die Lippen.

Auf meiner Pritsche dachte ich voll Bitterkeit, daß sie mir mein Asyl nahmen. Wenn ich jetzt in die Bibliothek ging, hatte ich Angst, weil ich wußte, daß die mit dem Schopf wieder auftauchen und mich beobachten würde. Durch Erfahrung klüger geworden, ging ich in ihrer Anwesenheit nicht mehr zwischen die Regale, was sie jedoch in keiner Weise behinderte. Sobald wir allein waren, hob sie den Rock und schob ihre Hand unter den Schlüpfer. Ich betete im Geiste, jemand möge kommen, doch wie zum Trotz war es gerade immer leer in der Bibliothek. Schließlich erzählte ich Iza davon.

»Wir halten sie hier, weil niemand sie will. In der Irrenanstalt gibt es keinen Platz, fürs Kinderheim ist sie zu alt. Was sollen wir also mit ihr machen?«

»Aber warum hat sie sich gerade mich ausgesucht?«

»Sie masturbiert unentwegt, das beruhigt sie«, antwortete Iza.

Weil sie jedoch sah, wie sehr mich das mitnahm, untersagte sie den Wärterinnen, Aśka in die Bibliothek zu lassen. Nur leider hielten sich nicht alle daran.

Meine Großmutter Nina Andrejewna

Sie erschien mir eines Nachts im Traum, und zwar so, wie sie in meiner Kindheit war: kerzengerade, stattlich, das kastanienbraune Haar zu einem Zopf geflochten, der im

Nacken aufgesteckt war, gleichmäßige Gesichtszüge und helle Augen, die aufmerksam, aber ein bißchen traurig schauten. Diese östliche Traurigkeit der Augen war nach Edwards Meinung der einzige Zug, den ich mit ihr gemein hatte. Ich war um einiges kleiner als sie und hatte viel hellere Haare, rotblonde, wie manche Leute meinten, für mich aber waren sie an den Enden blond und an den Wurzeln kupferbraun. Mit einem Wort: unentschieden wie alles in meinem Leben. So wie meine Nationalität, denn weder war ich Weißrussin noch Polin, nichts Genaues ließ sich über die Eltern sagen, Mutter und Vater fehlten. Das einzig Stabile in meinem Leben war die Großmutter. Sie sprach mit einer leisen, aber bestimmten Stimme. Sie erwies mir keine Zärtlichkeiten, doch wußte ich, daß sie mich liebte. Unser Verhältnis zueinander war frei von Konflikten, im allgemeinen war ich ein gehorsames Kind, sie ließ mir im übrigen viel Freiheit. Sie zwang mir nie etwas auf, selbst als ich noch ein Kind war. Nur ein einziges Mal kam es zu einem echten Krach zwischen uns. Sie haute mir eine runter, danach weinten wir beide, ich in meinem Zimmer, sie in dem ihren. Aber schon am nächsten Tag war alles wieder im Lot. Ich habe sie danach nie wieder, nicht einmal als Erwachsene, gefragt, ob es wahr sei, daß sie meinen Vater an die Sicherheitspolizei verraten habe ... So wie es zwischen ihr und dem Onkel ausgemacht war, blieb ich bis zum Abitur im Pfarrhaus wohnen, wobei ich täglich mit der Schmalspurbahn zur Schule fuhr. Danach machte ich die Aufnahmeprüfung für Polonistik in Warschau und kam dann nur noch zu Weihnachten und in den Ferien her. Die Bindung zwischen Großmutter und mir lockerte sich. Der Pope ging in Pension, und Großmutter zog mit ihm nach Białystok. Dort war ich insgesamt wohl nur ein- oder zweimal vor Großmutters Krankheit. Sie wurde nämlich schwer krank, obwohl sie ihr ganzes Leben nie irgendwelche Beschwerden gehabt hatte. Nicht einmal einen Schnupfen. Sie trug ihre wunderschönen Haare zu einem Zopf geflochten, und wenn sie lachte, zeigte sie eine Reihe gleichmäßiger, schneeweißer Zähne. Und dann plötzlich ein Anruf aus Białystok. Nina Andrejewna liegt im Sterben. Ich konnte das gar nicht fassen, ein paar Monate zuvor hatte ich sie bei bester Gesundheit gesehen, und jetzt plötzlich diese Nachricht. Als ich in den Krankensaal kam – ich wußte nicht, in welchem Bett sie lag –, zeigte man mir eine verhutzelte alte Frau. Die Haut war wächsern und runzlig, der Mund zahnlos. Zwischen dem schütteren Haar leuchtete der kahle Schädel hervor. Ich erkannte sie an ihrer Stimme.

»Laß mich hier, Daria«, sagte sie. »Geh zurück zu deinem Mann.«

Ich schüttelte den Kopf.

»Ich nehme dich mit.«

»Laß mich hier. Der Mensch erlöscht wie eine Lampe, meine Lampe wird schon ausgedreht...«

Obwohl sie dagegen war, ließ ich sie in einem Krankenwagen nach Warschau bringen, wo ich ihr mein Zimmer gab. Ich selbst zog zu Edward. Wir hatten eine kleine Zweizimmerwohnung mit einer dunklen Küche. Die Zeit, als meine Großmutter im Sterben lag, brachte die erste schwere Krise in unserer Ehe. Was ich damals für Edward empfand, war schlicht und einfach Haß. Ich wußte bereits vorher, daß er rücksichtslos sein konnte, ein paarmal hatte ich das schmerzhaft am eigenen Leibe erfahren, doch sein Verhalten während der paar Monate, die Großmutter bei uns lebte, kann man nur mit einem Wort bezeichnen: infam. Wie jeder Mann ertrug auch er keine Krankheiten im Haus, immer war er unleidlich gewesen, wenn ich mit einer Grippe im Bett gelegen hatte. Doch einmal, als ich eine Knochenhautentzündung hatte und in den Nächten nicht schlafen konnte, da schlief auch er nicht. In einer solchen Nacht fand ich ihn mit geröteten Augen in der Küche. Er schneuzte sich in ein Taschentuch.

»Was ist los, du weinst?« hatte ich verwundert gefragt.

»Ich kann nicht zusehen, wie du leidest«, hatte er geantwortet.

Aber das Leiden von Großmutter rührte ihn nicht. Er war wütend, daß er sich in seinem eigenen Haus einschränken mußte. Sobald ich mich nur umdrehte, schloß er die Tür zu dem Zimmer, in dem sie lag. Sie war zu schwach, um die Türklinke herunterzudrücken. Wenn sie ins Bad ging, zog sie sich an der Wand entlang, danach blieb dort, wo sie sich festgehalten hatte, eine dunkle Spur zurück. Nach Großmutters Tod brach ich psychisch zusammen. Ich schlief sechzehn Stunden am Stück, und kaum daß ich mich hinsetzte, fielen mir die Augen zu, als wollte ich vor dem Schmerz in den Schlaf flüchten. Der Schmerz fand schließlich ein Ventil, ich schrieb ein Buch, eine Art Klagelied einer Tochter, die ihre Mutter nicht beerdigen kann, weil sie sich physisch nicht von ihr zu trennen vermag. Sie hat das Gefühl eines furchtbaren Verlustes, als hätte man ihr ein Stück Fleisches aus dem Leib gerissen. Ich schrieb »Mutter«, doch ich meinte meine Großmutter ... Als Edward das Manuskript gelesen hatte, sagte er:

»Wärst du eine französische Schriftstellerin, bekämst du auf der Stelle den Prix Goncourt, aber hier wird dich kaum jemand verstehen. In einem provinziellen Land muß man provinzielle Literatur schreiben.«

»Aber warum bist du ausgezogen und zu diesem Onkel gegangen?«

»Ich bin ein paarmal ausgezogen. Edward kam dann allerdings immer zu mir und redete mir zu, wieder zu ihm zu kommen. Also packte ich meinen Koffer, und er trug ihn zum Auto ...«

»Und diese Frau, mit der er zusammen gewohnt hat?«

»Sie zog im Herbst siebenundachtzig zu ihm, gleich nachdem wir aus dem Urlaub zurückgekommen waren.«

»Ihr wart damals zusammen in Urlaub?«

»Ja. Er sagte mir, daß sie in unsere Wohnung ziehen werde; daß sie mit ihm wohnen werde ... Das heißt, er hat es weniger gesagt, als es mir zu verstehen gegeben. Wir spielten eine Art Spiel miteinander ... Von Anfang an erledigten wir bestimmte Dinge in unserer Ehe mit Hilfe von literarischen Zitaten ... Und später, als andere Frauen auftauchten, dachten wir uns für sie literarische Entsprechungen aus ...«

»Was heißt, ihr dachtet sie euch aus? Das waren doch seine Geliebten!«

»Sag ich doch. Wenn er wieder eine Liebesaffäre begann, hinterließ er mir ein Kärtchen: ›Kameliendame‹ – da wußte ich dann schon, was los war. Oder: ›Madame Bovary‹ ...«

»Hat dir das nicht weh getan?«

»Nicht so, wie Sie denken. Einerseits litt ich darunter, daß es so war, andererseits aber ... gewann unsere Beziehung dadurch. Wir kamen uns näher ...«

»Besonders dann, wenn er andere Frauen fickte.«

»Aber ich kontrollierte das doch!«

»Aber warum warst du damit einverstanden?«

»Ich hatte es ihm selbst vorgeschlagen. So eine Art begrenzter Freiheit. Ich glaubte, wenn ich es weiß und er weiß, daß ich es weiß, dann habe ich die Situation in der Hand. Mir lag nicht an seiner körperlichen Treue, ich wollte nur die wichtigste Frau für ihn sein ... Und so war es auch, denn er erzählte mir doch von allen ... Zum Beispiel sagte er beim Frühstück: ›Beim Abschied hat die Kameliendame drei Dutzend Taschentücher verbraucht ...‹«

»Das ist doch krank, anormal!«

»Das war eines der Elemente unseres Spiels ... In den Sommerferien 1987, da hat er sich von diesem Spiel zurückgezogen. Ich wußte, daß er eine hatte, aber diesmal verriet er mir nichts. Er ging oft zum Telefon aufs Postamt, obwohl er von der Pension aus, in der wir wohnten, hätte telefonieren können. Er wollte nicht, daß ich hörte, worüber er mit ihr redete. Als ich dann einmal die Pension verließ, um einen Spaziergang zu machen, hinterließ ich ihm einen Zettel: ›Was ist mit unserem Spiel?‹ Der Zettel verschwand, aber es gab keine Antwort. Also hinterließ ich ihm einen zweiten: ›Madame de Tourvel?‹ Darauf erhielt ich die Antwort: ›Ja.‹ Und damals verstand ich, was es bedeuten kann, eifersüchtig zu sein ...«

»Wer war denn diese Madame de ...?«

»Tourvel.«

»Wer war das?«

»Haben Sie *Gefährliche Liebschaften* von de Laclos gelesen?«

»Nein.«

»Das ist die Geschichte von einem ehemaligen Liebespaar, das weiterhin befreundet ist. Eine Marquise zieht ihren Freund, den Vicomte de Valmont, in ein Netz von Intrigen, das letztendlich die Frau zerstört, die von Valmont eigentlich geliebt wird. Diese Frau war eben Madame de Tourvel. Verstehen Sie?«

»Nein.«

»Dann lesen Sie das Buch!«

Da ich nicht einschlafen konnte, dachte ich an das Gespräch mit Iza. Was konnte sie von all dem verstehen, was konnte jemand Fremdes überhaupt davon verstehen. Warum hatte ich damals am See meinem Ehemann vorgeschlagen, mich zu betrügen? Vielleicht hatte dieser Vorschlag gar nicht ihm gegolten, vielleicht hatte ich mich an den Mann in meinem Ehemann gewandt? Ich hatte mir eingebildet, daß nach all den anderen Frauen dann weniger von diesem Mann in ihm sein würde ... Das war krank, vielleicht auch nur kindisch. Aber ich hatte keine andere Lösung finden können, und es war eine Art Lösung unserer Probleme. Eine Teillösung, denn unser erotisches Leben erlosch nicht völlig, es war nur nicht mehr so intensiv. Die Untreue meines Mannes schuf den Nährboden für unser Zusammenleben. Ich fürchtete mich auf einmal nicht mehr so panisch vor der körperlichen Nähe, denn ich bildete mir ein, dieses Monster, das sich irgendwo vor mir verbarg, sei schon gezähmt, habe seinen Hunger schon gestillt und würde mir nun kein allzu großes Leid zufügen. Es würde mir nur ein bißchen Leid zufügen.

Nach dem Urlaub am See suchte ich jedoch keine neue Geliebte mehr für Edward aus. Mir schien es besser, nicht zu wissen, wie sie aussah, ich wollte sie mir lieber ohne Gesicht vorstellen. Aber das war auch wieder nicht so einfach. Damals, nachdem er mich zum ersten Mal betrogen hatte, war es mir unerträglich, daß ich wußte, wie die Frau aussah, was für ein Gesicht und was für einen Körper sie hatte. Fast sofort danach hatten wir uns geliebt. Und es war ganz anders gewesen als sonst, wenn wir miteinander geschlafen hatten. Weder war es von ihm erzwungen noch von mir aus der Angst heraus, er könnte fortgehen, arrangiert. Es war ein Prüfstein, um zu sehen, wie sehr ihm noch an mir lag, wie groß sein Verlangen nach mir war. Es war mir so wichtig, das herauszufinden, daß meine gewöhnliche Furcht sich verflüchtigt hatte. Ich gab mich meinem Mann ganz hin, ohne die sonstigen Hemmungen. Er roch noch nach jener anderen Liebe, jenem anderen Körper, aber er wollte mich. Ich war wichtiger, das spürte ich. Das andere war so etwas wie Onanie, und jene andere Frau war nur so etwas wie ein schönes Gefäß ...

Seit ein paar Tagen liege ich auf unserer Krankenstation. Ich habe Grippe, 39 Grad Fieber.

Zur Zeit sind viele krank, sowohl vom Personal als auch von den Gefangenen; in unserer Zelle ist als erste Pani Manko erkrankt, die es geschafft hat, schon wieder gesund zu werden, die es aber auch geschafft hat, uns anzustecken. Im Bett neben mir liegt Maske. Täglich wird sie von der mit dem Pferdeschwanz besucht, die ich seit der Waschszene die Geliebte nenne. Ich kann sie mir beide jetzt genauer ansehen. Wenn ich mir selbst einen Spitznamen geben müßte, wäre »die Stumme« wahrscheinlich am passendsten. In der Zelle sage ich eigentlich nie etwas, meist sitze ich in meinem Storchennest und steige nur hinab, wenn wir Essen bekommen und natürlich zum Appell und zum Waschen. Gewöhnlich wasche ich mich als letzte, und zwar erst, wenn schon Nachtruhe herrscht. Als könnte ich mich hinter ihr wie hinter einem Paravent verstecken. Ständig habe ich dabei das Gefühl, daß die zwei mir heimlich zuschauen, daß sie meinen Körper taxieren. Ich weiß nicht, wie das bei den beiden ist, ob eine von ihnen die Rolle des

Mannes einnimmt. Wenn dem so wäre, würde wenigstens die »Frau« mich nicht anstarren. Eine verrückte Welt, das heißt eigentlich ein verrücktes Weltchen. »In unserer kleinen Gefängniswelt, verehrte Damen und Herren ...«, so könnte mein nächstes Buch beginnen. Doch ... ich weiß nicht, ob ich jemals wieder etwas schreiben werde. Sogar ein Verleger hat sich jetzt bei mir gemeldet.

Als ich ins Besuchszimmer kam, wartete da ein kleiner Mann, der aufstand, als er mich sah. Wenn ich ihn in der Trambahn oder auf der Straße getroffen hätte, wäre er mir bestimmt nicht aufgefallen. Lange, wirre Haare, ein Bart. Er trug eine Jeansjacke, Kordhosen mit ausgebeulten Knien und Militärstiefel. Dazu hatte er noch eine große Tasche, die an einem Riemen über seiner Schulter hing, so eine wie die, in denen die jungen Oppositionellen und Untergrundkämpfer vor Jahren ihre ganzen Habseligkeiten herumtrugen.

Im Besuchszimmer gibt es nur ein Tischchen und zwei Hocker. Der Mann stand vor mir wie ein Schüler, doch gleichzeitig schaute er mich auf kaufmännische Art an, taxierend. Mein Gefängnisdrillich machte Eindruck auf ihn. Er überlegte offenbar, wieviel ich in dieser Verkleidung wert war.

»Schreiben Sie mir ein Buch über das Gefängnis?« fragte er.

»Also über mich?« vergewisserte ich mich.

»Ja ... klar, das wäre ein echter Hit.«

»Sollen doch Gierek und Jaruzelski die Hits schreiben, und die können Sie dann herausgeben.«

Der Verleger war entrüstet.

»Die verlege ich nicht und werde ich nicht verlegen. Ich komme aus dem Untergrund.«

»Trotzdem, mich werden Sie auch nicht verlegen.«

Leider ist mit Maske auch ihr Fernseher hier gelandet, der jetzt unentwegt läuft, das heißt so lange, bis Nachtruhe herrscht. Aber das genügt, um bei mir Schwindelgefühle und Kopfschmerzen hervorzurufen. Offenbar besteht ihre Rolle in meinem Leben darin, mich zu nerven, und wenn es keine Liebesexzesse sind, dann ist es die Fernsehreklame. »Omo wäscht von selbst.« Ich habe bemerkt, daß sie diese idiotischen kurzen Szenen, die sie auswendig kennt, faszinieren. Kürzlich las ich in der Zeitung, welchen Einfluß die Fernsehreklame auf unsere Jugend hat. Eine Lehrerin hatte mit ihrer Klasse Tschechows »Kirschgarten« im Theater angeschaut. Als Ranicka zu ihrer Tochter sagt: »Anja!«, übertönte den weiteren Dialog ein Chor: »Zeit für Colgate!«

In diesen Zeiten des Umbruchs hat alles sein Maß verloren und ist, vorsichtig ausgedrückt, ziemlich geschmacklos. Da reicht schon ein Blick in unser Gefängnis. Die Gebäude sind alt und seit Jahren nicht mehr renoviert. In den Zellen gibt es kein Wasser, in den Ecken schrecken einen statt dessen verrostete Eimer. Essen müssen wir aus verbeulten Blechnäpfen, während in der Nachbarzelle eine der Frauen die Erlaubnis der Gefängnisleitung hat, sich eine Satellitenantenne aufzustellen, und jetzt Programme aus der ganzen Welt anschaut!

Zum Glück hat Maske Besuch von ihrer Freundin bekommen, und die Glotze ist stumm.

»Bist du so richtig krank?« fragt die Geliebte.

»Mich hat diese Seuche erwischt, am meisten im Bauch. Die ganze Zeit hab ich Dünnschiß, aber angeblich geht's allen so.«

»Was du nicht sagst, das ist ja furchtbar«, sagt die Geliebte.

»Und was machst du so?«

»Nichts, ich näh die Handschuhe für den Barras wie immer; der halbe Betrieb ist wie leergefegt von der Grippe. Da geben sie uns noch mehr Arbeit. Die Leiterin, weißt du, die mit dem Tick am Auge, als wenn sie blinzelt, hat die rote Stacha auf dem Kieker, so daß die jetzt aus Trotz nur noch linke näht.«

»Wo ist denn da der Unterschied – links, rechts? Ein Finger in die eine, einer in die andere Richtung.«

»Aber sag der das mal. Schwarz ist bei der weiß, und was willst du da machen.«

Maske legte sich bequemer hin.

»Und was noch?«

»Na, die, die an der Maschine hinter dir saß, wie heißt sie gleich ...«

»Elka.«

»Eben, diese Elka hat eine andere gefunden, geht nicht mehr mit Bacha.«

»Was du nicht sagst!« wunderte sich Maske. »Das war doch ihre große Liebe, die waren doch ein Herz und eine Seele. Da ist Bacha jetzt ziemlich down?«

»Nicht mal, sie sagt, daß sie jetzt wenigstens mehr Kohle hat und die andere nicht mehr freihalten muß. Die ist ja ziemlich doof, was verdient die schon im Akkord, Groschen. Zwei linke Hände ...«

»Du, da kann sie doch alle linken nähen!«

Beide prusten vor Lachen.

In der Nacht hatte ich hohes Fieber und wurde von Alpträumen gequält, Träume ohne Handlungen, Fragmente nur, die durch keine Szenen miteinander verbunden waren. Ich war schweißgebadet und verängstigt, als ich aufwachte. Für einen Moment wußte ich nicht, wo ich war. Ich hatte Durst, zum Glück war in dem Becher auf dem Nachttisch noch etwas Kompott.

Am schwersten war es für mich, mit Edwards zweitem Seitensprung fertig zu werden. Vom ersten war ich einfach überrumpelt worden. Es ist wahr, ich hatte ihn selbst arrangiert, doch hatte ich nicht geglaubt, daß es dazu kommen würde. Ich hatte gedacht, Edward würde nicht so weit gehen und es würde mit einem Flirt enden. Als er mir jedoch davon erzählte, spürte ich, daß er die Wahrheit sagte. Das war ein Schock, aber die Folgen dieses Schocks erwiesen sich als heilsam. Wohl zum ersten Mal konnte ich Freude an der körperlichen Vereinigung mit einem Mann empfinden.

War ich mir wenigstens teilweise bewußt, was es bedeutete, einen Mann neben sich zu haben, was es bedeutete, einen Ehemann zu haben? Eines wußte ich mit Sicherheit: daß ich keine gute Ehefrau sein konnte. Und trotzdem heiratete ich. Wir taten zwar so, als bedeutete das nichts, als wäre das nur für die anderen, und doch ging mir das alles sehr nahe. Ich hatte das Gefühl, in eine Prüfung zu gehen, auf die mich vorzubereiten ich keine Zeit gehabt hatte, auf die ich nie vorbereitet sein würde...

Am Tag meiner Hochzeit stand ich wie einst als kleines Mädchen umgeben von finster dreinblickenden Heiligen in der Kirche und zitterte innerlich vor Angst. In den strengen Gesichtern sah ich Mißbilligung, weil ich eines der göttlichen Gebote nicht würde erfüllen können. Wir, die Heiligen und ich, wußten nur zu gut, daß ich meinen Körper in dieser Nacht meinem Mann nicht hingeben würde, daß ich mich ihm wie üblich entziehen würde und daß das vor dem Antlitz Gottes geleistete Ehegelübde daran nichts ändern würde. Die Brautführer hielten die Kronen über unseren Köpfen, und ich sprach die Worte des Gelübdes nach, die der Pope vorsagte:

»Hast du, Daria, den freien und redlichen Willen und

den festen Wunsch, Edward, den du hier vor dir siehst, zum Manne zu nehmen?«

Ich:

»Ja, ehrwürdiger Vater.«

Pope:

»Und hast du dich keinem anderen Manne versprochen?«

Ich:

»Ich habe mich keinem anderen versprochen, ehrwürdiger Vater.«

Als der Pope mir den Ring auf den Finger schob, schaute ich mich um, und mein Blick blieb an Großmutters verweinten Augen hängen. Sie mußte es wohl geahnt haben, daß meine Ehe kein gutes Ende nehmen würde.

Einmal hatte ich zufällig ein Gespräch zwischen ihr und dem Popen belauscht.

»Ich weiß nicht, was Teodozjusz darüber denkt«, hatte sie gesagt, »aber für mich ist Darias Mann ein komischer Vogel. Wenn er was sagt, dann versteh ich kein Wort. Nie sagt er etwas direkt heraus, nur so gewunden, als wenn er was zu verbergen hätte...«

»Wichtig ist nur, daß er ein guter Mensch ist, Nina Andrejewna«, hatte der Pope geantwortet.

»Meiner Ansicht nach ist er kein guter Mensch.«

Am nächsten Tag war ich schon wieder gesund. Ich unterhielt mich sogar ein bißchen mit Maske. Sie sagte mir, daß sie aus einer Kleinstadt in der Nähe von Lublin stamme...

Sie hatte in Lublin an der Hochschule für Leibeserziehung studiert und danach an der Grundschule in ihrem Heimatort unterrichtet. Ich wollte schon fragen, warum sie dann als kleine Diebin geendet ist. Sie erklärte es mir ungefragt. Anfangs wußte sie nicht, wie es wirklich mit ihr stand, nur daß es sie nicht zu Männern hinzog. Als sie einmal einer küßte, fand sie das ekelhaft. Eine halbe Stunde lang putzte sie sich die Zähne im Bad. Einmal war sie in den Umkleideraum gekommen und hatte dort eine Schülerin der Abschlußklasse nackt angetroffen. Und Maske war wie hypnotisiert, bis heute konnte sie nicht sagen, was da passiert war. Sie starrte auf die Brüste des Mädchens, und alles andere hatte keine Bedeutung mehr. Angeblich ging sie zu dem Mädchen und wollte es küssen. Die Schülerin bekam einen Schock, und der Skandal war perfekt. Maske wurde entlassen und verlor die Lehrbefugnis. Ihre Familie sagte sich von ihr los, denn der Skandal wurde in dem ganzen Städtchen bekannt. Man zeigte mit den Fingern auf sie. Maske verließ die Stadt, doch konnte sie nirgends einen Platz für sich finden. Schließlich tat sie sich mit dem Pferdeschwanz zusammen, die war im Kinderheim großgeworden. Zusammen wurden sie erwischt, zusammen saßen sie nun. Sie waren kein Gelegenheitspärchen wie die anderen hier; die anderen waren keine wirklichen Lesben, sondern Amateurinnen. Zu vielen von ihnen kamen Männer auf Besuch, mit denen sie dann in die Intimzelle gingen. So eine, die mit einem Mann geht, ist aber eine Verräterin.

»So ist diese Welt, alles fängt beim Arsch an und hört beim Arsch auf«, stellte sie melancholisch fest.

Ich döste gerade, denn was kann man auf der Krankenstation eines Gefängnisses Besseres tun, als ich Schritte vernahm. Ihre Schritte. Sie setzte sich auf einen Hocker neben mich und lächelte so, wie ich es mir viele Male ins Gedächtnis gerufen hatte. Das Stichwort war: Izas Lächeln.

»Ich bin auf Krankenbesuch«, sagte sie, während sie sich die Haare nach hinten strich.

»Danke«, brachte ich heiser hervor.

Wir schwiegen beide, ihr Lächeln deutete an, daß sie sich ein wenig verlegen fühlte. Schließlich trafen wir uns sonst unter anderen Umständen, diesmal war sie ganz privat zu mir gekommen.

»Ich habe dein Buch gelesen«, sagte sie schließlich.

»Welches?«

»Das über die Mutter. Es hat mich beeindruckt ... wirklich ... Diese Szenen in der Kapelle, als sie den Körper ihrer Mutter nach der Autopsie anschaut, also mir ist es ganz kalt über den Rücken gelaufen ... Und am Schluß habe ich nur noch geweint.« Mit einer verlegenen Geste richtete sie ihre Haare. »War das wirklich so?«

»Nein ... Das ist doch Literatur.«

»Aber woher wußtest du das? Diese Beschreibungen ...«

»Meine Großmutter ist gestorben. Ich habe den Schmerz beschrieben.«

»Und sie lag in einer Kapelle?«

»Nein, in einer Kapelle lag niemand. Großmutter starb zu Hause, im Bett.«

Iza nickte einsichtsvoll.

»Ich hätte mir die Hand abhacken lassen, daß das mit der Kapelle wahr ist.«

»Es ist auch wahr, aber es ist eine literarische Wahrheit.«

Sie glaubte mir wohl nicht so ganz. Sie stand auf, ging aber noch nicht weg. Ich spürte, daß sie mich noch etwas fragen wollte.

»Und diesen anderen Roman würde ich auch gerne lesen, nur weiß ich nicht mehr, wie der Autor hieß.«

Ich wußte nicht so recht, welches Buch sie meinte.

»Das von der ehemaligen Geliebten, die diese Intrigen spinnt ...«

»*Gefährliche Liebschaften* von de Laclos!«

Nachher, als sie schon weg war, dachte ich lange über sie nach. Daß sie mein Buch gelesen hatte, bedeutete, daß sie wissen wollte, wie ich schreibe. Aber daß sie das Buch eines unbekannten Autors lesen wollte, dessen Titel sie nicht einmal mehr wußte, deutete darauf hin, daß sie etwas über mich erfahren wollte. Ich war auch neugierig auf sie. Doch könnte ich von ihr nur als von einer Harmonie des Körpers sprechen. Alles war bei ihr an seinem Platz. Izas Hand, schmal, mit langen Fingern, wunderschön; Izas Knie, nicht massiv, aber rund, perfekt; genauso wie die Form der Waden oder die Linien der Taille. Nein, das heißt überhaupt nicht, daß mich ihre Körperlichkeit faszinierte, daß mich ihre Körperlichkeit anzog und gefangenhielt. Ich bin nicht Maske, die in einen Umkleideraum kommt und beim Anblick eines halbnackten Mädchens durchdreht, das spielt sich nicht in diesen Kategorien ab. Bei Iza zieht mich eben die Harmonie der Elemente an, Iza ist fast schon perfekt ... Sie ersetzt mir all das, was ich verloren habe, meine Musik, meine Bücher, die Ruhe meines Zimmers, schließlich die Dinge, an denen ich hing: den Ohrensessel – ich saß so bequem darin, hatte die Füße angezogen und sie mit einer leichten Decke zugedeckt. Aus der Perspektive dieses Sessels war die Welt viel leichter zu ertragen; hier habe ich meinen Sessel nicht ... Aber ich habe Iza. Nur wer ist Iza?

Ich weiß es nicht. Was sie ist, weiß ich auch nicht. Ich werde sie fragen, in welchem Buch ich sie finden kann, mein Stichwort habe ich ihr schon gegeben. Ob sie mir antworten wird?

Und wenn ja, was dann? Mein Spiel mit einem Mann ist nun zu Ende. Will ich jetzt ein Spiel mit einer Frau beginnen? Oder ist das vielleicht immer dasselbe Spiel? Izas Körperlichkeit spielt hier eine so große Rolle, weil ich sie, unbewußt, aus Gewohnheit mit den Augen Edwards beurteile. Ich weiß, daß sie Eindruck auf ihn gemacht hätte, und wenn ich Iza vorher kennengelernt und sie ihm untergeschoben hätte, wer weiß, ob sie nicht meine Trumpfkarte geworden wäre und jene andere Frau ausgestochen hätte, die ich als Schwarzen Peter gezogen hatte. Edward hatte eine Annonce aufgegeben, daß er jemanden für englische Konversation suche. Er verabredete sich mit ein paar Kandidaten, doch wie gewöhnlich hatte er keine Zeit und lud mir alles auf. Ich hätte jemand anderen auswählen können, aber ich wählte sie. Es kam mir gar nicht in den Sinn, daß er sich für sie interessieren könnte, sie war zu vulgär, mit gebleichten Haaren und einer üppigen Figur. Obwohl sie Lektorin an der Uni war, sah sie aus wie ein Teenager. Und er konnte junge Mädchen nicht ausstehen, behauptete, sie röchen nach Milch und seien zu infantil. Vielleicht habe ich sie gerade deshalb ausgewählt. Eine Frau muß dieses gewisse Extra haben, sagte er immer, ein Geheimnis, erst dann lohnt es sich. Nach ein paar Unterrichtsstunden meinte er denn auch, sie sei ja ein ganz adrettes Persönchen und gut Englisch könne sie auch, wenn man mit ihr in dieser Sprache doch nur auch über etwas reden könnte. Ich hatte sie also völlig abgeschrieben. Ich zerbrach mir den Kopf, wer diese geheimnisvolle Madame de Tourvel sein könnte. Wo er sie kennengelernt hatte und was ihn so an ihr faszinierte. In unserem letzten gemeinsamen Sommerurlaub gingen wir viel spazieren, Edward trabte neben mir her, doch war er irgendwie abwesend, dachte an die andere. Das machte mir angst, zum ersten Mal spürte ich, daß ich ihn verlieren könnte, daß meine Macht über ihn sich erschöpfte. Er brauchte mich bereits nicht mehr so wie früher. Es war, als wollte er, daß ich meinen Platz bei seinen anderen Frauen fände, die ihm etwas gegeben hatten, ohne etwas dafür zu bekommen.

Ich bin wieder gesund und zurück in der Zelle. Bei Maske ist es schlimmer, sie hat die Grippe verschleppt, sich nicht rechtzeitig ins Bett gelegt, das hat sie jetzt davon: Lungenentzündung. Die Geliebte geht immer zu ihr, sobald sie nur aus der Schneiderwerkstatt des geschlossenen Strafvollzugs zurückkommt, und sitzt dann bis zum Schluß, bis zum Abendappell, bei ihr am Bett. Manchmal darf sie sogar bei der Kranken Wache halten und länger bleiben, natürlich außerhalb der Hausordnung. Unter den Kommunisten wäre so etwas undenkbar gewesen, aber jetzt ist alles lokkerer, sogar die Zucht im Gefängnis. Wenn bei Maske das Fieber in den nächsten Tagen nicht zurückgeht, dann wird man sie nach Warschau verlegen. Oft bin ich jetzt nach dem Abendappell allein mit Pani Manko in der Zelle. Sie war bisher auch eher einsilbig, nur manchmal protestierte sie lautstark gegen das, was sich hier in den Nächten abspielte.

»Solchen Perversen wie denen geht man besser aus dem Weg«, sagte sie. »Wer weiß denn schon, was die machen? Aus lauter Bosheit schütten die einem noch Gift ins Essen.«

»Und woher sollten sie das haben?«

»Ach, was läuft hier nicht alles, ich will gar nicht davon

reden. Wenn Sie mal länger hier sind, werden Sie schon sehen.«

Ich nutze die Gelegenheit und frage, wem das Bild von General Jaruzelski gehört.

»Agata. Sie hat sich ausgedacht, daß sie dank Jaruzelski die Liebe ihres Lebens getroffen hat. Sie saß nämlich während des Kriegsrechts mit so einer von der Solidarność. Mit derselben, die hier kürzlich weg ist. Der anderen ist unter dem Einfluß von diesem Monster sogar die Politik vergangen. Angeblich hatte sie sogar einen Mann, der sie besuchen kam. Und dann plötzlich die große Liebe zu unserer Agata. Das Gefängnis haben sie zusammen verlassen. Und jetzt kommen sie immer mal wieder zurück.«

»Haben Sie diese große Liebe gesehen?«

»Hab ich, und glauben will ich's nicht. Ein bildhübsches Mädchen, bitte schön, wie aus einer Fernsehreklame. Schlank, hübsches Gesicht. Ich hätte nie geglaubt, daß so was Kaputtes in ihr ist. Und angeblich aus gutem Hause, die Eltern gebildet. Der Vater hat Schmiergelder gezahlt, da wurde sie früher entlassen. Der sollte sie irgendwohin weit weg bringen, ins Ausland, wo er doch Geld hat... Aber jetzt hab ich erfahren, daß beide drogensüchtig sind. Da ist schon alles zu spät.«

Pani Manko kam ins Reden und war nicht mehr zu bremsen.

Pani Manko erzählt

Als die frühkapitalistische Arbeitslosigkeit anfing, verloren ihr Mann und sie die Arbeit. Sie leben in einem kleinen Ort in den Masuren, einer Region ohne Industrie; vorher, unter den Kommunisten, da hat jeder eine Arbeit haben müssen. Und jeder hatte eine, der Verdienst war gering, so war das halt, aber zum Leben hat es gereicht. Doch jetzt haben sie begonnen, die Leute zu entlassen, in ihrem Städtchen sind fast die Hälfte der Einwohner arbeitslos. Wen wundert's, die kleinen Betriebe haben einer nach dem anderen Bankrott gemacht. In den letzten Jahren hat es wohl mehr Bankrotte gegeben als Pilze nach dem Regen. Pani Manko hat in einer Fabrik gearbeitet, in der Gemüse verarbeitet wurde, war Buchhalterin, und ihr Mann, ein Ingenieur, wurde von seinem Posten als Direktor eines landwirtschaftlichen Staatsbetriebs entlassen. Der Betrieb wurde kassiert und den Bauern erlaubt, den Boden zu kaufen.

»So viel von seinem Leben wurde einfach vergeudet«, sagte sie traurig. »Der Mann hat sich manchmal sechzehn Stunden am Tag abgerackert, der Betrieb florierte, warf Gewinn ab. Aber jetzt klauen sie alles, was noch geblieben ist, die Maschinen, die in der Landwirtschaft doch mit Gold nicht aufzuwiegen sind, verrosten im Regen. So ist jetzt die Politik...«

Sie mußten etwas tun, bis zur Pensionierung war es noch weit, ihr fehlten zehn Jahre, dem Mann sogar mehr. Aber für die neuen Herren Polens waren sie schon zu alt. Jetzt werden überall dynamische Menschen mit neuen Ideen gesucht. Am liebsten Absolventen von Hotelfachschulen mit Fremdsprachenkenntnis. Denn dort in den Masuren hat man sich auf Touristik eingestellt. Sie berieten sich also und nahmen einen Kredit auf ihre Wohnung auf, um einen kleinen Laden zu eröffnen. Sie stand hinter dem Ladentisch, der Mann kümmerte sich um die Anlieferung der Waren. Ein Teil des Geldes aus dem Kredit ging für den Kauf eines Lieferwagens drauf. Sie hatten Glück und kauften einen zwei Jahre alten Volkswagen Diesel. Sie arbeiteten hart, die ganze Familie, auch die Kinder. Wenn sie von der Schule kamen, halfen sie mit, wo es nur ging. Mit seinen kleinen Händchen lud der jüngste Sohn, der siebenjährige Adam, die Ware aus dem Auto und stellte sie dann in die Regale. Das machten sie nach Ladenschluß bis spät in die Nacht, danach mußten noch die Rechnungen durchgesehen werden, ob auch alles stimmte. Manchmal taten ihr die Kinder richtig leid, die Äuglein fielen ihnen zu, denn es wurde oft Mitternacht.

»Geh nach Hause, Kind«, bat sie ihren Sohn.

Aber der schüttelte nur den Kopf.

»Ich helf dir, den Laden zuzumachen.«

Der Vater ging als erster schlafen, denn er mußte um vier Uhr früh aufstehen und zum Großmarkt fahren. Sie dagegen rechnete die Einnahmen und Ausgaben zusammen und achtete darauf, die Zinsen rechtzeitig zu bezahlen. Aber es waren genau diese Zinsen, die sie auffraßen. Sie kamen mit den Raten nicht nach, ihre Verschuldung wuchs, sie kamen in Zahlungsverzug bei den Großhändlern. Schließlich mußten sie den Laden schließen. Doch die Schulden blieben, die Strafzinsen wuchsen, das ging schon in die Millionen. Sie saß zu Hause, der Mann nahm eine Stellung als Gärtner an bei einem, der es geschafft hatte. So einer aus der alten Nomenklatur, dem ging es damals gut und jetzt noch besser. Ein Neureicher, der einen Mercedes fährt, immer das neueste Modell. Den Urlaub verbringt er mit seiner Frau auf Hawaii. Aber ihr Mann, der doch einen Hochschulabschluß hatte, diente bei diesem Neureichen und schnitt die Hecke, die das Anwesen umgab, denn das war schon keine Villa mehr, sondern ein ganzes Anwesen. Fast schon wie eine Ranch im Westen. Eines Tages kam ihr Mann völlig verschrammt nach Hause, das Auge blutunterlaufen, die Lippe aufgeplatzt. Folgendes war passiert: Der Großhändler, dem sie am meisten schuldeten, hatte zwei von der russischen Mafia angeheuert. Er hatte gedroht und sein Wort gehalten. Danach hatten sie ihren Prozeß. Der Staatsanwalt beschuldigte Manko und ihren Mann, die Bank vorsätzlich betrogen zu haben. Sie überlegten, wer die Schuld auf sich nehmen sollte. Schließlich tat sie es. Zwar waren die Kinder auf diese Weise ohne Mutter, aber wenn der Mann ins Gefängnis gegangen wäre, hätten sie nichts zum Leben gehabt. Er hatte eine Arbeit. Außerdem hatte sie Angst, sein Herz würde nicht mitmachen, seit langem schon hatte er damit Probleme. Die Krankheit hatte er sich in dem Staatsbetrieb geholt, denn da war er mit Gummistiefeln durch die Felder gegangen. Die Rübenernte fiel manchmal mit den ersten Frösten zusammen, das Wasser in den Gräben gefror dann. Wenn er heimkam, war er blau vor Kälte. Da ist er krank geworden, erst die Gelenke, dann das Herz.

Gleich werde ich Iza sehen. Ich werde sie betrachten, ihre Stimme hören, ihr Lachen. Wenn sie lachte, hielt sie ihren Kopf leicht nach hinten gebogen und stieß einen tiefen, kehligen Laut aus. Wie Marlene Dietrich. Äußerlich gab es keine Ähnlichkeit zwischen beiden, doch ihre Art zu lächeln war ganz ähnlich. Vielleicht verband sie aber auch mehr, beide waren aus dem gleichen Holz geschnitzt. Ich hatte keine Mühe, mir vorzustellen, daß meine Frau Erzieherin die Tochter der Schauspielerin wäre. Beide waren sie blond, in der Figur waren sie einander sehr ähnlich, nur ihre Gesichtszüge unterschieden sich völlig voneinander. Iza war sehr slawisch, hatte aber ein breites, fast möchte ich sagen tatarisches Gesicht. Nein, nein, sie war außergewöhnlich weiblich, ihre leicht vorstehenden Backenknochen gaben ihr etwas Geheimnisvolles. Einerseits wollte ich alles über sie wissen, andererseits aber fürchtete ich mich auch davor, denn wenn es eine Enttäuschung würde, was bliebe mir dann noch? Meine ganze Existenz hing an einem Lächeln von ihr... Und mit genau so einem begrüßte sie mich. Es lagen darin die Freude über unser Treffen, Erwartung, aber auch ein wenig Befangenheit.

»Wie fühlst du dich?« fragte sie, und ich war ihr dankbar, daß sie nicht wie die Maus angefangen hatte, mich zu siezen.

»Schon wieder gut. Ich freue mich, Frau Erzieherin, daß Sie von dieser scheußlichen Grippe verschont wurden.«

»Iza!« sagte sie nur.

»Iza«, wiederholte ich. »Ich freue mich, dich zu sehen. Was gibt's Neues bei dir?«

»Ich lese gerade diesen de Laclos. Letztes Wochenende bin ich extra nach Grünberg gefahren, weil es in Słubice das Buch weder in der Buchhandlung noch in der Bücherei gab. In Grünberg war es auch nicht, aber ich hab's im Antiquariat gefunden. Ich geh da vorbei und schau rein, und da steht *Gefährliche Liebschaften* im Schaufenster...«

»Ein Fingerzeig Gottes.«

»Wer bist du da?« fragte mich Iza. »Die Marquise?«

»Ich und die Marquise! Wo denkst du hin?« antwortete ich. »Ich war nur ihre unbeholfene Schülerin...«

»Aber Edward, das war der Vicomte?«

»Das kommt der Sache schon näher.«

»Und die dritte war Madame de Tourvel?«

»Die dritte mit Sicherheit.« Und wie um das zu unterstreichen, nicke ich.

»Sag mir bloß nicht, wie es ausgeht«, bat Iza.

»Wie es ausgeht, weißt du schon!«

Iza schaut mich aufmerksam an.

»Die Marquise tötet ihn und kommt ins Gefängnis?«

Ich schüttele den Kopf.

»Da ist es komplizierter. Literatur ist immer komplizierter als das Leben.«

Dieses perfekte gegenseitige Verstehen, diese Art von Vertrautheit zwischen Mann und Frau, wie de Laclos sie in seinem Buch beschreibt, die so selten ist, fast unmöglich, bestand zwischen mir und Edward. Deshalb war es uns auch so schwierig, uns zu trennen, das heißt, wir konnten uns nicht trennen. Aber wir konnten auch nicht zusammenleben, was de Laclos ebenfalls beschreibt. Vielleicht schließt die Vollkommenheit einer geistigen Beziehung andere Formen der Beziehung aus. Ich konnte nicht auf natürliche Weise mit meinem Mann ins Bett gehen, immer spürte ich einen Widerstand.

»Ich kann doch bei der eigenen Frau nicht handgreiflich werden«, hatte er einmal enttäuscht und vorwurfsvoll gesagt.

Und ich hatte geweint. Mein Gesicht im Kissen versteckt, hatte ich laut geschluchzt. Wir hatten versucht, irgendwie damit zurechtzukommen, und hatten lange Gespräche geführt.

»Daria«, sagte er und schaute mir in die Augen. »Ich bin der letzte Mensch, der dir weh tun will...«

Aber so war es nur zu Anfang unserer Ehe. Später wollte er mir dann ganz bewußt weh tun, wollte mich treffen und demütigen, wollte, daß ich Schmerzen empfand. Oder anders, er wollte, daß wir beide litten, da er der Meinung war, ich würde ihn vorsätzlich von mir stoßen.

Er drohte mir sogar:

»Da wir offensichtlich nicht zu zweit leben können, werden wir zu dritt leben.«

Nach jenen Sommerferien lebte ich in ständiger Anspannung. Ich spürte, daß unser Spiel noch nicht zu Ende, daß dies erst der Anfang war. Ich stellte keinerlei Fragen, aber wenn Edward später als gewöhnlich nach Hause kam, mußte ich einfach daran denken, woher er gerade kam. Beim Frühstück sagte er einmal völlig unerwartet, wobei er mir in die Augen schaute:

»Die Kameliendame verbrauchte beim Abschied drei Dutzend Taschentücher...«

»So?« antwortete ich scheinbar gleichgültig. »Und wo hast du dich von ihr verabschiedet?«

»In ihrem Bett.«

»Und wie war es?«

»Besser als davor.«

»Und davor war auch mit ihr?«

»Nein.«

Auf diese Weise gab mir Edward zu verstehen, daß er mich ständig betrog. Ich kann nicht sagen, daß mir das nicht weh tat, aber irgendwo tief in mir blitzte so etwas wie Einverständnis auf. Es war der Gedanke, daß es so für uns beide leichter sein würde.

So begannen die kontrollierten Affären meines Mannes. Ich paßte auf, daß keine seiner Bettgeschichten, denn letztlich ging es darum, zu lange dauerte. Nach ein paar Monaten begann ich mich immer nach einer neuen Eroberung für ihn umzuschauen. Ich hatte meine Meinung geändert und wollte jetzt doch immer wissen, wer es war. Paß auf, warnte mich eine innere Stimme, aber ich war mir meiner so sicher und gleichzeitig auch seiner, daß ich gegenüber ähnlichen Warnzeichen taub blieb. Nur ich kannte die ganze Wahrheit. Unsere gemeinsamen Bekannten betrachteten mich voll Mitgefühl. Die Arme, dachten sie bestimmt, er betrügt sie nach Strich und Faden, und bei ihr spielt er den zärtlichen Ehemann. Es war genau umgekehrt. Edward spielte diese Rolle für die anderen, so wie ich die meine spielte. Zwei Monster ... Mag sein, aber wir hatten einen Riesenspaß dabei. Das gegenseitige Verständnis endete, sobald unser Problem ins Spiel kam. Manchmal wurde Edward richtig brutal. Er glaubte, er könne meinen Widerstand mit Gewalt brechen. Er begehrte mich, während er mit anderen Frauen schlief, sah mich in ihnen, sehnte sich in fremden Armen liegend nach mir. Ich wußte das und fühlte mich sicher. Wenn sein Blick etwas Zudringliches bekam, konnte ich sicher sein, daß er mich in meinem Zimmer aufsuchen würde. Bevor ich mich dann schlafen legte, schloß ich mich im Badezimmer ein. Ich stand vor dem Spiegel und trödelte absichtlich mit meiner Abendtoilette herum. Schließlich mußte ich aber herauskommen. In dieser konkreten Situation dachte Edward nur daran, wie er mich besiegen könnte, demütigen und entmündigen. Ich sah sein aufgedunsenes, ja ekelerregendes Gesicht. »Zieh dein Hemd aus!« Das war zuviel für mich. Also mußte er mir das Hemd ausziehen. Von außen muß das wie ein Kampf ausgesehen haben, und es war ein Kampf...

Auf der Suche nach einem Ausweg kam Edward auf die Idee, Rat bei einem Sexologen zu holen. Ich sperrte mich lange, aber schließlich schleppte er mich hin. Da ging es dann mit dieser Fragerei los, mit den allerblödesten Fragen. Haben Sie es schon mit der Methode auf Knien und Ellbogen versucht? Edward merkte schließlich selbst, daß das keinen Sinn hatte. Aber er unternahm noch einen Versuch. Er brachte mich zu einer seiner Meinung nach klugen Ärztin, die ein Buch geschrieben hatte, so eine Art sexuellen Ratgeber. Seinerzeit war das Buch ein Bestseller gewesen. Die Ärztin benahm sich nachgerade frivol; obwohl sie schon nicht mehr ganz jung war, kam sie zu dem Treffen mit mir in Söckchen und Tennisschuhen wie eine Pfadfinderin. Sie meinte, daß nicht nur ich solche Probleme hätte. Alle seien wir in Polen sexuell unterentwickelt und im Vergleich zum Westen um etwa hundert Jahre zurück.

»Mental gesehen sind wir im 19. Jahrhundert«, sagte sie. »Und wo es um unser Liebesspiel geht, sind wir sogar in der Altsteinzeit: ruck, zuck, und das war's. Dabei ist die körperliche Liebe ein Spiel auf den allerempfindlichsten Instrumenten.«

Ich dachte schon, daß ich endlich jemanden gefunden hätte, mit dem ich mich verstehen würde. Sie ließ mich mein Leben in allen Einzelheiten erzählen, und dann faßte sie es zusammen:

»Ihre Probleme rühren daher, daß Sie das Bild eines kastrierten Mannes vor Augen haben«, erklärte sie. »Und ein kastrierter Mann hat keine Erektion! Diese zwei Männer in Unterhosen, der Vater und der Großvater! Immer verschwindet das Vorbild eines Mannes aus dem Haus. Deshalb werden so viele Jungen, die von ihren Müttern erzogen wurden, zu Homosexuellen, sie haben kein passendes Vorbild!«

»Nein, nein«, antwortete ich. »Dann schon eher, weil mein Großvater bei der Sicherheitspolizei war, während mein Vater bei der Heimatarmee war ... Ich weiß einfach nicht, wer ich bin. So viele Welten, jede anders, ich weiß nicht, welche die meine ist.«

»Sie irren sich, hier geht es darum, daß der Mann, den Sie schätzen und achten, Hosen trägt. Sobald er sie auszieht, wird er zugleich lächerlich und bedrohlich. So wie die beiden, die in Unterwäsche in den Tod geführt wurden. Sie kamen auf eine Weise um, die nicht zu dem Ernst des

Augenblicks paßte. Wer trug in Ihrer Kindheit die Hosen? Dieser Pope. Die Großmutter, eine noch junge Frau, hat ihn nie in Unterhosen gesehen. Und das hat sich Ihnen eingeprägt. Sie suchen das Bild einer hehren Liebe! Sex ist für Sie etwas Schmutziges.«

Was sie da sagte, war Demagogie, aber manchmal hatte sie auch recht. Großmutter zum Beispiel war gerade dreißig, als sie in das Pfarrhaus kam. Und trotzdem lebte sie seit Großvaters Tod mit keinem Mann mehr zusammen. Sie lebte neben einem Mann. Und ich wollte das auch, wollte neben meinem Mann leben. Hätte er mir das erlaubt, wäre ich glücklich gewesen.

Iza hat mir ihr Tagebuch gezeigt, in dem sie unsere erste Begegnung beschrieben hat:

Es war eine eher kleine Dame; genauso hatte ich gedacht: daß es eine eher kleine Dame war und nicht eine gewöhnliche Frau oder Gefangene. Sie hatte füllige rötlichblonde Haare, unter denen ihr Gesicht fast ganz verschwand. Man sah nur ihre großen, grün flimmernden Augen.

Das erste, was mir aufgefallen war, waren Izas Augen, und hier schreibt sie, daß in meinem Gesicht vor allem die Augen zu sehen waren. Das kann kein Zufall sein, das wären zuviel Zufälle. Wir waren füreinander bestimmt...

Interessanter und nachdenkenswerter war aber die zweite Beschreibung:

Sie trug denselben Drillich, nur waren ihre Haare nicht mehr so zerzaust, sie hatte sie straff nach hinten gekämmt und mit einem farbigen Stück Stoff zusammengebunden. Bei dieser Frisur traten ihr dreieckiges Gesicht und die leicht abstehenden Ohren deutlich hervor. Ich dachte, sie sollte sich nicht so frisieren. Aber gleich darauf kam mir ein anderer Gedanke. Normale Menschen sind nackt, wenn sie ihren Körper entblößen, aber hier schaute ich ihr entblößtes Gesicht an. Es lag etwas Peinliches darin, denn es war, als ob ich ihr heimlich zuschaute. Ein Mann hat das Recht, so ein Frauengesicht am Morgen, nach einer Liebesnacht, anzuschauen. Ihre von Schlaflosigkeit und Anspannung leicht aufgequollenen Lider, ihr leicht verzogener Mund, müde, mit hängenden Mundwinkeln. Der Ausdruck von Erschöpfung ...

Was für ein Paradox, für Iza sieht mein Gesicht wie nach einer mit einem Mann in Liebe verbrachten Nacht aus, aber so eine Nacht habe ich nie erlebt ... Ich habe nur Augenblicke erlebt, die entweder gut oder schlecht waren oder sogar alptraumhaft ... wenn mein Mann mich berührte, obwohl ich es nicht wollte, wenn er mich fast vergewaltigte. »Fast«, diesem Wörtchen kommt eine große Bedeutung zu. Denn es war nie so, daß ich es letztlich nicht doch gewollt hätte. Meine Abwehr entsprang einer panischen Angst, die im Augenblick der körperlichen Vereinigung aufhörte. Da war dann schon alles gut, waren wir schon Mann und Frau, zwei sich liebende Menschen, eine Einheit. Aber diesen Moment zu überwinden, sozusagen den Steg zwischen dem geistigen und dem körperlichen Gefühl zu überqueren, das wurde immer schwieriger. Danach war ich dann müde, so wie es Iza empfunden hatte, aber auch beruhigt, ja sogar glücklich, daß meine Verbundenheit mit einem anderen Menschen ihre endgültige Bestätigung gefunden hatte. Schade war nur, daß das so kurzlebig und schon beim nächsten Versuch, beim nächsten Verlangen wieder verschwunden war. Hier gab es nichts, was man hätte auf Vorrat erreichen können. Vielleicht tauschen Verliebte deshalb bis zum Überdruß dieses »Ich liebe dich« aus, diesen Ausdruck der Garantie, der ständig wiederholt werden muß.

Meine Garantien waren so unbeständig, als wären sie mit Bleistift geschrieben. Ich war in ständiger Unruhe, schaute mich um, von welcher Seite die Gefahr wohl kommen könnte. Wenn ich vorausgesehen hätte, daß ich sie in mir trug, wäre Edward vielleicht nicht gestorben. Seine letzten Worte lauteten: »Sie werden dich anklagen.« Er dachte nicht, daß für ihn etwas zu Ende ging. Er dachte an mich, daran, daß für mich etwas begann.

Gespräch mit Iza

»Ich warf Edward vor allem vor, daß er mich als Schriftstellerin nicht mehr schätzte. Natürlich sagte er das nie direkt, aber er hörte auf, kritisch auf das einzugehen, was ich schrieb. Das Manuskript des Romans über die Mutter wimmelt nur so von seinen Verbesserungen und Randbemerkungen der Art: ›Wozu das?‹, ›Schmeiß das raus, geh vom Gas‹. Wir stritten uns. Als ich einmal eine Szene nicht streichen wollte, sagte er: ›Es ist unwichtig, ob sich so etwas im wirklichen Leben zugetragen hat. Es muß sich wirklich in der Literatur zugetragen haben!‹«

»War das denn so wichtig, daß er dich schätzte?«

»Das war wichtig, sehr wichtig sogar. Im Grunde genommen zählte für mich keine andere Stimme. Ein moderates Lob von ihm war für mich wichtiger als alle Lobeshymnen anderer.«

»Zwischen Mann und Frau zählt etwas anderes.«

»Aber wir waren zuerst einmal Partner und erst dann ein Ehepaar. Und genaugenommen waren wir nie ein Ehepaar im üblichen Sinne ... Edward hat mich in gewisser Weise erschaffen. Er war wie diese gute Frau bei Orzeszkowa, die zuerst ein kleines Mädchen adoptiert, es dann in ein Rüschenkleidchen steckt, schließlich genug davon hat und das

Mädchen gelangweilt in die Ecke stellt wie eine Puppe. Bei uns war es nicht ganz so schlimm, aber er hat mir etwas sehr Wesentliches genommen: seine Bewunderung für das, was ich tat. Ich erinnere mich, wie er an einem Abend das Manuskript des Buches über die Mutter nahm. Ich war völlig erschöpft, also wollten wir in der Frühe darüber reden. Doch er weckte mich mitten in der Nacht auf und sagte: ›Daria, du hast ein ganz ungewöhnliches Buch geschrieben, du bist eine wirkliche Schriftstellerin. Ich kann nur noch solche Bücher lesen ...‹ Später hat er mich nie mehr in der Nacht aufgeweckt, er las meine Manuskripte, aber er gab sie zurück und sagte: ›Das ist gut, das ist in Ordnung.‹ Keinerlei Kommentare.«

»Weil er vielleicht keine Anmerkungen hatte.«

»Genau darum ging es, daß er keine hatte.«

»Du übertreibst, glaube ich.«

»Natürlich übertreibe ich, da ich doch meinen Mann erschossen habe.«

»Du brauchst nicht gleich zu schreien!«

»Willst du, daß ich brav bin? Dann laß mich besser gleich in die Zelle abführen, denn allein darf ich mich in deinem Königreich ja nicht straflos bewegen. In seinem Königreich durfte ich mich auch nicht straflos bewegen, zuerst führte er mich an der Hand, danach ließ er mich plötzlich stehen, und ich sah nur noch seinen Rücken. Also hab ich schließlich auf diesen Rücken geschossen.«

»Du hast von vorn auf ihn geschossen.«

»Was macht das für einen Unterschied, ich wollte ihn dazu zwingen, daß er mich wieder ernst nimmt, wie früher ...«

Weihnachten steht vor der Tür, Anlaß für neuerliche Komplikationen, denn in der orthodoxen Welt ist Weihnachten ungefähr zwei Wochen später. Das hat für gläubige Menschen größere Bedeutung, aber es zählt eben auch die Tradition. Und ich bin durch Großmutter mit der Ostkirche verbunden. Pani Manko hat eine grobe Taktlosigkeit begangen und es wohl selber gemerkt, leider zu spät.

»Sie sind noch jung, Pani Daria«, sagte sie. »Da können Sie zum Fasching ein bißchen tanzen, die Trauerzeit ist für Sie doch schon um?«

Meine Trauerzeit hört nie auf; wenn es darum geht, hat sie schon lange vor jenem Tag begonnen. Aber angesichts der Fakten muß ich ihr eigentlich recht geben.

Wir haben eine Neue in unserer Zelle. Sie ist jung und macht einen ziemlich verängstigten Eindruck. Die Geliebte und Maske, die sich von ihrer Lungenentzündung glücklich erholt hat, reden auf sie ein, aber sie antwortet recht einsilbig. Ja, nein. Man hat sie für eine Arbeit innerhalb des Gefängnisses eingeteilt, so wie ich darf sie nicht nach draußen, das heißt, ihr Strafmaß ist ziemlich hoch. Mindestens ein paar Jahre, es wäre interessant zu wissen, wofür. Sie hat ein angenehmes Äußeres, ein hübsches Gesicht, aber etwas nichtssagend, es könnte jedem gehören. Na ja, mit Sicherheit ist sie keine Mitarbeiterin des Instituts für Literaturforschung, das heißt, sie gehört nicht zu den wissenschaftlichen Angestellten, sie könnte, warum nicht, zum Beispiel eine Sekretärin mit passiven Fremdsprachenkenntnissen sein. Edward hatte so eine Sekretärin, die jeden Augenblick mit dem Entwurf eines seiner Briefe zu ihm ins Arbeitszimmer gelaufen kam:

»Herr Dozent, wie heißt das hier: ›brake‹ oder ›breke‹?«

»Break, Pani Ania«, antwortete er anfangs ruhig, aber als

sie zum zehnten Mal kam, schrie er fast: »Break, verdammt noch mal!«

Sie könnte also so jemand sein, nur keine wissenschaftliche Angestellte des Instituts für Literaturforschung; was das angeht: nein. Die Gesichter dieser Leute, selbst der noch relativ jungen, waren vom Nachdenken gezeichnet. Sie saßen alle da und dachten darüber nach, was dieser oder jener Dichter beim Schreiben von diesen oder jenen Worten gedacht haben mochte. Schon lange interessierte niemanden mehr der Dichter oder gar, was er gesagt hat, doch sie saßen immer noch da und dachten nach. So etwa hatte Edward mir seine Kollegen beschrieben, obschon da auch etwas Selbstironie dabei war, denn er war ja selbst so ein Experte für vergilbtes Pergament.

»Zeig mir diese zeitgenössischen Meisterwerke«, pflegte er zu sagen. »Ich werde mich mit ihnen beschäftigen. Doch bis jetzt hört für mich die polnische Literatur mit Gombrowicz auf.«

»Und ich? Du hast mich doch selbst gefragt: ›Wissen Sie, warum Ihre Erzählung so interessant ist?‹«

»Na ja, du auch noch, das stimmt. Aber dich habe ich jeden Tag.«

»Nein, nein, Gombrowicz hast du jeden Tag.«

»Das Institut hat Gombrowicz jeden Tag.«

»Dann zieht doch nach Argentinien um«, schlug ich vor. »Für uns Tagelöhner der Feder wäre das, als würde die Guillotine außer Landes gebracht.«

Aber solche Gespräche hatten wir vor langer Zeit geführt, als die Beziehung zwischen uns noch nicht so angespannt war.

Iza hat mir ein wenig über unsere neue Zellenbewohnerin erzählt. Es scheint, daß ich sie unterschätzt habe. Sie ist eine Hochstaplerin, und zwar eine ganz große. Sie hat ein fiktives Reisebüro gegründet und von naiven Kunden weit über zwei Milliarden Złoty erschwindelt. Das Büro hatte sie sich mit kleineren Betrügereien zusammengespart, sie hatte Geld für arme Kinder gesammelt, in ihre eigene Tasche natürlich, und Anzahlungen für handwerkliche Arbeiten wie Holzvertäfelungen und Türbespannungen und ähnliches entgegengenommen. Schließlich hatte sie ein Büro angemietet, ein Faxgerät gekauft, ein paar Mitarbeiter eingestellt und in großem Maßstab zu arbeiten begonnen. Sie mußte ganz schön raffiniert gewesen sein, da nicht einmal ihre Angestellten richtig Bescheid wußten, daß sie für eine nichtexistierende Institution arbeiteten und die Faxe, die sie verschickten, ins Leere trafen.

Ich gab ihr den Spitznamen »Hochstaplerin«. Seit sie sich in die neue Umgebung eingewöhnt hat, ist sie schon viel weniger einsilbig, mehr noch, kaum daß sie in die Zelle kommt, fängt sie an zu plappern und ist zu einer echten Konkurrenz für das Fernsehen von Maske geworden, oft gelingt es ihr sogar, das Fernsehen zu übertönen. Das Schlimmste ist, daß sie sich an mich gehängt hat und mir versucht einzureden, daß es so etwas wie eine Reinkarnation gebe. Sie glaubt fest daran. Es gibt einen Gott, so eine Art göttliche Energie, und wir alle sind Absprengsel dieser Energie. Wir haben die Göttlichkeit in uns, nur wissen wir nichts davon.

»Wenn Sie so gläubig sind«, sagte ich schließlich, »was machen Sie dann hier?«

Die Hochstaplerin schob die Unterlippe vor.

»Ich lebe ganz nach dem Gebot, ich füge den Schwächeren kein Leid zu ...«

»Und all Ihre Kunden?«

»Wenn jemand Geld für eine Auslandsreise hat, dann ist er weder schwach noch arm«, antwortete sie. »Die größte Sünde ist es, einen anderen Menschen zu töten, dann fällt man um mehrere Inkarnationen zurück, manchmal sogar bis auf das Niveau von Pflanzen ...«

Die größte Sünde ist es, einen anderen Menschen zu töten ... Ich könnte sagen, daß ich auf meinen Mann geschossen habe, weil er meine Seele getötet hat. Oder weil er in unserem gemeinsamen Spiel nicht hatte Maß halten können ...

Kurz bevor das Licht gelöscht wurde, schaute Iza zu uns in die Zelle. Wir lagen auf unseren Pritschen, als die Tür aufging und sie hereinkam. Keine von uns sagte etwas, wir schauten sie alle nur an.

Sie schien ein wenig verlegen zu sein, stand da und schaute sich um.

»Eine Inspektion, Frau Erzieherin?« sprach Maske sie schließlich an.

»Ich wollte mal sehen, wie ihr hier lebt«, antwortete Iza.

Aber ich wußte, daß sie zu mir gekommen war, obwohl sie nicht einmal in meine Richtung schaute.

Ich sah ihren Kopf von oben, sie stand genau unter der Glühbirne, und auf ihren Haaren brach sich der Widerschein des Lichts.

Nachdem sie wieder gegangen war, blieb es eine gute Weile still.

»Da ist uns aber eine Ehre zuteil geworden«, ließ sich schließlich eine vernehmen. »Welch ein denkwürdiges Ereignis, Iza hat sich persönlich zu uns herbemüht!«

»Das Ideal ist in der Gosse gelandet!« lachte jemand anderes.

»Was ist denn an ihr so Besonderes. Bei der ist alles genauso wie bei jedem von uns.«

»Vergleich du dich bloß nicht mit ihr! Du schämst dich wohl gar nicht!«

»Vergleich ich mich etwa mit ihr? Ist doch klar, Iza ist Iza.«

»Kasia ist Kasia«, hatte Edward lachend gemeint, als ich ihn darauf aufmerksam machte, daß ihn die Tochter der Hausleute, bei denen wir seit Jahren die Ferien verbrachten, mit schmachtenden Blicken verfolgte.

»Den Leuten gegenüber bleib bitte sauber«, warnte ich ihn.

Zuerst war es ein mageres, kleines Mädchen, das mit mir zum Pilzesammeln ging, denn Edward zu bewegen, in den Wald zu gehen, war schwer. Schon am ersten Tag nach unserer Ankunft setzte er sich in den Sessel auf der Veranda, baute seine Bücher um sich auf, und so sahen dann auch seine Ferien aus. Unabhängig davon, ob es regnete oder die Sonne schien, er hielt die Veranda besetzt.

Ich mochte diese Wanderungen mit Kasia, sie war ein empfindsames Kind mit großer Phantasie. Wenn wir so durch den Wald gingen, wenn ich ihre freudigen Ausbrüche sah, sobald sie einen unterm Moos versteckten Steinpilz entdeckte, dann bedauerte ich, daß sie nicht meine Tochter oder, viel eher, unsere Tochter war ... Natürlich wäre das eine Tochter, die schon erzogen wäre ... Später dann, als Schülerin, zog Kasia die Gesellschaft von Edward vor. Sie blieb mit ihm auf der Veranda, wenn ich in den Wald ging. An seinem Gesicht sah ich, daß er darüber nicht besonders glücklich war. Er klagte sogar darüber. Doch plötzlich, von einem Tag auf den anderen, hörten diese Klagen auf. Das gab mir zu denken, und ich fing an, mir die beiden und ihr freundschaftliches Verhältnis genauer anzusehen. Auch die Mutter des Mädchens hatte etwas bemerkt.

»Der Herr Dozent ist so ein richtiger Schlangenbeschwörer«, sagte sie. »Er hat unserer Kasia doch wirklich den Kopf verdreht.«

Es vergingen ein paar Jahre, wir verloren Kasia, die Försterstochter, aus den Augen. Eines schönen Tages setzten wir uns vor den Fernseher, um *Drei Schwestern* von Tschechow anzuschauen. Es war eine Examensaufführung von Studenten der Theaterhochschule und so gelungen, daß man sie aufgezeichnet hatte. Die jüngste Schwester spielte... Kasia. Und wie sie spielte! Plötzlich sagte Edward:

»Meinst du nicht, das Stück sollte *Die jüngste Schwester* heißen? Sie spielt alle an die Wand.«

Sprachlos schaute ich auf den Bildschirm.

»Ich wußte nicht, daß sie auf die Theaterschule gegangen ist«, sagte ich endlich.

»Ich wußte es«, antwortete er.

Ich schaute ihm in die Augen.

»Du hättest mir das sagen können.«

Edward machte eine wegwerfende Handbewegung.

»Hab nicht daran gedacht.«

Ich folgte den Tschechowschen Dialogen auf dem Bildschirm und mußte zugeben, daß Kasias Partner und Partnerinnen, obwohl sie sehr gut waren, ihr das Wasser nicht reichen konnten. Ihre Person fesselte die ganze Aufmerksamkeit, die Art, wie sie ihre Fragen vortrug, die Mimik ihres Gesichts, die Gesten, alles bildete eine Harmonie, sprach die Phantasie an, war einzigartig und unvergleichlich. Das war Irina, so wunderbar und perfekt, wie man es sich nur vorstellen kann.

»Schau nur, wie sie spielt!« rief Edward begeistert.

»Ich hoffe, sie ist nicht die jüngste Schwester aus deinem Spielchen!«

»Aus unserem«, verbesserte er mich und schaute mich ironisch an.

»Sie nicht, verstehst du!« sagte ich langsam. »Ich könnte ihren Eltern nicht mehr in die Augen schauen.«

»Wir fahren doch nicht mehr hin«, antwortete er dickköpfig.

»Egal.«

Er warf seinen Kopf zurück und lachte schallend. »Liebe Frau, du überschätzt mich wirklich. Seh ich so aus wie einer, der gleich jeden Arsch betatscht, der sich bewegt?«

»Ich warne dich nur«, stellte ich trocken fest. »Das würde ich dir nie verzeihen!«

Edwards Gesicht wurde verschlossen und abweisend.

»Es ist nicht an dir zu verzeihen!« gab er zurück.

Was die Anwesenheit von Iza für mich bedeutete, merkte ich, als sie plötzlich aus meinem Gesichtsfeld verschwand. Sie war über die Weihnachtstage weggefahren und sollte erst nach Silvester wiederkommen. Die Zellen leeren sich in dieser Zeit, da viele Gefangene Freigang bekommen. Aus unserer Zelle allerdings nur Pani Manko, weil Maske und die Geliebte beschlossen hatten, über die Feiertage hierzubleiben. Sie meinten, daß es für sie hier weniger traurig sei als jenseits der Mauer. Die Zeit stand still, ich hatte keine Lust, etwas zu tun. Bis zum Mittagessen lag ich auf meiner Pritsche, danach schleppte ich mich in die Bibliothek, denn das war meine Pflicht. Abends kam ich zurück, kletterte wieder auf meine Pritsche und drehte mich mit dem Gesicht zur Wand. Unten spielte sich das triviale Gefängnisleben ab, das Leben von Frauen, die zusammengedrängt auf ein paar Quadratmetern leben. Der kleine Bildschirm schaute ihnen dabei zu und plärrte ununterbrochen.

Wenn ich allein bin, kehre ich in Gedanken immer öfter in die Vergangenheit zurück, als wollte ich meinen Lebenslauf oder zumindest einen Teil davon wiederentdecken. Ich war hier als ein Mensch mit ausgelöschtem Gedächtnis hergekommen. Nur die Gegenwart hatte für mich existiert. Ich hatte keine Pläne für die Zukunft gehabt und panische Angst, zurückzuschauen. Das war nicht schwer zu verstehen, denn gleich hinter meinem Rücken hatte ich den Tod. Jetzt aber beginnt sich in mir langsam etwas zu regen, wie ein Schneeglöckchen bricht die Hoffnung durch das Eis. Vielleicht zu früh. Die Abreise von Iza hat sie gerade wieder eingefroren.

Ein paar Tage vor Heiligabend kehrte Agata in unsere Zelle zurück. Es tat mir leid zu sehen, daß sie hinkte. Nicht nur, daß sie häßlich war, jetzt war sie auch noch ein Krüppel. Wie heißt es doch: Nicht genug, daß sie blind ist, sie hat auch noch einen Buckel. Es erhob sich die Frage, wo ihr Platz sein sollte. Bisher hatte Pani Manko auf der unteren Pritsche geschlafen, die andere wurde von Maske und der Geliebten belegt, aber die dritte war frei gewesen. Dort hatte zuvor Agatas Geliebte geschlafen. Agata hatte ihr den Platz abgetreten, da das Mädchen unter Höhenangst gelitten hatte. Als das Mädchen weg war, hatte Agata ihren Platz oben behalten. Vielleicht wollte sie nicht mit den Erinnerungen an die gemeinsam dort verbrachten Augenblicke leben. Pani Manko hatte mir erzählt, sie habe nicht mehr gewußt, was tun, wenn die zwei Pärchen zu schmusen anfingen: »O Mensch, da kannst du nur noch den

Kopf gegen die Wand schlagen!« Sie konnte auch niemandem ihr Leid klagen, denn wenn ihr Mann zu Besuch kam, schämte sie sich, ihm zu erzählen, was hier nachts so alles ablief.

Als ich kam, hatte sie gehofft, zu zweit wäre es leichter zu ertragen. Im stillen hatte sie gebetet, daß ich nicht so sei wie die. Lieber wollte sie eine Zelle mit der schlimmsten Mörderin teilen, solange sie nur nicht pervers war. »Ich hab in der Nacht, als Agata zu Ihnen ins Bett gestiegen ist, alles gehört, aber ich hab nichts gesagt, sonst hätte mich dieses Monster noch umgebracht.« Taktvoll war Pani Manko jedenfalls nicht gerade ...

Jetzt war die dritte untere Pritsche von der Hochstaplerin belegt. Es konnte aber keine Rede davon sein, daß Agata mit ihrem verletzten Bein auf eine der oberen Pritschen klettern würde. Eine häßliche Stimme meldete sich in mir, daß ich jetzt sicher sei und trotz Agatas Anwesenheit ruhig schlafen könne.

»Sucht euch einen anderen Platz, Mädchen«, wandte sich Agata an meine Nachbarinnen von unten.

»Was denkst du, hier haben wir unser Nest«, protestierte Maske.

»Klar doch, hier schlafen wir«, sekundierte ihr die Geliebte, die immer als Maskes Echo auftrat.

Sie wußten, daß sie protestieren konnten, denn Agata hatte einen ziemlich unsicheren Gesichtsausdruck. Sie stand mit ihrem Bündel in der Mitte der Zelle und schaute sich hilflos um. Pani Manko zu bitten, nach oben zu ziehen, ging angesichts ihrer schon grauen Haare nicht. Pani Manko war tatsächlich fast ganz ergraut – bestimmt ein wenig zu früh. Die grauen Haare machten sie auch gleich viel älter. Ich hatte mich gewundert, als sie mir sagte, wie alt sie wirklich war.

In dem Moment kam die Hochstaplerin in die Zelle, die in der Küche half und immer spät zurückkam. Sie hatte genausoviel Weiblichkeit in sich wie Iza, war aber deren genaues Gegenteil. Wie auf einem Röntgenbild konnte man sehen, wie es in ihrem Innern aussah. Sie fand sich mit ihrer neuen Situation ohne Murren ab, stand ständig am Ausguß und scheuerte schmutzige Töpfe. Sie hatte nur die eine Sorge, daß sie sich die Hände ruinierte, daß ihre Haut für immer ausgelaugt sein würde und wie sie dann nach ihrer Entlassung damit zurechtkäme. Falls sie eine neue Scheinfirma gründen würde, wollte sie ja nicht ständig mit Handschuhen herumlaufen. Die kaputten Hände aber würden sie gleich verraten. Sie waren denn auch Gegenstand ihrer ständigen Fürsorge. Über irgendeinen Wojtuś (er hatte im Ausland ihre fiktiven Faxe empfangen; da sie aber rechtlich nicht mit ihm verbunden war, hatte ihm zum Glück niemand etwas anhaben können, und sie hatte ihn vor Gericht immer verteidigt) ließ sie sich Gummihandschuhe kommen. Sie war der Meinung, das würde sich in der Zukunft auszahlen, gepflegte Hände seien eine gute Investition! Als sie jetzt erfuhr, worum es ging, sagte sie:

»Ist doch kein Problem, ich geh nach oben«, und vor sich hinsingend zog sie ihr Bett ab.

Irgendwie schlafe ich jetzt schlecht, mehrmals in der Nacht wache ich auf. Vielleicht liegt das an der Trennung von Iza. In der Wohnung in der Malczewski-Straße hatte ich auch so mit offenen Augen dagelegen. Ich hatte über Edward und die andere Frau nachgedacht. Wie das zwischen den beiden aussehen mochte, was sie zueinander sagten, wenn sie morgens aufwachten. Wir hatten uns immer beim Frühstück getroffen, aber sie schliefen in einem Bett. Wie Edward das ertragen konnte, er, der genauso wie ich das

Alleinsein brauchte. Wenn er arbeitete, ertrug er es nicht, wenn sich noch jemand innerhalb des Territoriums befand, das er für sich reserviert hatte. Selbst ich störte ihn dann. Er antwortete mir nicht auf meine Fragen, schob nervös die Papiere auf seinem Schreibtisch hin und her und wartete nur darauf, daß ich ging. Und diese Frau jetzt, wie sie wohl damit zurechtkam? Ich konnte mir nicht vorstellen, daß sie sich mit sich selbst beschäftigen konnte, ganz bestimmt verlangte sie, daß er sie unterhielt. Was dachte er dann von ihr? Gab es Momente, wo er sie herzlich satt hatte? Bedauerte er seine Entscheidung? Denn irgendwann muß man ja das Bett verlassen... Wie sah ihr Bett aus? Was war daran so besonders, daß Edward seine Unabhängigkeit dafür geopfert hatte? Ich rief mir Szenen aus bekannten erotischen Filmen ins Gedächtnis und setzte den Körpern die Gesichter meines Mannes und seiner Partnerin auf. Einmal grub ich sogar aus meiner Erinnerung Pola Negri und Rudolf Valentino hervor... und obwohl mir gar nicht heiter zumute war, mußte ich losprusten vor Lachen. Angestrengt versuchte ich, mich auch an unsere Liebesszenen zu erinnern. An den Moment des Eindringens. Was hatte ich damals gefühlt, und was mußte er gefühlt haben? Vor allem wollte ich seine Reaktionen rekonstruieren. Aber ich konnte es nicht... Ich erinnerte mich an kein Wort und keine Geste von ihm. Da war nur ich. An mich selbst erinnerte ich mich sehr gut, aber am besten erinnerte ich mich an meine Angst... Vielleicht war ich deshalb nicht eifersüchtig auf Edward und konnte mich mit seinem zweiten erotischen Leben abfinden, weil ich keinerlei Einzelheiten aus unserem gemeinsamen Leben aufbewahrte. Ich klammerte die Brutalität, den Egoismus, die Verblendung aus und wählte statt dessen Zärtlichkeit, Hingabe und geistige Verständigung. Auf keinen Fall wollte ich, daß er damit eine andere Frau bedachte. Hier hatte ich mir Exklusivität erkämpft. Das hatte ich jedoch dem Mädchen nicht sagen können, das eines Tages in unserer Wohnung aufgetaucht war. Es hatte geläutet, ich hatte die Tür geöffnet und sie auf dem Fußabstreifer stehen sehen. Sie war durchnäßt, denn es regnete gerade. Sie trug einen leichten Mantel, von ihren langen, glatten Haaren tropfte das Wasser. Auch ihr Gesicht war naß, in dem riesengroße, wie hungrig schauende Augen den zentralen Punkt bildeten. Hunger nach Liebe verbarg sich in ihnen. Sie war völlig verzweifelt und nach langem inneren Kampf hergekommen.

»Ist Edward da?« fragte sie.

»Nein«, antwortete ich. »Er ist weggefahren.«

»Weggefahren? Wann kommt er zurück?«

»In zwei Monaten. Er ist in Amerika.«

Panik. Was ich in dem Moment in ihren Augen sah, war Panik. Ich fühlte mich ihr gegenüber wie eine Missetäterin. Damals hatte ich zum ersten Mal gedacht, daß unsere Ehespiele nicht mehr länger nur unsere Privatsache waren und daß alles in die falsche Richtung lief.

»Wollen Sie vielleicht reinkommen?« schlug ich vor.

Sie kam herein und legte ihren durchnäßten Mantel ab. Ich gab ihr einen Tee. Sie schaute sich in unserer engen Wohnung um, als wäre es ein Tempel, in dem sie erwartete, ihren Gott anzutreffen. Dabei war er nicht da, war nach Amerika abgereist.

»Sie sind Edwards Schwester?«

Ich war verblüfft. So also hatte er mich ihr vorgestellt. Er wohne mit seiner Schwester, hatte er gesagt.

»In gewisser Weise«, antwortete ich und hatte schon ein Bild der Heldin dieser Liebesaffäre.

Sie war Musiklehrerin in einer Kleinstadt, war bei einem

Vortrag von ihm gewesen. Schüchtern, wie sie war, hatte er mit Mühe den Vornamen aus ihr herausbekommen. Aber die Einladung zum Abendessen hatte sie angenommen, und dann war sie mit ihm ins Hotel gegangen.

»Es ist sehr erregend, wenn sich eine Frau ihres Körpers schämt, der wunderschön ist«, hatte er später gesagt. »Mädchenhafte Brüste, ein flacher Bauch, schlanke Beine...«

»Sie sind die Schwester?« fragte sie nochmals. Ganz offensichtlich hatte sie meine Antwort nicht befriedigt.

Maske hat ein Päckchen von zu Hause erhalten. Das hat sie so überrascht, daß sie nicht imstande war, selbst reinzuschauen. Sie bat ihre Freundin. Die Geliebte berichtete ihr der Reihe nach, während sie die sorgfältig in Stofftücher eingewickelten Viktualien hervorholte:

»Dauerwurst. Eingelegte Pilze. Honig. Mohnkuchen...«

»Und ist vielleicht ein Brief dabei?« fragte Maske unsicher.

»Nein«, antwortete die Geliebte schnell.

»Vielleicht wenigstens ein paar Worte?«

Die Geliebte schüttelte schweigend den Kopf.

Gestern wachte ich früh am Morgen auf. In der Stille waren nur der schwere Atem und das Schnarchen meiner Zellengenossinnen zu hören. Leider kann ich mich von ihnen nicht befreien, sie sind wie meine Leibgarde.

Edwards Bemerkungen im Fernsehen waren wie ein Stichwort gewesen, die Attacke auf mich zu eröffnen. Nur mein Name wurde registriert, da die anderen nicht zählten, niemand hatte sie gelesen, niemand veröffentlichte sie zur Zeit. Edward spielte die Angriffe auf mich herunter. Vielleicht wollte er mich abhärten und mich dazu bringen, gegenüber dem, was über mich geschrieben wurde, Abstand zu bewahren. Aber vielleicht merkte er auch gar nicht richtig, in welchem Zustand ich mich befand. Er war an solche Angriffe gewöhnt, ständig wurde er von irgend jemandem attackiert, wurde ihm eine kommunistische Vergangenheit vorgeworfen. Unter den Kommunisten hatte er auch eine schlechte Presse gehabt. Manchen war seine bourgeoise Herkunft ein Dorn im Auge; Edwards Vater war vor dem Krieg Fabrikbesitzer gewesen. Damals hatte ihn das vielleicht nicht ganz kaltgelassen, denn die eine oder andere Stimme konnte über sein Schicksal entscheiden, sie hätten ihm sein Lieblingskind wegnehmen können: sein Monatsheft. Jetzt waren das nur Rechnungen, die innerhalb des Milieus beglichen wurden, das ihm ganz egal war. Einmal las er mir lachend einen Absatz aus einem Text vor, den ein Kollege aus dem Institut geschrieben hatte. Darin hieß es über Edward, seine Kenntnis der amerikanischen Literatur erschöpfe sich im Entziffern der Restaurantschilder von McDonalds. Dabei war allgemein bekannt, daß Edward einer der bedeutendsten Kenner amerikanischer Literatur war. Menschen, die ihm eins auswischen wollten, schätzte er gering oder verachtete sie gar. Er meinte, sie seien keine Europäer. Und wer nicht Europäer war, fiel in seiner Werteskala automatisch auf das Niveau von Vierfüßlern. Also ahnte er vielleicht einfach nicht, wie sehr ich mich verletzt fühlte. Er war ein Mann, und Männer können manchmal furchtbar dumm sein. Aber braucht es denn viel Phantasie, sich in meine Situation hineinzudenken? Der Ehemann lebt mit einer Jüngeren, während die verlassene Frau von allen Seiten attackiert wird. Oder vielleicht konnte ich mich einfach nicht an das neue Leben gewöhnen? Wenn man einen weißen Hasen plötzlich aus dem Käfig in die freie Natur entläßt, wird er gefressen. Edward hatte mich in so einem Käfig gehalten und ihn dann plötzlich geöffnet und gesagt: Schau, wie du zurechtkommst. Fast augenblicklich hatte ich die Primitivität, Brutalität und Kleinlichkeit der Menschen zu spüren bekommen. Ich wußte nicht, wie ich mich davor schützen sollte. Als Kind hatte ich in einer Welt von einfachen Menschen gelebt, die für mich so klar wie ein aufgeschlagenes Buch waren. Das waren gute Menschen gewesen. Um mich herum hatte ich freundliche Gesichter gesehen, die mich anlächelten. »Gott segne dich, Daria«, hatte ich häufig gehört. Zu Ostern wurde man auf der Straße von jedem gleich geküßt: »Christus ist auferstanden!« Edward konnte diese Bräuche überhaupt nicht verstehen.

»Warum küssen mich fremde Menschen direkt auf den Mund?« hatte er gefragt und seinen Ekel nicht verborgen.

»Weil Christus auferstanden ist«, hatte ich lachend geantwortet.

Danach kam mein Leben mit Edward. Er hatte eine Art Mauer um mich errichtet und mich von den anderen Menschen abgeschirmt. Gewöhnlich war er der einzige Mensch, den ich sah. Also hatte ich mich daran gewöhnt, daß neben mir jemand sehr Kultiviertes und Redegewandtes war. Und dann war auf einmal eine Schar aggressiver Schreiberlinge über mich hergefallen.

Heiligabend. Ich glaube, wenn der Herr Jesus an diesem Tag auf die Erde käme und sich überlegen würde, wohin er gehen und wen von den Mühseligen und Beladenen er erquicken sollte, müßte er seine Schritte eigentlich in ein Frauengefängnis lenken. Er hätte dort viel Arbeit, denn er träfe dort lauter Maria Magdalenas an. Er würde sich an den Körpern der Frauen, die Ihm zu Füßen fielen und Seine Füße mit Tränen wüschen, überheben. Sogar in unserer Zelle war es still, der Fernseher war stumm. Maske und die Geliebte saßen, die Köpfe aneinandergeschmiegt, auf ihrer Pritsche. Agata lag reglos mit dem Gesicht zur Wand, und die Hochstaplerin war nicht da. Sie als einzige hatte nicht frei und mußte in der Küche helfen. Sie kam erst zum Abendessen, also eigentlich zum Abendmahl. Sie brachte Oblaten, und wir fingen an, sie zu brechen. Alle außer mir hatten Tränen in den Augen. Ich war für diese Art von Rührung nicht empfänglich. Ich dachte daran, wer wohl mit Iza die Oblate brechen würde. Noch immer wußte ich so wenig über sie, obwohl sie doch so wichtig für mich war. Alle hatten sich schon mit allen geküßt, hatten ihre besten Wünsche dargebracht, nur wir zwei blieben noch übrig: Agata und ich. Ich spürte, daß sie Angst hatte, zu mir zu gehen, daß sie nicht wußte, wie ich darauf reagieren würde. Also ging ich mit einer Oblate zu ihr. Sie nahm sie bereitwillig an. Die Eingeweihten, also alle mit Ausnahme der Hochstaplerin, beobachteten die Szene schweigend. Das war immerhin die Versöhnungsszene. Beide hatten wir uns etwas zu vergeben. Nachher, beim Abendmahl, sagte Agata:

»Im Krankenhaus hab ich dieses Buch über die Mutter gelesen ... Es hat mir gefallen ...«

Sie sagte das, ohne mich direkt anzusprechen, sie wußte nicht, wie sie mich anreden sollte. Sie oder du. Ich schlug vor, wir sollten alle du zueinander sagen. Schließlich säßen wir alle auf demselben Karren ...

»Und der Gaul lahmt«, lachte Maske.

Die Hochstaplerin starrte mich mit ihren unschuldigen Kinderaugen an und sagte in höchster Verwunderung:

»Du bist diese Daria Kalicka, die Schriftstellerin! Ich kenne alle deine Bücher! Ich liebe sie!«

Also ist es nicht gar so schlimm, dachte ich, auch Hochstaplerinnen lesen mich. Das ist schon eine Kerbe höher.

Ich ging nicht mit ihnen zur Weihnachtsmesse, sondern blieb allein in der Zelle.

Ich dachte an meine ersten Weihnachten, die ich ohne Edward verbracht hatte, nur mit dem Onkel. Wir waren zu einer der Kirchen gefahren, um dort für die Seele meines Vaters zu beten. Mein Onkel war schrecklich religiös. Danach hatten wir allein bei Tisch gesessen. Ob sich auch Edward im Kreise seiner vielköpfigen neuen Familie einsam fühlte? Er haßte solche Auftriebe und hatte Glück, daß er auf mich getroffen war. Als Großmutter noch in Borysówka wohnte, fuhren wir zu Weihnachten dorthin, so daß uns der ganze Wirbel der Vorweihnachtszeit erspart blieb. Jetzt war ihm das Glück weniger hold: Sein süßes Kälbchen hatte Scharen von Tanten und Onkels, und alle wollten wissen, wann er sich mit ihrer Nichte verheiraten würde. Und eine kirchliche Trauung müßte es sein. Sie hatten keine Ahnung, daß Edward zum orthodoxen Glauben übergetreten war. Beide waren wir nicht besonders religiös gewesen, doch hatten wir uns Großmutter zuliebe trauen lassen. Edward hatte sich im übrigen lange gesperrt und erst eingewilligt, als ich ihm gedroht hatte, ihn zu verlassen ... Es hätte mich interessiert, wie er seine Freundin anredete, ob er eine Kurzform ihres Namens gebrauchte? Ob er sie Ala nannte? Wohl doch nicht Alicja, das würde zu pompös klingen. Zu mir sprach er von ihr als von »meiner Pani«, und es war ihm dabei ein wenig peinlich. Und sie von ihm? Doch wohl nicht als von »meinem Mann« ...

Einmal nur war ich unfreiwillig Zeugin eines Telefongesprächs. Edward war in der Pause zwischen zwei Vorlesungen bei mir in der Malczewska-Straße reingeplatzt und hatte gefragt, ob er telefonieren könne. Auf dem Weg ins Arbeitszimmer hatte er die Tür hinter sich geschlossen, doch sie war von allein wieder aufgegangen. Selbstironisch dachte ich sogar, meine Neugier hätte sie geöffnet.

»Ich bin's«, sagte er in den Hörer. »Ich komme nach sechs, was soll ich kaufen?«

Sie redete lange auf ihn ein.

»Nein, ich konnte jetzt nicht vorbeikommen, ich hatte nicht genug Zeit... Ich bin nicht hungrig, ich habe eben einen Kaffee getrunken...«

Er hatte sich den Kaffee gerade bei mir gekocht, aber das sagte er ihr natürlich nicht. Er hörte sich einen extrem langen Vortrag von ihr an, von dem auch ich einen Teil mitbekam. Ich nahm einfach den Hörer in der Küche ab und hoffte, er würde es nicht merken.

»...und die erwarten, daß ich diesen Schwachsinn fast umsonst übersetze... Wenn sie mir Shakespeare gegeben hätten, dann würd ich mich nicht extra rumstreiten, aber für einen miesen Krimi sollen sie ruhig blechen!«

»Das ist sehr klug, was du da sagst«, hörte ich seine Stimme.

Was soll daran so klug sein, dachte ich zweifelnd.

Zuerst konnte ich es nicht glauben. Ich hatte »Madame de Tourvel?« auf den Zettel geschrieben, war aber sicher gewesen, daß die Antwort »Ach, woher!« lauten würde. So wie früher einmal, als es so ausgesehen hatte, als erwartete Edwards Freundin ein Kind von ihm. In der Stadt, in der sie wohnte, hatte Edward einen Auffrischungskurs für Polnischlehrer abgehalten. Sie war seine Hörerin gewesen und sehr von ihm fasziniert. Er hatte sich lange überlegt, ob er diese Affäre beginnen sollte. Nach seiner Einschätzung war sie der Typ einer Anna Karenina, und er fürchtete, Schwierigkeiten mit ihr zu bekommen. Seine Sorge war, wie sich zeigte, berechtigt. Die Polonistin schrieb einen dramatischen Brief voller Vorhaltungen, und zum Schluß hatte sie mit rotem Kuli, mit dem sie bestimmt ihren Schülern die Klassenarbeiten verbesserte, den Satz unterstrichen: »Meine Periode ist überfällig.« Edward hatte mir den Brief gezeigt, wir hatten überlegt, was er tun könnte, und schließlich entschieden, daß er zu ihr fahren sollte. Man mußte rauskriegen, was mit der Periode dieser Polonistin los war. Er fuhr, und ich konnte keine Ruhe finden und schickte ihm schließlich ein Telegramm folgenden Inhalts an sein Hotel: »Madame Butterfly?« Ein paar Stunden später kam die Antwort: »Ach, woher.«

Aber jetzt hatte er mich überrascht. Anfangs war mir nicht klar gewesen, wie ernst dieses »Ja« war. Doch ich hatte mir vorgenommen, es nicht auf die leichte Schulter zu nehmen und nach unserem Urlaub wieder in unsere Wohnung zu ziehen. Als wir uns Warschau näherten, fragte er mich vorsichtig, wohin er zuerst fahren solle, in die Malczewski-Straße oder nach Hause.

»Nach Hause«, hatte ich geantwortet.

»Möchtest du noch irgendwelche Sachen holen?«

»Ich wohne dort!«

Doch leider wohnte ich bereits nicht mehr dort, nur hatte ich das nicht gewußt. Edward trug unsere Koffer nach oben und sagte dann, er müsse für einen Moment weggehen. Bis zum Morgen kam er nicht wieder. Er rief mich aus der Redaktion an.

»Daria … zwischen uns wird sich nie etwas ändern … aber … da ist noch jemand in meinem Leben …«

»Wer?«

Er räusperte sich.

»Eine andere Frau.«

»Kenne ich sie?«

»Ja.«

»Wer ist es?«

»Alicja.«

»Doch nicht die aus dem Wunderland?«

»Sie hat mir Englischunterricht gegeben ...«

»Also doch Madame de Tourvel«, hatte ich spöttisch gesagt.

»Jetzt laß doch«, hatte er ungeduldig geantwortet.

»Spielst du nicht mehr mit mir?«

»Du warst es, die mit mir gespielt hat.«

»Aber untreu warst du!«

»Mit deinem Segen.«

»Den ich hiermit zurückziehe«, sagte ich spontan und spürte augenblicklich, daß ich genau das nicht hätte tun sollen, daß es in der jetzigen Situation jämmerlich klang.

Im Hörer blieb es still. Das konnte ich nicht ertragen und hängte ein. Das Telefon läutete nicht mehr, und ich nahm meinen noch nicht ausgepackten Koffer und fuhr in die Malczewski-Straße. Mein Onkel öffnete mir, ausgeruht und in Hausjacke. Als er meinen Koffer sah, nickte er nur. Am Abend vorher hatte ich ihm erklärt, ich würde bei Edward bleiben.

»Für wie lange?« hatte er gefragt.

»Er ist mein Mann«, hatte ich geantwortet.

Gleich nach Weihnachten erlebte ich einen fürchterlichen Tag. Ein Zahn hatte plötzlich angefangen zu schmerzen, also meldete ich mich in der Krankenstation. Wie sich herausstellte, war die Praxis des Zahnarztes geschlossen. Die alte Bohrmaschine hatte ihren Geist aufgegeben, und für eine neue war kein Geld da. Die Krise erreichte auch uns hier. Die Gefangenen wurden jetzt in die städtische Poliklinik gebracht, allerdings nur in dringenden Fällen. Die Wärterin bestand darauf, daß mir und einer anderen Gefangenen mit Zahnschmerzen Handschellen angelegt würden, sonst könne sie die Verantwortung nicht übernehmen. Wieder mußte ich also diese abscheuliche Erfahrung machen. Ein mit Handschellen gefesselter Mensch ist schutzlos, es ist, als fiele man auf sein Gesicht, ohne es schützen zu können.

Ich saß im Gefangenenwagen neben der anderen, die genauso gefesselt war wie ich. Sie erinnerte mich an die Frau mit dem Melkeimer auf dem berühmten Bild von Vermeer, von dem ich eine Reproduktion in meinem Schlafzimmer hängen hatte.

Ich hatte eine Autorenlesung in Amsterdam gehabt, mein Buch war gerade in Holland erschienen. Edward und ich waren zusammen gefahren. Zum ersten Mal war ich der Anlaß für eine Auslandsreise, und wir lebten dort von meinem Honorar und nicht von seinen Institutsspesen. Ich war stolz. Er war wohl auch stolz auf mich, so viele lobende Worte hörten wir über mein Buch: wichtig, ungewöhnlich, faszinierend.

Diese Reise war merkwürdig, man behandelte uns wie ein Ehepaar, hatte ein Zimmer im Hotel für uns reserviert, dabei lebte er schon seit über zwei Jahren mit der anderen zusammen. Ich hatte sogar Angst gehabt, er könne es mir abschlagen mitzufahren. Lange hatte ich nicht gewußt, wie ich es ihm sagen sollte. Ich schob es vor mir her, bis es schon sehr spät war und ich nicht länger warten konnte. Als Edward in der Malczewski-Straße erschien, begann ich unsicher:

»Man hat mich nach Holland zu einer Autorenlesung eingeladen ...«

»Ach, ja!« freute er sich, während er in der Küche Kaffee aufbrühte. »Ich hoffe, du fährst hin.«

»Ich war noch nie allein im Ausland. Ich habe ein bißchen Angst.«

»Da brauchst du wirklich keine Angst zu haben.«

»Und du ... Könntest du nicht mit mir fahren?«

Er schaute mich an, als wollte er prüfen, ob mein Angebot ernst gemeint war.

»Ich könnte schon fahren«, sagte er langsam. »Wenn es nur ein paar Tage sind.«

»Zwei!«

Ich weiß nicht, was er ihr sagte. Vermutlich verriet er ihr nicht, daß er mit mir fuhr. Sie war damals schon krank, wovon ich noch keine Ahnung hatte. Und trotzdem ließ er sie allein oder vielleicht gerade deshalb. Er brauchte eine Atempause, mußte sich von dem Drama erholen ...

Beide wollten wir ins Rijksmuseum. Als wir dort waren, ging jeder schnell in eine andere Richtung. Edward wollte die Gemälde von Rembrandt bewundern, während ich zu einem Treffen mit Vermeer ging. Ich kannte seine Malerei aus Alben und hatte eine Vorstellung von ihr. Aber als ich vor seinen Bildern stand, war ich wie geblendet. Obwohl die Gemälde im Original viel kleiner waren, als ich gedacht hatte, erschien mir das Licht auf ihnen einfach genial. Ich stand wie angewurzelt da und starrte, ich weiß nicht, wie lange, auf diesen ewigen Milchstrom ... Früher hatte ich nie verstanden, wozu es in Museen Bänke gab, denn man ging doch nicht ins Museum, um stundenlang ein Bild zu bewundern. Aber genau das passierte mir diesmal. Ich war, wie sich zeigte, wegen einer Bauersfrau hergekommen, die der Maler auf der Leinwand verewigt hatte.

Und jetzt saß die Doppelgängerin der holländischen Bäuerin neben mir. Ihr Gesicht war genauso geschnitten, die gewölbte Stirn, sogar die Augen. Auch die Arme und die ziemlich fülligen Brüste schienen identisch. Und was das Lustigste war, die Ärmel ihrer Gefängnisjacke, die sie bis zu den Ellbogen hochgekrempelt hatte, bildeten die gleichen Falten wie auf dem Bild. Auch das Alter stimmte wohl. Ich dachte, wenn man sie nach Amsterdam bringen und vor das Bild setzen würde, wäre das eine ziemliche Sensation.

Sie wandte mir ihren Kopf zu und lächelte, und ich dachte, jetzt weiß ich, wie das Bild aussähe, wenn das Modell des Malers die Milch mit einem Lächeln abfüllen würde.

»Sie sind die Schriftstellerin«, sagte meine Nachbarin. »Über Sie wird im Gefängnis viel geredet...«

»Ich heiße Daria«, sagte ich und gab ihr dadurch zu verstehen, daß ich genauso eine war wie sie. Nach einer ziemlich langen Zeit, während der ich mich bewußt abgesondert hatte, fing ich jetzt an, Kontakt mit der Welt zu suchen, in der ich mich befand, und ich begann, mich mit ihr zu identifizieren. Nun ja, das ist vielleicht zu viel gesagt, aber ich fand mich mit meinem gegenwärtigen Leben ab. Ganz bestimmt spielte dabei die Anwesenheit Izas eine Rolle, es war ja in gewissem Sinne ihre Welt. Eine solche Verbundenheit mit anderen Menschen hatte ich niemals zuvor verspürt, nicht einmal in der Freiheit. Ich hatte mich eher von den Menschen ferngehalten, war ihnen ausgewichen. Sie langweilten mich und machten mich nervös.

Der einzige Mensch, den ich als intellektuellen Partner akzeptiert hatte, war Edward gewesen. Obschon ich ihm viele Dinge nicht verzeihen konnte, vor allem nicht, wie er sich öffentlich äußerte, was so gar nicht mit dem übereinstimmte, was er wirklich dachte. Einmal hatte ich im Zorn gesagt, daß man ihn eigentlich in Formalin einlegen und für zukünftige Erforscher der doppelten sozialistischen Moral aufbewahren müßte. Wie grausam klangen diese Worte jetzt...

Aber es ist wahr, bei ihm hatte ich mich nie gelangweilt, immer war ich neugierig auf seine Urteile, seine echten!, und gab etwas auf sie. Ich glaube, er las alles, was es zu lesen gab, und dazu hatte er ein phantastisches Gedächtnis, so daß ich nach einer seiner Ausführungen oft eine richtige Gänsehaut bekam. War es möglich, daß ein Mensch so viel wissen konnte? Er war bestimmt sehr talentiert. Aus einem heruntergekommenen Monatsheft, einer Art internationalen Rundschau des Literaturgeschehens, das fast niemand in die Hand nahm, hatte er eine Zeitschrift von hohem Niveau gemacht und es geschafft, Leser zu gewinnen. Ich erinnere mich an die Aufregung, die es gab, als eine Erzählung Bulgakows aus der Nummer genommen werden sollte. Edward ließ sich damals auf einen Kompromiß ein und schrieb eine schlechte Rezension über Grass. Die *Blechtrommel* – von der Zensur wegen einer Laus, die sich erdreistete, auf dem Kragen eines russischen Soldaten herumzuspazieren, verboten – war gerade in einem Untergrundverlag erschienen. Das war diese paradoxe Situation: Eine offizielle Tageszeitung druckte die Rezension eines Buches, das auf dem Markt offiziell gar nicht existierte. Es war ein Kuhhandel. Die Rezension wurde in einer Zeitung mit hoher Auflage gedruckt, und in einer elitären Monatsschrift konnte Bulgakow erscheinen. Der gute Name Edwards nahm Schaden, die Zeitschrift profitierte davon. Die Kommunisten akzeptierten Edward nicht so recht. Obwohl er ihnen dauernd untertänige Erklärungen ablegte, schauten sie ihm auf die Finger, auf diese wie zu Knoten geknüpften Finger. Sie hielten ihn auf Distanz. Mit seiner Kultur und Lebensart paßte er nicht zu ihnen. Während eines Saufgelages hätte er höchstens ein halbes Gläschen akzeptiert, anstatt sich unter den Tisch zu trinken. So jemand konnte kein echter Kommunist sein. Ein echter Kommunist schaute jedem direkt in die Augen, während Edward einen nie direkt ansah. Als hätte er etwas auf dem Gewissen. Selbst mir schaute er nicht in die Augen, aber das hatte nichts mit Gewissensbissen zu tun. Er war ständig in Gedanken, mit etwas beschäftigt, in einem fort verspätet. Die Redaktion, das Institut, eine Fernsehaufzeichnung, ein Interview im Radio. So ein Leben im Eilschritt. Er besprach ein Buch, dann warf er die Rezension fort, schrieb eine andere. Aber dafür lebte er. Als die Wende kam und er nicht mehr zum Fernsehen und Radio eingeladen wurde, hatte ihn das hart getroffen. Das war eine seiner Schwächen. Er liebte es, wenn die Verkäuferin in einem Geschäft begeistert sagte: »Ich habe Sie gestern im Fernsehen gesehen!« Es war dabei unwichtig, daß sie von dem, was er gesagt hatte, kein Wort verstand. Aber seine Eitelkeit war befriedigt. In Wahrheit verachtete er die Menschen und nicht nur die kleinen und unbedeutenden. Es wäre schwer, eine Autorität zu finden, die ihm wirklich etwas bedeutete. Na ja, vielleicht einer der Nobelpreisträger... Aber er hatte viele Lieblingsschriftsteller, und er verstand sie wirklich. Mein deutscher Verleger sagte mir einmal, daß es bei ihnen einen Kritiker gebe, der eine Schriftstellerkarriere fördern oder aber vernichten könne. Das Programm, das er im Fernsehen mache, sei ein großer Erfolg, denn auch seine Persönlichkeit sei außergewöhnlich. Über das Schicksal eines Schriftstellers entscheide häufig eine Laune dieses Kritikers. Er sei ein unbestechlicher Mensch und lasse sich nur von seinem eigenen

Geschmack leiten. Hätte Edward sich zu einer geistigen Unabhängigkeit entschließen können, wäre mit Sicherheit so ein Literaturpapst aus ihm geworden. Er irrte sich nur selten in der Beurteilung eines Schriftstellers. Natürlich nur privat, denn offiziell vergab er den Lorbeer an die, welche bei den Kommunisten gut angeschrieben waren.

Meine Gefährtin von der harten Bank lächelt mir wieder zu:

»Gefesselt haben sie uns, so sehr fürchten sie sich vor uns«, sagt sie. »Ich hab auch Paragraph 148. Hab meinen mit dem Küchenmesser abgestochen. Siebenmal zwischen die Rippen. Nicht mal gezittert hat meine Hand ... Dafür, daß er mich und die Kinder so gequält hat ... Deshalb sitz ich jetzt, aber leid tut es mir nicht, und wenn er aus dem Grab aufersteht, ich würd es nochmals tun, ohne mit der Wimper zu zucken ...«

O Gott, ging es mir durch den Kopf, was tue ich hier ...

»Der war so gemein, daß er, wenn ich ihm nicht zu Willen war, eh' ich mich's versah, das Brot genommen und daraufgewichst hat. Danach hab ich bis zum Abend gekotzt, ich konnte keinen Bissen runterkriegen ... Wie kann man so jemandem verzeihen? Ich hab die von der Miliz nur gefragt, ob er auch wirklich ganz tot ist. Am Schluß könnt er noch mir zum Possen ...«

Die zweite Variante im Krieg der Geschlechter, dachte ich finster. Ich überlegte, wie ich mich verhalten würde, wenn man alles zurückdrehen könnte. Wenn das nur die Fortsetzung des Spiels wäre, das wir seit Jahren gespielt hatten. Was würde ich Edward antworten? Ich würde ihm sagen: Entschuldigung ...

Unser Auftritt in der Poliklinik mit gefesselten Händen

und in Begleitung einer bewaffneten Wärterin läßt sich nicht beschreiben. Wir gingen vor den an der Wand sitzenden Patienten vorbei, die uns mit ihren Blicken schweigend verfolgten. Endlich erreichten wir das Behandlungszimmer. Wir sollten außerhalb der Warteschlange drankommen. Ich wollte als erste gehen. Die Wärterin nahm mir die Handschellen ab und ging vor der Tür in Stellung. Die Zahnärztin war eine freundliche ältere Dame. Obwohl sie wußte, woher ich kam, behandelte sie mich wie eine gewöhnliche Patientin. Sie stellte fest, daß der Zahn einer Wurzelbehandlung bedurfte.

»Bitte ziehen Sie ihn mir, Frau Doktor«, sagte ich.

»Was reden Sie da«, entrüstete sie sich. »Der kann Ihnen noch einige Jahre Dienste leisten.«

»Bitte ziehen Sie ihn.«

Die Ärztin, die dachte, ich hätte Angst vor dem Schmerz, sagte beruhigend:

»Ich betäube ihn. Sie werden nichts spüren.«

»Und trotzdem will ich, daß Sie ihn ziehen.«

Sie beugte sich zu mir herab und schaute mir in die Augen.

»Worum geht es?« fragte sie. »Der Zahn ist an einer Stelle, wo sie sein Fehlen spüren werden.«

Ich zögerte, doch beschloß ich, ihr die Wahrheit zu sagen.

»Ich werde in Handschellen gebracht.«

Sie nickte verständnisvoll und nahm die Zange.

Iza kam zurück, und die Gefängniswirklichkeit, die ohne sie fremd und irgendwie entrückt war, nahm wieder reale Gestalt an und wurde wieder zu meiner Welt. So als würde ich die Rolle des Kommentators ablegen und wieder selbst an den Geschehnissen teilnehmen. Das heißt, nicht ganz, denn ich betrat diese Welt und blieb doch gleichzeitig irgendwo außerhalb. So wie Iza es mir geraten hatte, schuf ich eine Schutzzone um mich und hielt meine Gefährtinnen auf Abstand. Zwar hielten wir zusammen, redeten uns mit Vornamen an, doch nie sahen sie in mir ihresgleichen. Ich bemerkte, daß sich sogar in ihre gegenseitigen Beziehungen etwas Gespieltes einschlich, sobald ich auftauchte, als wollten sie in meinen Augen einen besseren Eindruck machen und in ihren eigenen auch. Ich wurde langsam zu einer Art Spiegel am Wege ... Nacheinander erzählte mir jede ihre Geschichte. Unter vier Augen. Zuerst Pani Manko, danach Maske, schließlich die Geliebte. Sie kam mit den anderen in die Bibliothek, als wollte sie ein Buch ausleihen, aber sie wartete nur auf den Moment, wo sie sich mit mir ungestört unterhalten konnte. Sie trat an mein Pult.

»Hast du was gefunden?« fragte ich, denn vorher hatte sie die Karteikärtchen durchgeblättert.

Sie antwortete nicht auf meine Frage; sie lächelte nur verlegen.

»Meine Mama hat mich sehr geliebt ... aber mein Vater war ganz sonderlich ...«

Die Geliebte erzählt

»Sonderlich war er«, wiederholte sie.

»Bestimmt trunksüchtig ...«

Sie schüttelte den Kopf.

»Er hat kein einziges Gläschen getrunken, hat Wodka nicht gemocht, er hat nur dauernd nachgedacht. Sobald er sich hinsetzte, schaute er auf den Boden und dachte nach.«

Ich nickte zum Zeichen, daß ich mir das vorstellen konnte.

»Meine Schwester und ich fürchteten uns immer sehr, wenn er so dasaß. Meine Schwester ist ein Krüppel, ihr eines Bein ist kürzer. Er hat sie deswegen überhaupt nicht leiden können, hat gesagt, daß sie nur so tut, als hinke sie, um ihn zu ärgern. Da wollte er auch ihr etwas Böses antun. Er nahm sie in den Stall mit und fickte vor ihren Augen unsere Kuh. Er stellte sich auf einen Schemel, so einen Melkschemel, ließ seine Hosen runter, hob den Kuhschwanz hoch ... Niusia heulte fürchterlich, als er das machte, sie konnte nicht weglaufen, denn er hatte die Tür verriegelt, und sie war zu klein, um an das Schloß zu reichen. Sie hat sich dann einfach in die Ecke gedrückt und ihre Augen zugehalten. Da wurde er wütend, schlug sie und sagte, wenn sie nicht hinschaute, würde er sie umbringen. Also schaute sie hin. Damals fing sie an zu stottern, da hat Vater sie noch weniger gemocht ... und um sie zu ärgern ...« Sie brach ab, weil sie nicht wußte, wie sie es mir sagen sollte.

Ich versuchte ihr zu helfen.

»Und um deine Schwester zu ärgern, hat er dich vor ihren Augen vergewaltigt?«

Über das Gesicht der Geliebten huschte ein Schatten.

»Hat Ulka dir das verraten?« fragte sie und meinte natürlich Maske.

»Ich hab's mir gedacht.«

»Nein, bestimmt hat sie darüber geredet! Und dabei hat sie mir versprochen ...«

»Du hast es mir selbst gerade erzählt.«

»Ich?« Ihre Augen schauten ganz verwundert.

»Du hast es mir ohne Worte gesagt. Wie alt warst du damals?«

»Vierzehn«, sagte sie leise. »Und Niusia fünf ...«

»Und dein Vater hat sie oft auf diese Art geärgert?«

Sie ließ den Kopf sinken, und ich betete im stillen, daß jetzt niemand zu mir kommen und diese Beichte unterbrechen sollte. Denn das war eine Beichte. Nicht ich war der eigentliche Adressat, ich spielte nur die Rolle des Beichtstuhls.

»Oft«, sagte ich, als sie immer noch schwieg. »Ich weiß, daß es oft war.«

»Bis er es einmal so machte, daß ich fürchterlich blutete. Ich war im Krankenhaus, wo sie mir alles rausgeschnitten haben. Der Doktor, der es rausschnitt, hat gesagt, daß ich ein Glückspilz sei, denn ich hätte auch draufgehen können.« Als sie sah, wie ich schaute, verstand sie es falsch, schlug sich auf die Brust und sagte: »Ehrenwort, das hat er gesagt.«

»Ich glaube dir.«

»Vater wurde eingesperrt, aber er saß nur zwei Monate, weil Mama in dem Prozeß sagte, daß nicht er es gewesen sei. Daß ich mich mit jedem eingelassen hätte. Und mir hat sie befohlen, dasselbe zu sagen.«

»Und hast du es gesagt?«

Sie nickte.

»Mama hat gesagt, Kinder kann man viele haben, aber man hat nur einen Mann. So ein Doktor aus der Klapsmühle hat irgendwas davon geredet, daß Vater in ein Krankenhaus gehöre. Daß er nicht ganz richtig im Kopf sei. Aber Mama hat gesagt, daß sie uns ins Kinderheim gibt und sich um ihn kümmern wird, damit er niemandem etwas Schlechtes tut. Mama hat uns jeden Sonntag besucht, Kuchen hat sie uns gebracht. Sie hat ihn selbst gebacken.«

»Aber hier kommt sie dich nicht besuchen.«

»Sie weiß nicht mal, wo ich bin. Ich bin ständig fortgelaufen, aber sie haben mich immer wieder gekriegt. Weil ich auf Bahnhöfen und in Treppenhäusern geschlafen habe.

Bis mich dann Ulka zu sich nach Hause genommen hat. Da bin ich bei ihr geblieben. Zuerst hab ich mich versteckt halten müssen, aber jetzt, was können sie mir jetzt schon tun? Jetzt bin ich schon alt genug.«

»Und was ist mit deiner Schwester?«

»Sie ist dort geblieben, sie wollte, daß ich sie mitnehme, hat sogar geweint, aber mit ihrem kranken Beinchen hätten sie uns ja doch gleich geschnappt.«

Wir schwiegen beide.

»Glaubst du, daß es dir gutgeht?« fragte ich.

»Nein«, antwortete sie. »Den anderen geht es gut, mir nicht.«

»Welche anderen?«

Sie antwortete nicht auf meine Frage.

Izas Gesicht ist braungebrannt, und ihre leuchtenden Augen sind noch strahlender geworden. Bei diesem Teint stand ihr sogar die Uniform gut. Ihr Haar hatte sie hochgesteckt, und sie sah hübsch aus. Was, um alles in der Welt, tut sie nur hier? dachte ich. Wie kommt dieses reizende Wesen, diese rätselhafte, geheimnisvolle Frau an einen solch merkwürdigen Ort. Das war doch ein krasses Mißverständnis ... Auch sie schien bei meinem Anblick hoch erfreut zu sein.

»Bist du viel Ski gefahren?« fragte ich.

»Und wie. Einmal den halben Kasprowy auf dem Hintern hinunter. Drei Typen versuchten mich gleichzeitig zu halten, die sind dann auch im Sitzen runter, weil es eine Karambolage gab.«

Das wundert mich nicht, dachte ich.

»Und abends getanzt bis zum Umfallen?«

»Abends habe ich *Gefährliche Liebschaften* gelesen«, antwortete sie.

»Und hast du's ganz gelesen?«

»Ganz.«

»Welche Schlußfolgerungen?«

Iza zündet sich eine Zigarette an, auf die ihr eigene Art zieht sie die Nase kraus, dann spielt sie eine Weile mit dem Feuerzeug.

»Die, daß du mich in die Irre geführt hast. Du hast gesagt, daß die Marquise und dieser Valmont ein Pärchen sind, ehemalige Geliebte, und daß sie mit ihren Intrigen Madame de Tourvel, die dieser Valmont liebt, in den Tod treibt. So hast du's gesagt?«

»Das bestreite ich nicht.«

»Aber das ist überhaupt nicht wahr«, Iza stößt eine Rauchwolke aus, um ihren Kopf bildet sich eine bläuliche Aureole. »Valmont liebt diese de Tourvel nicht, sondern die Marquise!«

»Er hat sie einmal geliebt.«

»Er liebt sie die ganze Zeit, verstehst du. Dieser Laclos hat euch allen die Köpfe verdreht, die Wahrheit liegt doch ganz offen da. Die Marquise und Valmont sind ein Paar!«

Iza macht ein Gesicht, daß ich loslachen muß.

»Iza! Dieses Meisterwerk der Weltliteratur wurde von Hunderten von Kritikern beschrieben, von ganz exzellenten, und alle sind übereinstimmend der Meinung, daß der Vicomte de Valmont Madame de Tourvel liebt, während die Marquise de Merteuil beide ins Verderben stürzt.«

»Das tut sie nicht!« Iza schreit fast. »Das macht er! Wenn dieser Idiot verstanden hätte, wen er liebt, hätte es die ganze Tragödie nie gegeben und es würde nicht jeder so eine wunderbare Frau wie diese Marquise mit Schmutz bewerfen.«

»Die Marquise ist ein Monster und bekommt, was sie verdient hat.«

»Die Marquise ist Schönheit, Intelligenz, Witz und Phantasie«, sagt Iza. »Diese de Tourvel dagegen ist die reine Langeweile, nur Langeweile, nichts als Langeweile...«

Nach meinem letzten Umzug zum Onkel hatte Edward zwei Wochen lang nichts von sich hören lassen. Ich konnte mir denken, daß er damit beschäftigt war, für sich und Alicja ein Nest zu bauen. Ich versuchte mir vorzustellen, wie sie aussah. Als wir uns begegnet waren, hatte ich sie mir nicht besonders genau angeschaut, sie war damals überhaupt keine Bedrohung. Eingebildet, geradezu irritierend. Wenn sie etwas erzählte, tat sie geziert herum und redete zuckersüß daher wie ein kleines Mädchen. Sie war unmöglich. Und Edward, der so viele Frauen gehabt hatte, ließ mich ihretwegen fallen. Das war wohl am schwersten zu ertragen, denn es ist auch wichtig, gegen welchen Gegner man verliert. Doch schließlich läutete das Telefon.

»Daria«, hörte ich seine Stimme, und es war die Stimme eines Verzweifelten. »Daria, ich komm nicht zurecht...«

»Und was willst du von mir?«

»Ich will dich sehen.«

»Wozu?«

»Weil ich nicht zurechtkomme.«

»Das hast du schon gesagt.«

»Ich komme nicht zurecht«, wiederholte er zum dritten Mal, als hörte er gar nicht, was ich sagte.

»Ist sie gerade bei dir?«

»Nein. Ich habe sie seit zwei Wochen nicht gesehen...«

»Und wo bist du gerade?«

»Im Badezimmer.« Danach hörte ich plötzlich ein Schluchzen, und dann brach die Verbindung ab.

Ich stellte mir vor, er sei im Badezimmer, weil er sich umbringen wollte. Ich sah bereits, wie er die Wanne volllaufen ließ, um hineinzusteigen und sich die Pulsadern aufzuschneiden. Ich fand ein Taxi, dann rannte ich, immer zwei Stufen auf einmal nehmend, nach oben. Ich schloß die Tür mit meinem eigenen Schlüssel auf. Edward saß auf dem Wannenrand und putzte Schuhe. Er hatte alle aus dem Schrank genommen, sie in Reih und Glied aufgestellt und putzte sie jetzt nacheinander.

Völlig sprachlos schaute ich mir das an.

»Was machst du da?« fragte ich.

»Sie zieht hier morgen ein«, sagte er.

Die Geliebte trat an mein Pult. Ich fragte sie, ob sie ein Buch ausleihen wolle. Sie antwortete, daß sie nicht gerne lese, aber mein Buch würde sie lesen.

»Hier gibt es nur meine Erzählungen.«

»Meinetwegen«, antwortete sie. »Aber sag Ulka nichts, die ist nämlich eifersüchtig auf dich.«

Als sie mit den anderen wieder gegangen war, dachte ich an das, was Iza mir gesagt hatte. Nachdem ich die Beichte der Geliebten gehört hatte, fragte ich Iza, ob es möglich sei, daß eine Frau, die gemerkt hat, daß ihr Mann die eigene Tochter vergewaltigt, ihn vor Gericht deckt.

Iza lachte kurz auf.

»Das ist normal. Sie wird ihn nicht nur decken, sie wird ihm noch das Töchterchen ins Bett bringen, nur damit er sich nicht nach anderen Weibern umschaut.«

»Du machst Witze!«

»Ich habe in der Abteilung für Kleinkinder gearbeitet und zur Genüge die Opfer gesehen, die von den eigenen Papas vergewaltigt worden waren. Das jüngste Opfer war zwei Jahre alt. Es schreit förmlich aus den Statistiken! Du hast keine Ahnung, wie viele Kinder in Polen voll Angst dem Ende des Fernsehprogramms entgegensehen. Sobald der Knopf ausgeschaltet wird, beginnt für sie der Alptraum, wenn Papa an dem Abend nicht genug Ablenkung gehabt hat. Die Mädchen schämen sich, am Morgen in die Schule zu gehen, weil sich manchmal die Spuren der ›Küsse‹ nicht verbergen lassen.«

»Und was sagt das Gesetz dazu?«

»Es ist machtlos, solange so ein Vieh nicht offiziell angeklagt wird. Aber wer soll das machen, wenn der Täter nicht nur von der Mutter, der Kupplerin, gedeckt wird, sondern auch von der Tochter, dem Opfer.«

»Iza, wir leben unter Kannibalen!«

Nach diesem Gespräch konnte ich nicht schlafen. Das passierte mir nicht zum ersten Mal, aber zum ersten Mal waren nicht meine persönlichen Probleme die Ursache. Meine eigene Schuld und Strafe erschienen plötzlich unbedeutend. Zwei erwachsene Menschen hatten ein gefährliches Spiel gespielt. Es hatte ihnen an Charakter gefehlt, das Spiel sauber zu beenden, also hatten sie es weitergespielt. Einer der Spieler hatte sich schon zurückgezogen, der andere strampelte jämmerlich herum, weil er nicht wußte, wie das Ende aussehen sollte. Denn das Spiel ging weiter, und die Pistole konnte noch einmal losgehen und wieder treffen. Und wenn schon. Belanglose Angelegenheiten enden gewöhnlich belanglos. Aber wenn ein Papa mit Mamas Zustimmung die eigene Tochter vergewaltigt, dann gibt es dafür überhaupt keinen Maßstab. Und was sagt so eine Mutter? Was sagt sie der Tochter, wenn sie sie ins Bett des eigenen Vaters bringt?

Agata und die Hochstaplerin sind in ihrer Freizeit immer häufiger zusammen. Sie sitzen auf Agatas Pritsche, stecken ihre Köpfe zusammen und konferieren miteinander.

»Verdammt, die haben sich auch schon gefunden«, flüsterte mir Pani Manko zu. »Wir kriegen ein neues Konzert; wenn die anderen beiden aufhören, fangen die zwei an.«

Das war um so wahrscheinlicher, als der Hochstaplerin das Treffen mit ihrem Lebensgefährten, besagtem Wojtuś, danebengegangen war. Sie hatte wie eine Löwin darum gekämpft. Man hatte ihr allerlei Schwierigkeiten gemacht, sie war noch zu kurz hier, und außerdem war es nicht mal ihr Mann. Ihr Anwalt hatte schließlich alle davon überzeugt, daß eine Lebensgemeinschaft bei uns anerkannt ist. Also erwartete sie dieser »nasse Besuch« in dem Zimmerchen mit dem Kanapee, von dem Iza am Anfang gesprochen hatte. Den ganzen Vormittag hatte sich die Hochstaplerin hergerichtet, die Haare gewaschen, eingedreht und Make-up aufgelegt. Sogar die Gefängniskleidung sah an ihr nicht mehr so übel aus. Sie schob sich elegant die Ärmel nach oben, öffnete den obersten Knopf... Am Samstagnachmittag stob sie förmlich aus der Zelle, sie sollte erst wieder am nächsten Morgen erscheinen. Niemand gab dazu einen Kommentar ab, vielleicht einfach weil Männer hier nicht gelitten waren. Die einzige, die etwas zu ihrer Verteidigung hätte sagen können, war Pani Manko, doch die mischte sich selten in die Gespräche ein. Also fiel kein Wort über dieses eher ungewöhnliche Tête-à-tête der Hochstaplerin. Sie kam dann jedoch wütend wieder, sagte nicht einmal guten Tag, kletterte nur auf ihre Pritsche und drehte sich mit dem Gesicht zur Wand. Jetzt schaute ich ihren Rücken an. Maske und die Geliebte tauschten verständnisinnige Blicke aus, und die eine stieß die andere mit dem Ellbogen an.

»Walentyna, hat's dir deiner so gut gemacht, daß du keine Kraft mehr hast, auf den Beinen zu stehen?« fragte schließlich Maske.

Von oben kam keine Reaktion, doch trotzdem wußte ich, daß die Hochstaplerin alles erzählen würde. Sie als einzige brauchte mich nicht als Beichtstuhl, sie beichtete alles laut und vor allen. Jedes Detail aus ihrem Leben, oft wußte ich nicht, ob wahr oder erdacht, kannten wir, fast von der Geburt an bis zum jetzigen Augenblick. Nur von Agata wußte ich nicht mehr als das, was mir Iza und Pani Manko erzählt hatten. Vielleicht lag es daran, daß sie am verschlossensten war, oder auch daran, daß unsere Beziehung sich ziemlich von meinem Verhältnis zu den anderen Frauen unterschied. Trotz der Aussöhnung an Heiligabend, als wir die Oblate gebrochen hatten, hielten wir ziemlichen Abstand voneinander. Es hatte sogar die Situation gegeben, daß ich mich gerade nackt bis zur Taille wusch und sie plötzlich in die Zelle gekommen war. Unwillkürlich hatte ich meine Brüste bedeckt so wie damals im Bad. Sie hatte sich dann gleich zurückgezogen. Ohne ein Wort.

»Nun sag schon, Walentyna, wie war dein Hirsch?« fuhr Maske fort, sie zu provozieren.

Die Hochstaplerin setzte sich auf und ließ ihre Beine von der Pritsche baumeln, nervös pendelten sie in der Luft.

»Herr im Himmel, was soll ich nur tun«, sagte sie mit einer scharfen, unangenehmen Stimme. »Ich bin doch noch jung... und brauche einen Kerl...«

»Kerle sind nicht alles in der Welt«, kreischte die Geliebte.

»Ach, ihr da, ihr habt, was ihr wollt, ich kann mich dafür nicht begeistern, ich muß einen Kerl haben. Und meiner da hat sich vom Gefängnis so einschüchtern lassen, daß er an nichts anderes hat denken können...«

Das war ungefähr vor einer Woche gewesen, und jetzt plötzlich so eine Freundschaft mit Agata, vielleicht hatte Pani Manko doch recht. Ich spitzte meine Ohren und hörte zu, was sie da berieten. Es stellte sich heraus, daß es nicht um Sex ging, sondern um Geschäfte. Sie überlegten, womit man hier jetzt etwas verdienen könnte. Agata behauptete, daß es unter Jaruzelski, als sie zum ersten Mal hierhergekommen war, ein Eldorado gewesen sei. Im Gefängnisladen konnte man nur Blutwurst, Malzkaffee und die billigsten Zigaretten kaufen. Sie knüpfte mit den entsprechenden Leuten Kontakte, und das Geschäft lief hervorragend. Alles ließ sich blitzschnell verkaufen und dazu noch zu weit überhöhten Preisen. Die Händler verdienten, die Zwischenhändler, und auch sie konnte nicht klagen. Vielleicht hat sie deshalb diese Schwäche für den General, dachte ich.

»Wenn jetzt einer Geld hat, kann er kaufen, was er will ...«, fuhr Agata fort.

»Klar«, sekundierte Maske. »Unter den Kommis gab es wenigstens Gleichheit im Gefängnis, reich oder arm, alle mußten im Leinendrillich sitzen. Aber jetzt läuft so ein Reichling in Atlas gekleidet herum, während der Arme weiter in die Röhre schaut.«

»Du hast doch selber einen Fernseher, was tönst du da so laut«, knurrte Agata ungehalten, weil sich jemand in das Gespräch eingemischt hatte.

»Aber was für einen! Die nebenan haben einen Grundig in Farbe, 65 Zentimeter und Video, die Wachteln bringen nur die Kassetten ...«

»Dann zieh doch zu denen und geh uns nicht auf den Geist«, erregte sich Agata.

Maske zuckte die Schultern. »Was hast du dich so, ein lahmer Hund klemmt den Schwanz ein!«

Agata erhob sich. Hinkend ging sie zu Maske (ich hatte bemerkt, daß sie stärker hinkte, wenn sie aufgeregt war), packte sie am Kragen und hob sie fast in die Luft.

»Möglich, daß ich lahme«, sagte sie drohend. »Aber ich hab noch immer lange Arme, vergiß das nicht.«

Sie drückte Maske mit so viel Schwung zurück auf die Pritsche, daß diese sich den Kopf dermaßen am Metallrahmen anschlug, daß die Wände dröhnten.

Irgendeine Idee mußte ihr und der Hochstaplerin aber gekommen sein, denn sie fingen an zu rechnen, wieviel Ware Agata täglich liefern mußte. In Frage kamen nur Werktage, wenn sie außerhalb des Gefängnisses arbeitete. Zu meiner Verblüffung sprachen sie von Welpen. Agata erklärte, sie könne mit Leichtigkeit zwei reinschmuggeln, doch die Hochstaplerin drängte, es sollten drei sein. Weil das ihr erster Aufenthalt im Gefängnis war, kannte sie sich in verschiedenen Dingen noch nicht aus, sie wußte nicht, was Känguruh-Schmuggel bedeutete. Ich wußte es bereits. Dank Iza.

»Hast du *Das Verhör* mit Janda gesehen?« mischte sich Maske wieder ein. »Was haben die von der Sicherheitspolizei als erstes gemacht, als sie Janda ins Gefängnis einlieferten? Gummihandschuhe, die Frau auf den Tisch, und geschaut, ob sie nicht was hinter ihren Eierstöcken versteckt hat.«

»Und wenn sie dich kontrollieren, Aga?« fragte unsere Busineßfrau besorgt.

Agata machte eine wegwerfende Handbewegung.

»Hier ist jetzt der gleiche Sauladen wie jenseits der Mauer«, sagte sie. »Wenn sie noch jemanden durchsuchen, dann die vom Freigang. Aber ich sag dir, zwei Welpen, mehr geht nicht. Wir dürfen nicht superschlau sein. Wenn sie was merken, sind wir dran ...«

Ich konnte nicht begreifen, wozu jemand im Gefängnis Welpen brauchte und wie um alles in der Welt Agata die in ihrer Scheide schmuggeln wollte. Eine Stange Zigaretten oder Kaffee konnte ich noch verstehen. Aber Lebewesen! Und dazu noch zwei, und die andere wollte sogar drei!

Die Sache klärte sich schon bald auf. Ein Welpe war, anders ausgedrückt, ein Viertelliter Sprit. Auf besagte Weise brachte Agata also täglich einen halben Liter reinen Spiritus herein. Sie versetzten ihn danach mit Wasser und brachten ihn in Umlauf. Die Hochstaplerin verwaltete die Kasse. Wer sich in dem »Lädchen« meldete, mußte seinen Becher mitbringen. Das Geschäft blühte, was mich zur Verzweiflung brachte, denn die Tür unserer Zelle ging nicht mehr zu. Eine kurze Verschnaufpause gab es, wenn endlich die Nachtruhe verkündet wurde. Agata merkte wohl, wie mir zumute war, denn immer wieder warf sie mir einen prüfenden Blick zu. Nein, sie fürchtete nicht, daß ich sie verraten würde, es ging um etwas anderes. Sie prüfte, inwieweit die neue Situation für mich belastend war. Auch wenn sie dem Anschein nach primitiv, ja stumpfsinnig war, so war sie doch nicht gar so dumm. Auf ihre Art hatte sie Sinn für Humor, und sogar eine gewisse Empfindsamkeit konnte man ihr nicht absprechen. Daher wußte sie wohl auch, in was für einer Stimmung ich mich befand. Ich versuchte, ihr auf telepathischem Weg zu signalisieren, daß ich das Ganze nicht gutheißen konnte. Mit einiger Mühe hatte ich mich zwar schon an die veränderte Lebensart gewöhnt, daran, daß ich mit anderen Personen eine Zelle teilen mußte, doch was sich jetzt abspielte, war wie ein Leben auf dem Bahnhof, wo sich die verschiedensten Menschen herumtrieben und fast schon über mich stolperten.

Eines Tages hörte ich Agata sagen:

»Walentyna, wir müssen Geschäftszeiten einführen. Die

kommen hier angelatscht, wann es ihnen paßt, da hat man keine Ruhe.«

Die Hochstaplerin schaute sie überrascht an.

»Wir könnten Kunden verlieren.«

»Wir haben keine Konkurrenz«, antwortete Agata. »Gib die Parole aus, daß von sechs bis zum Abendessen verkauft wird, Samstag und Sonntag ist geschlossen.«

Agatas Teilhaberin war nicht begeistert.

»Aus dir wird nie eine Busineßfrau. Außerdem ist in diesem muffigen Sumpfloch wenigstens was los.«

»Halt du die Kasse verriegelt und deinen Mund auch«, antwortete die Schmugglerin scharf. »Und versuch nicht, so superschlau zu sein, sonst geben sie dir noch mal fünf Jahre. Wenn die hier so aus- und eingehen, dann kriegt am Schluß der Anstaltsleiter noch was mit. Und der startet gerne mal eine Durchsuchung ... Deshalb gibt es nur zwei und nicht drei Welpen und wird die Ware nicht gestapelt, alles muß sofort umgesetzt werden.«

»Da kannst du ja das Geschäft gleich zumachen.«

»Ich mache nichts zu, ich reguliere bloß, Blödkopf!« Agata war wütend, und die Hochstaplerin kapitulierte, weil sie nicht wie Maske k.o. geschlagen werden wollte.

Es wurde ruhiger. Früher waren die ersten Kunden oder besser Kundinnen erschienen, kaum daß die Freizeit begonnen hatte – auch Wachteln schauten im übrigen vorbei. Die kamen angeblich, um zu sehen, ob auch alles in Ordnung sei, doch sie protestierten nicht, wenn Agata oder die Hochstaplerin ihnen eine Flasche in die Tasche schob. Sie mußten dann nicht bezahlen, das war das Schutzgeld, das die Schmugglerinnen zahlten, und sie taten es, ohne zu murren. Aber mit der Zeit bekamen alle mit, daß außerhalb der festgesetzten Zeiten nichts zu holen war, und sie kamen nicht länger angelaufen.

Wenn mir früher jemand gesagt hätte, daß ich mich auf meine Rechte als gesetzlich angetraute Ehefrau berufen würde, hätte ich ihm nicht geglaubt. Bis dahin hatten Frauen, die um jeden Preis ihre Ehen retten wollten, egal, aus welchem Grund, ob der Kinder wegen oder aus Angst vor der Einsamkeit, bei mir Verachtung geweckt. Sich nicht mit einer Scheidung einverstanden zu erklären war für mich eine kleine Erpressung. Wenn jemand fortgehen wollte, dann mußte man ihm das erlauben, meinte ich. Aber als ich mich dann selbst in so einer Situation befand, war ich nicht mehr so großherzig. Voller Ekel vor mir selbst stand ich eines Tages vor der Tür unserer Wohnung. Ich klingelte, in das Haus war ich mit meinem eigenen Schlüssel gekommen. Lange machte niemand auf, dann hörte ich ihre Stimme: »Moment.«

Wir standen uns von Angesicht zu Angesicht gegenüber. Sie war ziemlich spärlich bekleidet. Ihre Beine waren bis weit oben entblößt, und ich konnte nicht umhin zu bemerken, daß sie wunderschön waren, wie modelliert. Sie war sichtlich verängstigt bei meinem Anblick.

»Darf ich eintreten?« fragte ich.

Sie trat wortlos zurück in den Flur. Ich setzte mich im Mantel an Edwards Schreibtisch. Ich schaute mich um, nichts hatte sich hier verändert. Die Unordnung war die gleiche geblieben, dagegen bemerkte ich durch die angelehnte Tür zu meinem Zimmer, daß die meisten meiner Möbel verschwunden waren, es sah jetzt ganz anders aus. Ein fremder Schrank, bunte Überdecken, ein Fellteppich auf dem Boden, viele Blumen. Fast eine ganze Wand war mit Efeu bedeckt.

Sie blieb im Flur und hielt krampfhaft ihren Morgenrock unterm Kinn zusammen, konnte jedoch nicht die Vorzüge verdecken, durch die ich besiegt worden war.

»Wie wohnt es sich hier?« fragte ich und gab mir Mühe, höflich zu reden, obwohl ich mit ganz anderen Absichten gekommen war. Ich wollte sie schlichtweg rauswerfen.

»G ... gut ...«

»Sie scheinen Sonne zu mögen, mein Zimmer ist sehr sonnig. Liegen Sie manchmal auf dem Balkon?«

»Wenn Sonne ist, ja«, antwortete sie und schaute mich mit ihren Kuhaugen an. Bestimmt überlegte sie, worauf ich hinauswollte.

Das wußte ich mittlerweile selbst nicht mehr. Seit ich hier war, seit ich mit eigenen Augen das Leben der beiden gesehen hatte, das sie auf den Trümmern meines Lebens führten, war alle Luft aus mir entwichen, fühlte ich mich wie ein durchstochener Ballon.

Trotz der fürchterlichen Unordnung auf dem Schreibtisch entdeckte ich neben der Schreibmaschine ihr gerahmtes Foto. Mein Foto hatte Edward nicht aufgestellt. Vielleicht hatte aber auch sie ihr Foto hingestellt, damit Edward nicht vergaß, wer hier Herr im Hause war. Vielleicht hatte sie eben durch ihre Entschiedenheit gewonnen. Mit mir hatte unser Zuhause immer ein bißchen herrenlos gewirkt.

Als ich schon aus dem Sessel aufstand, entdeckte ich ein Stück Karton, das mit Reißzwecken an die Wand über dem Schreibtisch geheftet war:

You are young! You are strong! You are beautiful!

Also das war Edward in dem Leben mit ihr aufgegeben: jung, stark und schön zu sein!

Über einen Mangel an Überraschungen kann ich mich nicht beklagen. Ich betrat die Wachstube, um den Schlüssel zur Bibliothek zu holen, und traf dort einen Schließer an, der außerdem noch mächtig nach Wodka roch. Ich wußte, daß das Gefängnis draußen von Männern bewacht wurde und daß sie bewaffnet waren. Hier drinnen durften sie ihre Waffen nicht tragen. Die Wärterinnen hatten andere Möglichkeiten, Disziplin und Ordnung unter den Gefangenen aufrechtzuerhalten. Als sie einmal das Gitter zwischen zwei Abteilungen mit einem monströsen Schlüssel aufschloß, hatte die Maus mir erklärt, daß der gleichzeitig als Instrument zur Verteidigung gedacht sei.

»Im Notfall haut man einer aufsässigen Gefangenen damit in die Fresse!« hatte ich lachend gesagt.

Und sie hatte genickt.

Aber wie kam dieser Kerl hierher? Vielleicht hatte man dringend eine Vertretung gebraucht? Ich ging dem nicht weiter nach und schaute, daß ich so schnell wie möglich wieder draußen war. Der Schließer hatte das Radio auf volle Lautstärke gedreht. Die Katzenmusik, wie ich Rock nannte, tat meinen Ohren weh. Erleichtert hörte ich ein langsameres Lied erklingen.

»Nimm mich in deine Arme...«, sang die sinnliche Stimme eines mir unbekannten Interpreten.

Seinerzeit war das Lied ein bekannter Schlager gewesen, und auch jetzt konnte man es noch hören. Es mußte irgendwie auf den Ordnungshüter gewirkt haben, denn er kam plötzlich aus seiner Wachstube und stellte sich vor meinem Pult auf.

»Hast du alle die Bücher gelesen?« fragte er und grinste blöd. »Flüstere mir doch mal eins ins Ohr.«

Sein Gesicht war aufgedunsen und seine Augen stark gerötet. Man sah schon von weitem, daß er keinen Tropfen verkommen ließ. Und jetzt suchte er aus Langeweile bei mir eine Ansprache.

»Bücher sind dazu da, daß man sie allein liest«, antwortete ich trocken und verschwand zwischen den Regalen, was das Dümmste war, was ich hatte tun können.

Nach meinen Erfahrungen mit Aśka hätte ich das wissen müssen. Er kam angeschlurft. Ich drehte ihm meinen Rükken zu, und das war der nächste Fehler. Er umfaßte mich auch gleich von hinten und schob seine Hand geschickt unter meine Drillichjacke. Schmerzhaft walkte er meinen Busen, auf meinem Hals spürte ich seinen heißen Atem. Ich versuchte, mich zu befreien, aber ohne Erfolg. Er drückte mich immer fester an sich. Schließlich gelang es mir aber doch, mich loszureißen. Jetzt standen wir uns gegenüber, ich richtete meine Kleidung und war bereit, jeden Moment davonzulaufen.

»Was bist du so schreckhaft, wohl Jungfrau oder was?« fragte er. »Ich hab 'nen Schwanz, der macht's jeder recht. Oder stehst du auf Mösen? Dann sag's gleich.«

Wortlos zog ich mich zurück, an den Regalen vorbei ging ich wieder hinter mein Pult. Nach kurzer Zeit tauchte auch er auf, schaute aber nicht zu mir hin, sondern ging in seine Wachstube.

An einem Samstag geschah es, daß ich mit Agata allein in der Zelle war. Die Hochstaplerin hatte ihren »nassen Besuch«, Maske und die Geliebte waren auf Freigang, Pani Manko lag im Krankenhaus, weil sie eine Gallenkolik hatte. Wahrscheinlich würde sie sogar operiert. Während ich in der Bibliothek saß, dachte ich mit Unruhe an das näherrükkende Tête-à-tête mit Agata. Nicht wegen des früheren Vorfalls, das konnte sich nicht wiederholen. Und sei es nur, weil sie wußte, wer ich war. Als ich ins Gefängnis gekommen war, hatte sie gehört, daß ich meinen Mann umgebracht hatte, doch Mord war hier das tägliche Brot, eher war es mein Beruf, der Eindruck auf sie gemacht hatte.

Mit ihr allein die Zelle teilen zu müssen konnte uns beide ziemlich verlegen machen. Als ich aus der Bibliothek zurückkam, kletterte ich gleich auf meine Pritsche und steckte meine Nase in ein Buch. Später kam sie und zog ein Heft hervor, sie fing an, Zahlenreihen zu prüfen, indem sie sie mühsam zusammenrechnete. Offensichtlich kontrollierte sie die Rechnungen, die ihre Geschäftspartnerin führte. Das Abendessen aßen wir schweigend. Dann langte sie plötzlich in die Schublade ihres Spinds und hielt mir ein Foto hin. Es zeigte einen kleinen Buben in blauen Sachen; angestrengt starrte er in das Objektiv des Fotoapparats, der ihn mit dieser angespannten Miene verewigt hatte.

»Hübscher Junge«, sagte ich.

»Mein Sohn«, sagte sie knapp und kaute ein dünn mit Pastete bestrichenes Brot. Sie kaufte sich nichts für ihr schwarz verdientes Geld. Maske hatte sie sogar einmal angepflaumt, daß sie das Geld wohl im Sparstrumpf aufbewahre, denn Agata esse nur den Gefängnisfraß und würde nie jemandem etwas spendieren. Agata hatte zurückgeknurrt, das sei für schlechte Zeiten. Ich hatte gedacht, wenn man für schlechte Zeiten etwas zurücklegt, sind die schlechten Zeiten schon da.

Ich mußte ziemlich blöd dreingeschaut haben, denn sie lächelte traurig.

»So jemand wie ich kann auch ein Kind haben. Ich hab nicht immer so ausgeschaut, hab sechzig Kilo weniger gewogen . . .«

Agata erzählt

Sie war das normalste Mädchen unter der Sonne gewesen und hatte einen Bahnangestellten geheiratet. Sie wohnten in einer Siedlung der Bahn, ein gutes Stück außerhalb der

Stadt gleich hinter dem Bahnhof. Sie langweilte sich, weshalb sie beschloß, arbeiten zu gehen, als der Sohn schon größer war. Ihr Mann fand eine Arbeit für sie als Bahnwärterin. Aber mutterseelenallein in einem kleinen Verschlag zu sitzen war noch langweiliger, also fing sie an, sich Bücher mitzunehmen. Zuerst las sie nur Krimis, doch schnell hatte sie von diesen Morden und dunklen Gestalten genug. Die Bibliothekarin im Haus der Kultur empfahl ihr daraufhin das Buch einer amerikanischen Autorin. Diese Scarlett, wunderschön, die Männer liebten sie ... Wenn sie selbst nicht so dick gewesen wäre, vielleicht hätte auch sie ihren Rhett gefunden ... Einmal machte sie die Schranke nicht zu, und es kam zu einem schweren Unfall. Damals fand sie sich zum ersten Mal im Gefängnis. Und das Gefängnis war wieder eine andere Welt als die aus dem amerikanischen Liebesroman. Sie war bereits so dick, das war nach der Geburt des Kindes so gekommen, bei ihrer Mutter war es genauso gewesen. Ihr Mann hatte nichts dazu gesagt, aber die Leute machten anzügliche Bemerkungen. Und damit begann der Leidensweg für sie. Bei ihrer Korpulenz und Langsamkeit hielt jeder sie gleich für eine Assel, für einen typischen Maulesel. Sie war den verschiedensten Erniedrigungen ausgesetzt, man ließ sie außerhalb der Reihe Zellendienst machen, den Abort schrubben, man verbot ihr, mit den anderen am Tisch zu essen, sie mußte ihre Schale auf den Knien halten und auf ihrer Pritsche sitzen. Man nahm ihr den Löffel weg und zwang sie, wie ein Tier zu essen. Sie geriet in eine Zelle, in der nur Rückfällige saßen, und die machten sich ein gutes Leben mit ihr. Wortwörtlich – sie mußte die erotischen Gelüste von allen befriedigen. Dabei wurde sie beschimpft und wegen ihres Aussehens lächerlich gemacht. Bis sie sich eines Tages zur Wehr setzte. Man wollte ihr in der Nacht eine Abreibung verpassen, doch sie war darauf vorbereitet und ließ sich nicht überrumpeln. In einem Anfall von Raserei entwickelte sie übermenschliche Kräfte. Sie massakrierte allen die Fresse, obwohl das kräftige Frauenzimmer waren. Die Wärterinnen hörten den Lärm und stürzten in die Zelle, doch sie wurden nicht mit ihr fertig. Erst als man Agata mit kaltem Wasser abspritzte, kam sie zur Besinnung. Sie wurde in den Karzer gesteckt, wo sie bei Wasser und Brot saß. Und dort schwor sie sich, daß sie entweder in der Gefängnishierarchie hoch aufsteigen oder sich das Leben nehmen würde. Langsam und mit Bedacht verwirklichte sie ihren Plan. Eines Tages gelang es ihr, gute Zigaretten und echten Kaffee ins Gefängnis zu schmuggeln. Sofort stiegen ihre Aktien um einige Punkte. Weiter ging es dann schon von selbst. Und jetzt ... jetzt war das ihre Welt. Hier fühlte sie sich am wohlsten, die Freiheit machte sie überhaupt nicht glücklich. Selbst wenn sie entlassen wird, weiß sie doch, daß sie wiederkommt.

»Möchtest du nicht bei deinem Sohn sein und zuschauen, wie er wächst und sich entwickelt?«

Sie schwieg verdutzt, dann meinte sie:

»Ich hab hier einen freien Welpen, vielleicht hast du Lust, mit mir einen zu trinken.«

»Ich trink einen mit dir«, antwortete ich.

Routiniert goß sie den Spiritus in die Blechbecher und beruhigte mich gleichzeitig, daß er verdünnt sei und sich mit dem Wasser schon »verbissen« habe. Ein gezähmter Welpe, dachte ich. Aber trotzdem spürte ich Feuer in der Kehle und mußte ein Weilchen nach Luft schnappen. Agata gab mir eine Brotrinde:

»Riech daran«, befahl sie.

Und, o Wunder, es half. Der zweite Schluck ging leichter. Angenehme Wärme durchflutete den ganzen Körper.

»Ich würd schon gern bei meinem Sohn sein«, sagte Agata langsam, »aber wozu soll er sich seiner Mutter schämen ... Hast du Kinder?«

»Nein.«

»Wolltest du keine?«

»Nein, ich hatte eher Angst vor der Verantwortung. Mein Mann hat gesagt, ich sei psychisch nicht reif genug, um ein Kind zu haben.«

»Der, den du ...«, sie brach ab, weil sie nicht wußte, wie sie mich nach Edward fragen sollte. Sie wollte mich nicht verletzen. Ich hatte schon längst bemerkt, daß sie in dieser Hinsicht sehr zartfühlend war, anders als Pani Manko.

»Der.«

Ich fürchtete schon, sie würde mich weiter ausfragen, also stellte ich ihr selbst die Frage, warum sie sich ein Bild von Jaruzelski aufgehängt hatte und nicht zum Beispiel eines von Michael Jackson.

»So eine Seifenblase! Der ist ja weder Mann noch Frau, das ist noch schlimmer als ich«, antwortete sie. »Ich hab Jaruzelski aufgehängt, weil das der einzig gerechte Pole in dieser Scheiße ist. Er hat sich vor niemandem gefürchtet, hat getan, was seiner Meinung nach für Polen gut war. Die Russen hat er nicht reingelassen, und diesen Scheißern hat er eine Lehre erteilt. Als ich das erste Mal saß, da waren zwei von der Solidarność in der Zelle. Jesus, behüte mich vor soviel Dekadenz ...!«

Diesmal konnte ich nicht erraten, worum es ihr ging, was sie mit »Dekadenz« meinte.

»Haben die was gesagt, was dir nicht gefallen hat?«

»Das waren solche Hundsfotte, die eine hat gedroht, daß sie, wenn Solidarność gewinnt, die Kommunisten an den Eiern aufknüpfen wird.«

»Vielleicht konnte sie Männer nicht leiden?«

»Nein, das waren keine Lesben, die waren einfach geschlechtslos, aber so verbiestert, und ich kann solche Menschen nicht ausstehen. Wenn jemand ein bißchen anders ist, muß man ihm da gleich eins überziehen?«

Ich trank einen Schluck aus dem Blechbecher. Meine Wangen glühten, aber es war ein angenehmes Gefühl. Davor hatte ich nur sehr selten getrunken, weil es Edward nicht mochte, mich beschwipst zu sehen.

»Aber die Solidarność hat niemanden an den Eiern aufgehängt«, sagte ich. »Beide Seiten haben sich am runden Tisch verständigt. Wałesa ging es auch um Polen.«

»Dem!« Verächtlich verzog sie ihr Gesicht. »Der ist für mich genauso eine Seifenblase wie dieser Jackson. Ist doch nicht zu glauben, geht mit der Mutter Gottes am Aufschlag durch die Gegend. Im Ausland lacht man wahrscheinlich über uns...«

»Warum bist du hier das zweite Mal gelandet?« fragte ich.

»Weil ich hier das erste Mal gelandet bin«, antwortete sie. »Als ich damals nach meiner Zeit wegen der Schranke wieder nach draußen kam, wußte ich nicht, was ich mit mir anfangen sollte. Meine Freundin saß noch, aber sie hatte mir eine Adresse gegeben. Da bin ich hin, und da haben sie schwarz gebrannt. Also hab ich angefangen, damit zu handeln. Wir wurden alle eingelocht... Und so bin ich seither mal hier, mal da. Aber, wie gesagt, ich bin lieber hier...«

Als ich schon auf meiner Pritsche lag, fiel mir ein, wie ich sie nennen könnte. Vorher war mir nichts Passendes eingefallen. »Fratze« gefiel mir irgendwie nicht, andere Spitznamen auch nicht. Aber jetzt nannte ich sie einfach »Mutter«. Vielleicht weil mir Mutterschaft zum ersten Mal als etwas Nachvollziehbares erschien; für Agata war die höchste Form der Mutterliebe, daß sie sich von ihr losgesagt hatte.

Das mußte man ihr anrechnen. Wäre sie den Menschen ähnlich, hätte sie darum gekämpft, in das normale Leben zurückzukehren und ihr Recht, eine Mutter zu sein, wiederzuerlangen. Aber so gab es dafür keinen Grund. Bevor sie ins Gefängnis kam, war ihre Korpulenz nicht so abstoßend gewesen, dicke Frauen gibt es viele, aber hier war ihr Körper so aufgedunsen, als hätte jemand Hefe hineingeschüttet, ihre Haut war an verschiedenen Stellen aufgesprungen, und die Äderchen waren geplatzt. Sie wußte, wie sie aussah. Auch ihr Gesicht hatte sich verändert. Bestimmt hätten weder ihr Mann und noch weniger ihr Sohn sie wiedererkannt.

»Wenn du mein Foto sehen würdest, wie ich als junges Mädchen ausgesehen hab, du würdest nicht glauben, daß man sich so verändern kann.«

»Und hat dein Mann nicht versucht, Kontakt mit dir aufzunehmen? Du bist doch hier durch einen Schicksalsschlag gelandet, so wie unsere pleite gegangene Buchhalterin.«

»Er hat es versucht«, antwortete sie nach einer Weile. »Aber ich hab immer schon etwas für Frauen verspürt... Wenn mir eine gefallen hat, dann hab ich immer gleich weiche Knie bekommen. Damals schon, als ich selbst noch hübsch war... Und als er endlich eine Besuchserlaubnis bekam, da hatte ich schon diese Freundin...«

Nein, nicht Mutter, das gibt nun wirklich nicht ihren Charakter wieder. Maske, Geliebte – diese Bezeichnungen sagen gleich etwas und beschreiben wohl beide sehr treffend. Vielleicht besser Mutter Agata... Ja, wunderbar. Es macht nichts, daß dieser Spitzname den Sinn des ersten verändert. Es liegt auf der Hand, daß das Leben, für das Agata ausgesucht wurde (denn natürlich hat sie es sich nicht selbst ausgesucht), ihr vorbestimmt war. Geistlicher Orden anstatt Mutterschaft. Beide sind wir in diesem Orden gelandet. Sie ist die Mutter Oberin, Mutter Agata der Gefängnisschwestern, und ich bin Schwester Daria...

»Sag mir, warum hast du das damals gemacht?« Ich stellte ihr eine Frage, die ich niemals gestellt hätte, wäre ich ganz nüchtern gewesen. »Ist das deine übliche Methode?«

Sie schüttelte den Kopf.

»Als ich dich im Bad sah... ich dachte, du hast die wunderbarsten Brüste der Welt... wahrscheinlich, weil du kein Kind zur Welt gebracht hast... Ich wollte das verscheuchen und bin zu den Fixerinnen gegangen. Die gaben mir was... Und dann ist mir der Film gerissen...«

»Aber du bist keine Fixerin?«

»Nein, ich hab's schon ein paarmal versucht, so aus Jux, aber daß es mich so plattgemacht hat, nein, nie...«

Ich umklammerte meinen Blechbecher und trank den Rest Schnaps aus.

»Trägst du mir das nach, daß ich dich runtergestoßen habe?«

Wieder schüttelte sie den Kopf.

»Du warst im Recht«, sagte sie, und dann lächelte sie trotzig: »Vielleicht war es gerade gut, das hat mir diesen Wahnsinn ausgetrieben. Und bei meiner Schönheit gab's eh nichts, was hätte kaputtgehen können. Ich konnte nichts dagegen tun, dauernd hatte ich dich vor Augen, die aus dem Bad... Als ich auf die Fresse flog, hat sich in meinem Kopf wieder eingerenkt, was du mir verdreht hattest...«

Als ich aus der Bibliothek zurückkam, fand ich niemanden in der Zelle vor. Bestimmt waren alle nebenan, wo sie in Farbe die Familiensaga der Carringtons anschauten. Die Hochstaplerin kam dann auch immer aus der Küche gelaufen, obwohl sie in der Zeit beim Portionieren des Abendessens hätte helfen sollen. Die Köchinnen saßen im übrigen aber auch im Gemeinschaftsraum und hingen vor dem Fernseher. An den Tagen, an denen die nächste Folge der Abenteuer des texanischen Millionärs und seiner zahlreichen Ehefrauen gesendet wurde, kam das Abendessen später. Die Gefängnisordnung litt zwar darunter, aber das war höhere Gewalt. Das wäre, als wenn man in England den Sportsfreunden nicht erlaubte, die Übertragung eines wichtigen Fußballspiels zu sehen. Sie würden alles kurz und klein schlagen. Hier konnte etwas Ähnliches passieren. Durch den Äther würde die Nachricht gehen: »Im Frauengefängnis in K. gab es einen Aufstand. Den Gefangenen war es nicht erlaubt worden, *Denver Clan* zu Ende zu sehen...«

Ich war vermutlich die einzige Person hier, die keine Leidenschaft für das Schicksal dieser Menschen aus Amerikas höheren Schichten zeigte. Vor ein paar Jahren waren die Straßen während der Übertragung des brasilianischen Films *Die Sklaven der Isaura* wie leergefegt, fast ganz Polen schaute sich die Serie an. Ich konnte das nicht begreifen, eine primitive Handlung, das Ganze sehr merkwürdig montiert, jede Szene wurde zweimal gezeigt, nur daß sie beim zweiten Mal in Zeitlupe lief.

»In Brasilien sind achtzig Prozent der Menschen Analphabeten, deshalb zeigt man ihnen die Szenen noch mal, damit sie es verstehen«, hatte mir Edward erklärt.

»Aber hier ist die Mitte Europas!«

»Und in dieser Mitte Europas sind achtzig Prozent sekundäre Analphabeten!«

»Übertreib nicht.«

»Überhaupt nicht, verehrte Frau Magister der polnischen Philologie!«

Wir zankten uns. Edward behauptete, daß nur drei Völker wirkliche Werte in die Wissenschaften und die Weltkultur eingebracht hätten: die Deutschen, die Russen und die Juden. Sie hätten die großen Wissenschaftler, Musiker und Schriftsteller hervorgebracht.

»Vielleicht vergißt du mal nicht so jemanden wie Michelangelo oder Dante.«

»Bestimmt waren sie jüdischer Abstammung«, hatte er lachend erwidert.

»Und unser Kopernikus?«

»Der war Deutscher.«

»Er hielt sich für einen Polen«, hatte ich eisig gesagt.

»Pah!« Edward blies die Backen auf. »Ich zum Beispiel halte mich nicht für einen Polen, was nicht heißt, daß ich nicht einer bin.«

Ich kletterte gerade nach oben, als die Hochstaplerin in die Zelle stürzte. Sie war so weiß im Gesicht, als hätte man sie mit Mehl gepudert.

»Was ist los, läßt sich Carrington wieder scheiden, oder gibt es Kartoffelpuffer zum Abendessen?« scherzte ich.

Sie schaute mich wie betäubt an.

»Pani Ela ist tot«, sagte sie.

Pani Ela, das war Pani Manko.

»Wieso?« fragte ich. »Sie sollte doch morgen operiert werden.«

»Sollte, sollte, wird aber nicht«, antwortete sie. »Sie hat sehr gelitten, da haben sie ihr noch eine Schmerzspritze gegeben. Das hat ihr Herz nicht ausgehalten.«

Pani Manko war sehr zufrieden gewesen, daß sie operiert werden sollte. Sie hätte das schon längst machen sollen, aber sie hatte ihre Arbeit verloren und damit ihren Versicherungsschutz. Diese Kolik war genau zur rechten Zeit gekommen.

»Da geht wenigstens die Zeit schneller um. Und es ist weniger schlimm, daß ich nicht zu Hause bin. Ins Krankenhaus wäre ich auch von zu Hause gekommen ...«, hatte sie gesagt. Das war erst gestern gewesen, als ich sie auf der Krankenstation besucht hatte.

Sie hatte auch etwas gesagt, das mich sehr erregt hatte, sogar wütend war ich gewesen, daß ich zu ihr gegangen war. Sie hatte mir gestanden, daß sie täglich für mich betete. Denn ich hatte immerhin eine Todsünde auf dem Gewissen. Aber der Herr Jesus würde mir verzeihen, wenn ich Reue zeigte. Jetzt konnte sie Ihn schon selbst fragen, ob Er mir verzieh... Aber ob sie Ihm verzeihen würde, daß Er sie der Familie in einer für sie so schwierigen Zeit genommen hatte? Ein hilfloser Vater, Kinder, die noch klein waren. Nur gut, daß die vierzehnjährige Tochter ein bißchen Grips im Kopf hatte, vielleicht werden sie sich nicht völlig verwaist vorkommen. Ich schaute auf zwei Bildchen: die Mutter Gottes und Johannes Paul II. über ihrer Pritsche, die jetzt auch verwaist war.

Der Papst hatte keine Ahnung, daß er gerade eines seiner gläubigsten Schäfchen verloren hatte. Sie hatte gelebt, wie er es sich wünschte. Nach Gottes Geboten, doch hatte ihr das überhaupt nicht geholfen. Sie hatte in der Kirche zusammen mit den anderen Gläubigen gesungen: »Herr, zeig uns den Weg ins freie Vaterland.« Aber das freie Vaterland hatte ihr die Freiheit genommen und letztlich auch das Leben. In welchem Verhältnis steht der abstrakte Begriff der Freiheit zu einem konkreten Menschenschicksal?

Auf einem der Regale in der Bibliothek entdeckte ich ein nicht aufgenommenes Buch von Jan Józef Szczepański: *Vor dem unbekannten Tribunal.* Schwer zu sagen, wie es hierhergekommen war, versteckt zwischen den fettleibigen Bänden der Werke Lenins, die während des Kriegsrechts natürlich nicht ausgesondert worden waren, nach dem Fall des Kommunismus aber auch nicht. Vielleicht hatte einfach niemand daran gedacht. Ich muß fragen, was mit ihnen geschehen soll, sie nehmen Platz weg und setzen Staub an. In dem unscheinbaren Buch von Szczepański überlegt der Autor, was Mut ist. Aufopferung. Verbrechen. Er schreibt über Conrad, über Maximilian Kolbe und Manson ... Was also ist Mut ... Ständig habe ich Edward Feigheit vorgeworfen, aber ein Feigling war er nicht. Er ließ sich von seinen eigenen Kriterien leiten, stellte seine eigene Werteskala auf. In dieser Welt war es für ihn wichtiger, in seiner Zeitschrift die Erzählung eines verbotenen Schriftstellers zu drucken, als seinen eigenen Namen sauberzuhalten. Es war ihm gleichgültig, was man über ihn schrieb oder gar sagte. Einmal machte ich ihm Vorwürfe, es sei mir peinlich, seine Frau zu sein. Er hatte geantwortet, daß ich auf der anderen Straßenseite gehen könnte. In einem Streit stellte er fest, daß Individualisten in Polen immer schlecht behandelt würden.

»Nimm diesen Brzozowski! Einer der hervorragendsten Geister, und was haben sie mit ihm gemacht? Sie haben ihn nur deshalb fertiggemacht, weil er es gewagt hat, er selbst zu sein.«

»Man hielt ihn für einen Agenten der Ochrana.«

Edward zeigte mir den Vogel.

»Ich bin auch ein Agent der Ochrana, und das geht niemanden etwas an! Solange man mir nicht nachweist, daß ich dadurch jemand anderem geschadet habe, laßt gefälligst die Finger von mir! Und ihm haben sie das auch nicht nachgewiesen. Seine Schuld bestand darin, daß er sich keinem Klüngel angeschlossen hat. Und hier zählt nur Klüngelei.

Wie bei jedem dummen Volk ist selbständiges Denken ein Verbrechen.«

Edward war der Meinung, er sei vor allem sich selbst gegenüber verantwortlich und müsse sich innerlich vervollkommnen. Vielleicht rührten unsere Mißverständnisse daher. Denn ich glaubte, er nehme meine Probleme nicht ernst. Aber er nahm sie aus seiner Perspektive einfach nicht wahr. Daß irgendein Kritiker etwas über mich sagte, daß ein anderer Kritiker versuchte, mir einen Nasenstüber zu verpassen ... »Wichtig ist nur, was du selbst über dich denkst«, pflegte er zu sagen. Aber ich dachte eben nicht sehr gut über mich. Also hatte ich mir selbst Leid zugefügt, und Edward versuchte mir das klarzumachen ...

Der Frühling begann, wie eigentlich alles in meinem Gefängnisdasein, mit Iza. Ich betrat ihr Zimmer im Verwaltungsblock und traf sie in einer weißen Bluse mit offenem Kragen an. Ich bemerkte, daß sie ein dünnes Silberkettchen am Hals trug. Ich weiß nicht, warum ich bei diesem Anblick gerührt war. Das Fenster hinter ihrem Rücken stand offen, und ich spürte auf dem Gesicht einen warmen Frühlingshauch.

»Setz dich erst«, sagte sie. »Und dann erfährst du, was ich für dich habe.«

Ich setzte mich auf einen Stuhl, ein wenig beunruhigt über diese Eröffnung, aber sie teilte mir lächelnd mit, daß ich einen Freigang bekäme, und zwar gleich für drei Tage, und es gebe auch gute Chancen für eine vorzeitige Entlassung, vielleicht sogar, wer weiß, im nächsten Frühjahr.

»Freust du dich?« fragte sie.

Ich schwieg.

»Das sind doch wohl gute Nachrichten für dich«, sagte sie, und in ihrer Stimme schwang Enttäuschung mit.

»Ja, gute«, antwortete ich wie eine artige Schülerin, aber ich war mir dessen gar nicht so sicher.

Denn plötzlich war mir klargeworden, daß ich – genau wie Agata – niemanden hatte, zu dem ich gehen konnte, und überhaupt nicht wußte, was ich mit den drei Tagen Freigang anfangen sollte. Natürlich konnte ich zu meinem Onkel nach Warschau fahren, aber allein schon in jene Wohnung zu gehen ... Ich fühlte mich noch nicht stark genug, um dort hinzugehen ... Meine Geschichte mit Edward war noch nicht abgeschlossen, auch wenn die Strafe, die ich gerade absaß, schon verhängt war. Das Ende der Strafe bedeutete für mich noch lange nicht Freiheit, denn ich hatte noch nicht über mich selbst gerichtet, wußte noch nicht, was ich von mir denken sollte. Edwards Mutter war in tiefer Trauer in den Gerichtssaal gekommen. Als sie aussagte, zitterte ihre Stimme so, daß man einzelne Wörter gar nicht verstehen konnte. Als wäre alles erst vorgestern passiert und nicht schon vor zwei Jahren.

»Sie ist eine sehr sonderbare Person«, hatte sie über mich gesagt. »Eine sehr sonderbare Person, hohes Gericht. Sie hat meinem Sohn die Karriere zerstört und dann ... dann ...«

Das verstand ich nun überhaupt nicht, an welche Karriere dachte sie? An eine im Ausland vielleicht, denn Edward hatte gleich nach Verhängung des Kriegsrechts ausreisen wollen, doch ich hatte mich gesträubt. Obwohl er nichts mit der Solidarność-Bewegung zu tun gehabt hatte, im Gegenteil, war ihm eine sehr günstige Stellung an der Sorbonne angeboten worden, sogar eine Wohnung.

»Hier war immer dumpfe Provinz«, hatte er mich zu überzeugen versucht. »Und jetzt kehren wir ins Mittelalter zurück. Der Rest von Intellektuellen, der uns geblieben ist, wird sich lange nicht von dem Tiefschlag erholen, den ihm

Jaruzelski versetzt hat. Die Polnische Akademie der Wissenschaften besteht doch zur Hälfte aus Oppositionellen, die darauf eine Konzession haben, und zur Hälfte aus Denunzianten. Sowohl die einen wie die anderen werden jetzt jahrelang ihren moralischen Kater kurieren. Im wissenschaftlichen und kulturellen Leben gibt es nun einen Rückschritt. Aber das geschieht ihnen recht, wozu haben sie auch den Finger zwischen die Tür gesteckt? Ich bitte dich, Daria, fahr mit mir fort.«

Schweigend hatte ich den Kopf geschüttelt.

»Wenn du willst, dann fahr allein, unsere Ehe ist sowieso am Ende.«

Aber er hatte mein Gesicht in seine Hände genommen, mir in die Augen geschaut und gesagt:

»Ohne dich fahr ich nirgendwohin.«

Er brauchte mich, so wie ich ihn brauchte, auch wenn wir nicht zusammenleben konnten. Aber ich hoffte, daß wir zusammen alt werden könnten. Ich hatte diese Hoffnung sogar dann noch, als er mit der anderen zusammenlebte. Ich glaubte, daß er im Alter mich wählen würde. Und vielleicht wäre es ja tatsächlich so gekommen, sie war viel jünger als er ... Wie wäre mein Leben verlaufen, wenn Edward damals nach Frankreich ausgereist wäre? Wäre ich ihm nachgefahren, oder hätte ich versucht, mein eigenes Leben zu leben? Nach den drei Jahren, seit es ihn nicht mehr gibt und ich weiß, daß es ihn nie mehr geben wird, bin ich dazu immer noch nicht imstande. Immer bin ich noch von ihm abhängig, denke so, wie er gewollt hätte, daß ich denke. Die körperliche Trennung hat nicht viel gebracht.

Jene erste Trennung auf Probe, als er mit der anderen Frau lebte, und die letzte, sein Tod ...

Unser Amsterdam ... Wir saßen nebeneinander im Flugzeug. Edward las die *Times* in der Sprache, die ich haßte. Sie hatte mir immerhin den Mann genommen. Er las also, während ich neben ihm saß und spürte, wie sein Arm mich durch die Kleidung hindurch berührte. Ob das Zufall war, oder ...? Um das zu prüfen, rückte ich ein wenig von ihm fort, doch gleich berührte mich sein Arm von neuem. Das war wie ein elektrischer Schlag. Heimlich schaute ich ihn an. Er schien vertieft in seine Lektüre, hatte einen gleichgültigen Gesichtsausdruck, aber wir teilten ja auch nicht zusammen ein Bett, sondern nur Flugzeugsessel.

Vor Ort erwartete uns eine Überraschung. Ich hatte den Veranstaltern ein Fax geschickt, daß ich mit meinem Mann käme, und gebeten, uns zwei Zimmer zu reservieren. Doch das Fax war zu spät gekommen, und es gab kein freies Zimmer mehr. Der Herr, der uns vom Flughafen abholte, entschuldigte sich wortreich.

»Ach, das ist doch kein Problem«, sagte Edward leichthin. »Ich kann das Zimmer mit meiner Frau teilen.«

Mir war ganz komisch zumute. Vielleicht hat das Schicksal alles so arrangiert, dachte ich, vielleicht kehren wir zusammen nach Hause zurück ... Edward wird sie anrufen und ihr sagen:

»Verzeih, meine Liebe, aber ich habe mich entschlossen, zu meiner Frau zurückzukehren ...«

Den ganzen Tag über war ich wie in Trance gewesen. Am ersten Abend hatten wir im Hotelrestaurant gegessen, und dann waren wir mit dem Lift nach oben gefahren. Im Lift trafen sich unsere Augen. Edward lächelte mich an, und er lächelte so warm. Wie gewöhnlich ging er sich als erster waschen. Er kam im Schlafanzug zurück und machte überhaupt keinen verlegenen Eindruck. Er fragte mich, welches Bett ich bevorzugte, und als ich antworte, daß es mir egal sei, nahm er das beim Fenster. Dann ging ich ins Bad. Es war sehr elegant, das Hotel gehörte zur gehobenen Klasse, nie zuvor hatten wir im Ausland in so einem gewohnt. Ich schaute mich im Spiegel an, als taxierte ich meinen Wert als Frau. Ob ich noch gefallen kann, Begehren wecken? Ich streifte mein Hemd ab und schaute mir meinen Busen an. Er kam mir ganz in Ordnung vor, ohne die geringsten Anzeichen von Alter. Als ich ins Zimmer zurückkam, schlief Edward bereits. In unserem früheren Leben hätte ich das mit Erleichterung aufgenommen, jetzt war ich enttäuscht, mehr sogar, ich fühlte mich gedemütigt, verletzt. Ich legte mich ins Bett, konnte aber bis zum Morgen kein Auge zutun. Ein schwerer Tag erwartete mich, und trotzdem konnte ich an nichts anderes denken als daran, daß Edward in meiner Nähe war.

Das Treffen mit meinen Lesern war ein voller Erfolg, danach fand ein Empfang statt. Erst nach Mitternacht kamen wir ins Hotel zurück. Das war unsere letzte Nacht hier und meine letzte Chance. Diesmal ging ich als erste ins Badezimmer. Ich legte mich ins Bett und spürte, wie mein Herz hämmerte und unregelmäßig hüpfend gegen meine Rippen schlug. In meinen Ohren dröhnte es.

Edward löschte das Licht und kroch unter die Decke.

»Gute Nacht«, sagte er.

»Nacht«, brummte ich.

Er lag auf der Seite mit dem Rücken zu mir. Fieberhaft überlegte ich, was ich zu ihm sagen könnte, ich fürchtete, er würde gleich einschlafen.

»Das war ein schöner Abend ...«, fing ich unsicher an.

»Vielleicht wirst du nun endlich deine Komplexe los, eine Provinzschriftstellerin zu sein.«

»Du hältst mich doch für eine Provinzschriftstellerin!«

»Natürlich, wieder bin ich schuld.«

»Nein, ich bin schuld, immer ich! Das schwarze Schaf in der Ehe!«

»Daria, der Mann eines Schafs ist ein Hammel!«

Wir lachten schallend. Edward knipste die Nachttischlampe an.

»Vielleicht gibt es etwas in der Minibar, ich muß etwas trinken«, sagte er.

»Wir haben doch diesen Sekt!« Fast rief ich es.

Als wir angekommen waren, hatten wir im Zimmer auf dem Tisch einen Strauß Blumen und eine Flasche Sekt in einem Eiskühler vorgefunden, und daneben hatte ein Kärtchen mit Grüßen von den Veranstaltern meiner Lesung gelegen. Wir waren in Eile gewesen, weshalb Edward die Flasche in den Kühlschrank gestellt hatte, später hatten wir sie dann vergessen.

Jetzt tranken wir den Sekt, während wir in unseren Schlafanzügen auf dem Teppich saßen. Sekt, dachte ich, wie zu Beginn unseres Spiels ... Vielleicht ist die Zeit für ein normales Leben gekommen ...

In meinem Kopf dröhnte es. Ich sah Edwards Gesicht wie durch einen Nebel und wollte ihn ihm aus dem Gesicht wischen, wollte dieses Gesicht gut sehen, es gehörte dem Mann meines Lebens.

Ich streckte die Hand in seine Richtung aus, und er küßte sie.

»Komm zurück zu mir«, flüsterte ich inständig. »Fangen wir noch mal von vorne an.«

Er schüttelte den Kopf.

»Daria, so ist es nun mal in der Natur, es gibt nur einen Anfang und ein Ende.«

»Aber in der Liebe kann es zwei, drei ... sogar fünf geben, wenn sich zwei Menschen lieben. Ich habe nie aufgehört, dich zu lieben.«

»Ich auch nicht.«

»Dann nimm mich.«

»Ich kann nicht«, antwortete er ganz jämmerlich.

Aber mir war das zu wenig. Als wir uns wieder hingelegt hatten und Edward das Licht löschte, kroch ich zu ihm ins Bett. Wir schmiegten uns für einen kurzen Augenblick eng aneinander. Ich spürte die Wärme seines Körpers. Gleich darauf ließ er mich aber schon wieder los.

»Daria! Das hat keinen Sinn!«

»Du hast gesagt, daß du mich liebst!«

»Ich liebe dich, aber ich kann nicht... wir können nicht...«

»Dieses eine Mal, ich will dich so sehr!«

»Nein! Danach bist du nur unglücklich.«

Ich riß mich los und ging in mein Bett zurück.

»Entschuldigung«, hörte ich ihn in der Dunkelheit sagen.

»Ich könnte dich umbringen«, gab ich tränenerstickt zurück.

Iza rauchte die nächste Zigarette.

»Ich habe noch eine Information für dich. Es kommen zwei neue Gefangene zu euch. Alle Pritschen werden dann belegt sein, es wird also eng. Willst du vielleicht, daß ich eine Verlegung für dich bekomme, irgendwohin, wo es nicht so voll ist? Wir haben solche Zellen, für vier Personen.«

»Nein, ich habe mich an meine Zelle gewöhnt, ich bin wie eine Katze, die an ihrem Platz hängt. Außerdem habe ich mich mit diesen Frauen schon irgendwie arrangiert, es ist nicht so schlimm, wie ich es mir anfangs vorgestellt habe.«

»Klar«, sagte Iza lächelnd. »Wenn du schon mit diesem

lesbischen Monster zu Rande gekommen bist, dann wirst du mit allem fertig.«

»Das ist eine sehr unglückliche Frau.«

»Na, jetzt wirst du sie noch bemitleiden«, schnaubte Iza.

»Und wer sind die zwei neuen?«

»Die eine ist Moskauerin; wenn du sie siehst, werden dir die Augen übergehen.«

»Wieso Moskauerin?« fragte ich verständnislos.

»Na ja, eine Russin, die aus Moskau kommt. Ein Doktor der Rechte, aber trotzdem schon zweimal bei uns verurteilt, das erste Mal auf Bewährung.«

»Bestimmt wegen illegalen Handels.« Das konnte ich mir gut vorstellen. Einmal, ich war am Hauptbahnhof ausgestiegen, hatte ich ein merkwürdiges Paar getroffen. Er trug eine offene Pelzjacke und eine Fellmütze, sie ein kariertes Mäntelchen. Man sah, daß sie hochschwanger war. Vor ihnen stand ein offener Koffer, und darin lag irgendwelcher Krimskrams, ein Tauchsieder, ein Bügeleisen, Nippes aus Porzellan, Männersocken. Die beiden hatten intelligente Gesichter, ich beschloß also, etwas von ihnen zu kaufen. Ich entschied mich für die Socken, obwohl sie von schlechter Qualität waren und ein ordinäres Muster hatten.

Die junge Frau drückte mir noch einen Mischa aus Porzellan in die Hand, eine Erinnerung an die Olympischen Spiele in Moskau. Die Tage des Ruhms waren unwiederbringlich vorbei... Ein Wort gab das andere, und ich erfuhr, daß sie aus St. Petersburg stammten. Er, ein Professor für slawische Literaturen und Bohemist, war im Rahmen der Stellenkürzungen von der Universität entlassen worden, sie war Dozentin. Sie hatten plötzlich ohne Geld dagestanden, und das Kind war unterwegs. Was sollten sie tun, sie verlegten sich aufs Handeln. Erst wollte ich ihnen etwas Geld geben, doch dann dachte ich, sie könnten sich verletzt fühlen. Also kaufte ich noch das Bügeleisen von ihnen, zwei Schachteln mit 60-Watt-Glühbirnen und einen rechteckigen Tauchsieder, dessen Form mich verwunderte, doch sie erklärten mir, daß er nicht durchbrenne so wie unsere und ich ihn viele Jahre benutzen würde. Ich schleppte das alles nach Hause, weil es mir unangenehm war, es unterwegs wegzuschmeißen. Ich glaubte, sie könnten das vielleicht sehen.

»Handel mit lebender Ware«, erklärte Iza. »Wenn sie nur sich selbst verkauft hätte, aber sie hat Geld fürs Kuppeln genommen. Vermutlich hätten wir ihr gar nichts anhaben können, solche Agenturen sind jetzt in Mode, aber sie hat Minderjährige beschäftigt, und einige waren von zu Hause entführt worden. Verbindungen mit der Mafia und so weiter. Du würdest nie erraten, womit sie sich beschäftigt. Auf den ersten Blick ist sie eine Dame.«

»Und die andere?«

»So eine Pani Manko.« Iza wußte, wie ich meine Zellengenossinnen nannte. »Nur jünger.«

Schon am selben Abend kam es in unserer Zelle zu einem heftigen Streit, denn die zwei Neuen erschienen, und sie hatten eine Pritsche unten und eine oben zur Auswahl. Die Hochstaplerin hatte sich, so wie ich, an ihren Platz oben gewöhnt, oder sie hatte Angst, eine Pritsche zu belegen, die vorher der Toten gehört hatte.

Die Russin kam als erste. Sie war tatsächlich eine eindrucksvolle Erscheinung, sogar die Gefängniskleidung tat ihrer Schönheit keinen Abbruch. So hatte ich mir allerdings eine Dame nicht vorgestellt. Das war die russische Version eines Vamps. Ich glaubte, so jemand würde Agata in die Knie zwingen, doch es kam genau umgekehrt. Als die Neue ihre Plastiktasche auf die untere Pritsche legte, kam Agata und warf die Tasche mit Schwung auf den Boden.

»Was hast du, Kollegin!« sagte die Russin auf Polnisch. »Hier ist doch frei.«

»Frei, aber nicht für jeden«, zischte Agata. »Nicht für so ein russisches Aas wie dich. Ab nach oben mit dir! Hier wird das polnische Mädchen schlafen.«

Mit beleidigter Miene legte die Russin ihre Tasche auf die obere Pritsche und setzte sich an den Tisch. Sie legte die Hände auf die Tischplatte. Sie hatte häßliche Wurstfinger. Deutlich waren die Spuren von Ringen zu sehen, die mit Sicherheit in der Verwahrung gelandet waren. Niemand sprach sie an, niemand fragte etwas. Ich beschloß, mich von meiner gastlichen Seite zu zeigen, legte mein Buch beiseite und kam nach unten. Ich setzte mich neben sie. Sie schaute mich dankbar an.

»Ich bin Daria«, stellte ich mich vor.

»Und ich bin Lena«, sagte sie eifrig.

»Habt ihr euch gefunden!« hörte ich die unzufriedene Stimme Agatas. Trotzdem unterhielt ich mich weiter. Ich stellte der Russin die übrigen Personen in der Zelle vor, also die Geliebte und Maske, obgleich von ihnen kein Wort der Aufmunterung kam. Die Hochstaplerin fehlte noch, sie war noch nicht aus der Küche zurück.

»Ich werde nicht lange hierbleiben«, sagte die Neue. »Ein Mißverständnis, mein Anwalt hat schon Berufung eingelegt. Ich habe eine Modellagentur geleitet...«

»Aha«, mischte sich Agata ein. »Du hast die wohl beraten, wie sie am besten einen Schwanz modellieren!«

Woher weiß sie das alles, dachte ich, über mich hatte sie auch viel gewußt, als ich hier angekommen war – wieviel Jahre und wofür. Bei dieser Bemerkung lief Lena rot an, dann wandte sie ihren Kopf und fragte mit süßer Stimme:

»Und wofür bist du hier gelandet, Kollegin? Hast dein eigenes Fett auf dem Markt verkauft?«

Agata trat wortlos an sie heran und wollte die Russin, wie es ihre Art war, zusammenschlagen. Doch die wich aus, und der Schlag ging ins Leere. Agatas Gesicht bedeckte sich mit ziegelroten Flecken, sie senkte den Kopf und preschte wie ein rasendes Tier los. Sie rangen miteinander. Lena hatte keine Chance, bald schon saß Agata rittlings auf ihr und schlug ihr den Kopf gegen den Boden. Ich dachte, ihr Gehirn würde gleich rausspritzen, und fühlte mich schuldig, diese Szene provoziert zu haben. Was hatte mich geritten, mich da einzumischen? Ich betete, daß die Schreie eine Wärterin herbeilockten, denn wenn ich eine rief, würde das schlecht für mich enden. Ich durfte meine guten Beziehungen mit Agata nicht überstrapazieren, denn letztlich war sie unberechenbar. Sie war Doktor Jekyll und Mister Hyde in einer Person. In ihr waren Scarletts Dramen, ein mütterliches Herz, aber auch eine unglaubliche Brutalität. Ich versuchte, die kämpfenden Frauen zu trennen, doch Agata wehrte mich wie eine lästige Fliege ab. Endlich hörte sie für einen Moment auf, Lena zu mißhandeln, und knurrte wütend:

»Verschwinde, sonst schlag ich dich auch zusammen!«

»Du wirst sie töten!«

»Tu ich nicht«, beruhigte sie mich. »Ein Russenschädel ist hart!«

Schließlich war sie wohl der Meinung, die andere hätte genug abbekommen, und ließ sie los.

Die Russin kam langsam hoch, indem sie sich an einer Pritsche festhielt. Sie kniete auf dem Boden und versuchte, sich wieder einigermaßen herzurichten. Mit einer hilflosen

Geste fuhr sie sich durch das zerzauste Haar. Ihr Anblick schnürte mir die Kehle zu. Gleichzeitig bemerkte ich, daß ihr eines Auge in erschreckendem Tempo anschwoll, kurz darauf konnte sie schon das Lid nicht mehr heben.

Ich feuchtete ein Taschentuch mit kaltem Wasser an und gab es ihr, damit sie sich eine Kompresse machen konnte. Agata dagegen fing an, der Neuen einiges klarzumachen.

»Wir sind hier solidarisch, jede von uns hat gerecht ihren Zellendienst, aber jetzt, wo so ein Aas wie du bei uns ist, wirst du die Scheiße für uns raustragen.«

Lena saß schweigend am Tisch, auf dem Auge eine Kompresse.

»Hat das Aas mich verstanden?«

Die Russin schwieg weiter, ich fürchtete schon, das würde Agata wieder aus dem Gleichgewicht bringen.

»Agata«, sagte ich. »Das ist auch ein Mensch.«

»Ein Aas, kein Mensch«, wiederholte sie.

»Dasselbe könnte ich von dir denken!« Mir war schon alles egal.

Zwischen ihren Brauen erschienen rote Flecken, die Gesichtsmuskeln zitterten. Doch sie wagte es nicht, mich zu schlagen.

»Weißt du was, Daria«, sagte sie nur. »Du tust mir leid.«

Sie kroch auf ihre Pritsche und drehte sich zur Wand. In Gedanken nannte ich diese Position bei ihr: gestrandeter Walfisch. Innerlich zitterte ich noch heftig. Ich glaube, ich hatte keine Kraft, jetzt nach oben zu klettern, ich spürte eine große Schwäche in meinen Beinen. Aber ich wollte mich auch nicht zu Lena setzen, ich hatte schon genug Unheil angerichtet. Ich verließ deshalb die Zelle und pries die neuen Vorschriften, die es den Gefangenen erlaubten, sich bis zum Appell frei zu bewegen.

Als ich zurückkam, war auch die andere da. Eine kleine, zierliche Frau, schätzungsweise dreißig. Sie stand in der Mitte der Zelle und führte die Wunden auf ihren Armen vor. Sie erzählte von einem Brand auf einer Hühnerfarm, der unerwartet des Nachts ausgebrochen war und sie und ihren Mann ruiniert hatte. Das Gericht war nach eingehenden Nachforschungen zu dem Ergebnis gekommen, daß ihr Mann und sie das Gebäude selbst angezündet hätten, um die Kreditbank zu betrügen und von dem Versicherungsgeld einen neuen Hühnerstall zu bauen. Nach Meinung der Sachverständigen hatte es da keine Legehennen gegeben, sondern nur Federn, mit denen die Ermittler getäuscht werden sollten. Die Hühner fanden sich später auf einer anderen Farm, wohin unsere Neue und ihr Mann sie zur Verwahrung gegeben hätten. Jemand hatte sie denunziert. Von der Staatsanwaltschaft kamen sie und zählten, wieviel Hühner beim Nachbarn waren, und sie zählten doppelt so viele, wie es sein sollten. So sind die Menschen, sie können es nicht ertragen, daß andere mit einem Mercedes fahren und es zu etwas gebracht haben. Dabei ist es eine schwere Arbeit, voller Entsagungen. Und das ganze Gericht ist genauso wie unter den Kommunisten, einfach ungerecht. Was man ihnen da vorwarf, war natürlich Unsinn. Wie denn, nur zum Spaß würde sie sich die Arme bis zu den Ellbogen verbrennen?

Das war also überhaupt keine Pani Manko, möge sie in Frieden ruhen, sondern eher eine Hochstaplerin Nr. 2.

Gespräch mit Iza

»Hast du ihm verziehen?«

»Darum ging es nicht, ob ich ihm verzieh oder nicht. Er brauchte uns einfach beide. Es entstand eine neue Konstruktion unseres Lebens, in der es ein zusätzliches Element gab. Ich wollte prüfen, wie dauerhaft es war. Mit geradezu tierischer Verbissenheit versuchte ich Edward auf meine Seite zu ziehen, ihn von der anderen wegzubringen. Es war wie eine Obsession, daß ich ihn in die Malczewski-Straße locken und dort solange wie möglich festhalten wollte, denn dann wäre er nicht bei ihr ...«

»Aber du hast doch gewußt, daß er auch so zu ihr zurückgeht.«

»Für mich zählte damals jede Minute ...«

»Und hast du nicht versucht, mit jemand anderem eine Beziehung einzugehen?«

»Nein, daran habe ich nie gedacht. Wenn mir jemand gefiel, dann sah ich in ihm keinen potentiellen Partner. Mein Partner war und blieb bis zum Ende Edward. Nur mit ihm konnte ich mein Leben teilen, mit sonst niemandem.«

»Schade, daß du es nicht wenigstens probiert hast. Ich habe den Eindruck, daß er dich körperlich nicht anzog. Beim Sex spielt Bewunderung eine große Rolle.«

»Ich bewunderte meinen Mann, seinen Verstand, seinen Intellekt.«

»Aber du gingst nicht mit seinem Intellekt ins Bett, und du hast selbst zugegeben, daß er als Mann in deinen Augen ein Waschlappen war ...«

»Das hab ich nie gesagt.«

»Wieso? Ich hab es doch mit eigenen Ohren gehört.«

»Als Mensch, nicht als Mann. Mir paßte seine Lebenseinstellung nicht, daran entzündeten sich unsere ständigen Streitereien. Aber als Mann war Edward einwandfrei. Natürlich war er kein Paul Newman, aber wer weiß, ob er nicht genauso charmant war. Deshalb hatte er ja auch so viel Erfolg bei Frauen.«

»Mit dir kann keiner mithalten, Daria!«

Unsere Beziehung zerbrach nicht deshalb, weil mein Mann mit einer anderen Frau zusammenlebte. Der Grund war eher seine plötzliche Gleichgültigkeit meinem Leben und meinen Problemen gegenüber. Bis dahin waren wir in für uns schwierigen Situationen immer zusammen gewesen. Er hatte sich bei mir Rat geholt, nicht bei ihr. Dafür war sie zu dumm. Ehrlich gesagt, machte er allerdings von meinen Ratschlägen nie Gebrauch. Und umgekehrt. Ich erinnere mich, daß er mir abgeraten hatte, Feuilletons für eine der Warschauer Tageszeitungen zu schreiben. Du hast eine scharfe Zunge, hatte er gesagt, du wirst die Leute beleidigen. Wozu brauchst du das? Schreib deine Bücher. Und trotzdem hatte ich die Feuilletons geschrieben, und eines vor allem hatte mir zahlreiche Feinde eingebracht. Unter Hinweis auf den Todestag des Priesters Popiełuszko erinnerte ich daran, wie sich meine Kollegen während des Begräbnisses verhalten hatten. Ich beschrieb Kollegen, die sich vor die Fotoapparate der ausländischen Reporter gedrängt hatten, nur um sich zu zeigen und vielleicht sogar ein paar Sätze in ein Mikrophon zu sprechen, wie schokkiert sie von dem seien, was geschehen war. Abseits der Menge, die sich um die Fernsehkameras drängte, standen die Eltern des von der Sicherheitspolizei ermordeten Priesters. Zwei einfache Menschen, zwei Alte, die der ganze Trubel verängstigt hatte, denn sie waren doch zum Begräbnis ihres Sohnes gekommen ...

Es war, als hätte ich in einen Ameisenhaufen gestochen. Alle fühlten sich verletzt, alle, die dort gewesen waren und vermuteten, daß ich gerade sie meinte. »Von wem redet diese Frau?« fragte einer der Beleidigten. Man dachte sogar daran, mich aus dem Schriftstellerverband auszuschließen. Von Edward hatte ich eine Geste der Solidarität erwartet.

»Geschieht dir recht«, meinte er nur. »Ich habe dich gewarnt. Du kennst das jüdische Sprichwort: ›Kann man trinken, kann man tanzen, aber niemals mit zasrancen*.‹?«

Nie reichte er mir die Hand, wenn ich einen Zusammenbruch hatte, während er aber genau das von mir erwartete, wenn er selbst Probleme hatte. Nur dieses andere Leben schützte er von Anfang an vor mir. Von der Krankheit dieser Frau erfuhr ich erst, als es ihr schon sehr schlecht ging. Er hatte sich ziemlich lange nicht gemeldet, also rief ich in der Redaktion an.

»Der Herr Redakteur ist nicht da«, antwortete seine Sekretärin.

»Und wann kommt er?«

»Heute nicht mehr, er ist im Krankenhaus.«

Ich bekam Angst, daß mit ihm vielleicht etwas sei, aber es war sie, die eine Operation hatte. Die Brust wurde ihr entfernt. Krebs. Wie sich herausstellte, war er zu spät entdeckt worden. Die Sekretärin sagte mir von all dem nichts, es ist ja auch schwierig, der Ehefrau zu erklären, daß ihr Mann am Krankenbett seiner Geliebten sitzt. Auf meine Frage, was passiert sei, antwortete sie:

»Der Herr Redakteur wird es Ihnen selbst sagen.«

Und er sagte es mir, gebrochen und mit vom Weinen verquollenem Gesicht. Einmal hatte er so geheult, als ich Zahnschmerzen gehabt hatte. Er konnte den Schmerz einer von ihm geliebten Person nicht ertragen. Du weinst, weil dein Spielzeug kaputtgeht, dachte ich verbittert. Es war wie eine Wiedergutmachung für all die Schweinereien, die er verübt hatte, als Großmutter im Sterben lag. Er kam mit Krankheiten und dem Tod nicht zurecht, konnte mit so einer Situation nicht umgehen. Vielleicht war er deshalb so

* zasrancen: Scheißkerle

grausam. Und jetzt spielte sich der Tod, oder eher das langsame Nahen des Todes, gleich neben ihm ab, in demselben Bett. Ihre Krankheit war im übrigen ein perfider Schachzug des Schicksals, das ihm nicht erlaubte, sich lange an einem Leben zu zweit ohne Lügen und Heimlichtuerei zu erfreuen. Ich weiß nicht, wann diese Liebesaffäre begonnen hatte, aber vermutlich lange bevor sie zu ihm in unsere Wohnung gezogen war. Ich hatte schon vergessen, daß sie zuvor regelmäßig zu uns gekommen war. Gewöhnlich hatte ich die Tür zu meinem Zimmer geschlossen, doch ihre Stimmen drangen zu mir. Englische Satzfetzen, sein Lachen, ihr Lachen. Seine Kommentare der Art:

»So ist es, Frau Professor!«

Und ihre Antwort:

»Nur Magister, Herr Dozent!«

Das waren Zwischenbemerkungen auf Polnisch, deshalb habe ich sie behalten.

Meine Gefühle, die ich anfangs hatte, als ich von ihrer Krankheit erfuhr, änderten sich. Langsam, wie durch die Hintertür, kam Mitgefühl auf. Ihre Krankheit entsetzte mich fast genauso sehr, wie sie Edward entsetzte. Sie beherrschte meine Phantasie, fast konnte ich an nichts anderes mehr denken. Das Wort Krankenhaus bekam einen besonders unheilvollen Klang, ich hatte es schon immer gefürchtet, aber jetzt geriet ich beim Gedanken an Blut, Operationen und Verbände in Panik. Als ich mich an der Hand verletzte und der Onkel sie mir verband, konnte ich es plötzlich nicht ertragen. In wütender Erregung riß ich mir den Verband ab. Der alte Mann dachte bestimmt, ich sei verrückt geworden, und schaute mich furchtsam an. Sein Blick brachte mich wieder zur Besinnung.

»Es ist keine große Wunde«, sagte ich. »Sie wird ohne Verband ausheilen ...«

»Niemand verlangt von dir Mitleid für diese Frau. Sie hatte kein Mitleid mit dir, als sie in dein Haus einzog und dir deinen Mann wegnahm.«

»Deshalb hatte ich auch nicht aus Pflichtgefühl Mitleid mit ihr.«

Alle meine Kolleginnen außer der Hochstaplerin Nr. 1, die Kopfweh hat, sind nach nebenan gegangen und schauen in Farbe fern. Auf einmal höre ich einen kollektiven Ausbruch der Begeisterung, und dann kommt Maske in die Zelle gestürzt. Sie strahlt übers ganze Gesicht:

»Hast du das gehört, Daria! In Amerika hat eine ihrem Mann den Schwanz abgeschnitten!«

»Hör auf, sonst muß ich kotzen!« meldete sich mit schmerzverzerrter Stimme Hochstaplerin Nr. 1, die mit dem Gesicht zur Wand dalag.

»Was sagst du dazu, nicht dumm die Frau!«

Ich hatte eine sehr schlechte Nacht. Ich wälzte mich von einer Seite auf die andere, es war mir irgendwie unbequem, zu eng in dieser Zelle, nicht zum Aushalten. Alles in mir lehnte sich auf. Nur raus hier! Raus! Um jeden Preis! Nicht mehr diese Weiber sehen müssen, ihre ganze Unordnung, und was das Wichtigste war, sie nicht mehr hören müssen! Alles, was sie da redeten ... »Entschuldigung, pardon, ich hab einen fahren lassen.« Und dann Gelächter. Widerwärtig, das Schlimmste von allem. Das krächzende Gelächter selbstzufriedener Weiber.

Schließlich gelang es mir einzuschlafen, glaube ich jedenfalls ... Vielleicht träumte ich auch im Wachzustand ... So realistisch war es ... Ein Kritiker besprach mein Buch ...

Lange wissen wir nicht, warum Daria ihren Mann getötet hat, aber wir wissen, daß es einigen ihrer Zellengenossinnen zu gefallen scheint, daß sie es akzeptieren. Sie hat ihn getötet, »damit der Anlaß ihrer Qualen verschwinde« ... Später, wenn am Schluß die Szene kommt, in der die Gründe erklärt werden, fühlen wir uns keineswegs erleichtert. Genauso, wie wir diese Frau nicht akzeptieren können, die in einem Zustand »vorübergehender Unzurechnungsfähigkeit« ihrem Mann den Penis abschnitt. Aber das heißt, daß Kalicka mit ihrem Buch einen gewissen Trend, ein mörderisches Auftrumpfen und eine wachsende Dreistigkeit der Frauen eingefangen hat, daß sie eine Erscheinung gezeigt hat, die gerade im Kommen ist, die noch zunehmen wird und ... für die die Frauen bezahlen müssen. So wie Daria für dieses unsinnige Spiel bezahlt, das sie ihrem Mann vorgeschlagen hat – du kannst dich mit anderen Frauen abreagieren, die ich dir aussuche, unsere Liebe bleibt unbefleckt. Er aber hat dafür bezahlt, daß er sich auf dieses Spiel einließ ...

Was ist das? dachte ich in diesem Traum, der vielleicht gar keiner war. Wie kommt dieser Mensch hierher? Und was bedeutet das alles?

Die »Gefährlichen Liebschaften« führen uns auf die richtige Spur, aber sie erklären nicht alles. Hier kommt die Polyphonie von Kalicka zum Tragen ... Iza, die Erzieherin, findet eine andere Erklärung. Sie vergleicht Daria mit der Frau de Merteuil ... Aber Daria ist zu wenig zynisch, zu wenig hintertrieben, zu christlich. Sie ist nur unsicher, provoziert ihren Mann, um herauszufinden, ob sie ihn besitzt. Dabei könnte er ihr Antworten geben, die sehr viel eindeutiger wären als die, welche er ihr dadurch gibt, daß er nach jeder Geliebten wieder zu ihr zurückkommt. Er bräuchte erst gar nicht zu den Geliebten zu gehen.

Die Beziehung von Daria und Edward ist krankhaft, und zwar nicht deshalb, weil Daria einen Knacks hat, nachdem ein Student sie eine andere Liebe gelehrt hat und sie das Fehlen von Männern in ihrer Kindheit durch Verachtung für Unterhosen zum Ausdruck bringt, sondern deshalb, weil Edward ein kleines Arschloch ist, ein ideologischer Schwindler, ein Hurensohn, ein Feigling und Zyniker, ein postkommunistischer Intellektueller, der zwischen höherer Intelligenz und Lebensintelligenz unterscheidet und deshalb sein Kulturwissen über de Laclos umsonst besitzt und mit dem Kopf voraus ins Unglück rennt, wo doch jeder Trottel weiß, daß es schlecht enden muß. Man kann eine Frau betrügen, aber um Gottes willen doch im stillen und schon ganz bestimmt nicht dann, wenn sie uns noch dazu drängt. Aber Intellektuelle von Edwards Zuschnitt haben zu viel Zeit damit verbracht, den dialektischen Materialismus zu ergründen, haben zu viel Zeit damit verloren, daß sie gespielt haben – ich schreibe schlecht über Grass, um Bulgakow drucken zu können –, haben zu viel Vergnügen daraus gezogen, die traditionelle kleinbürgerliche Moral zu verwerfen, um sich auch nur die kleinsten Beschränkungen aufzuerlegen ... Daria – Edward, das ist die Vision einer Beziehung zweier befreiter, intelligenter, belesener, weitgereister, sich gegenseitig quälender, zerstörender Menschen ... Sie verhalten sich unter ihrem Niveau, als hätten sie keine Ahnung vom Leben und den Mechanismen der Psychologie ... Ich sage etwas, das ich »polyphon« in Kalickas Prosa gelesen habe: Daria überschätzt Edward, er hat sie nie geliebt, er spielt ihr etwas vor. Diese Tränen wegen ihrer Zahnschmerzen, das ist Komödiantentum. Edward ist ein Schuft! Wenn Daria in seine Seele geschaut hätte, wäre sie erschrocken ...

»Genug! Ich will nicht«, sage ich feindselig, doch er kümmert sich nicht darum.

Es ist also ein vieldeutiger Roman. Und das ist gut. Er ist irritierend, aber die Art, wie wir leben, ist auch irritierend. Vieles in dem Roman ist dem alltäglichen Leben entnommen, dem neuesten und dem früheren, kommunistischen. Selbst die ganzen Seelenergüsse der Frauen, die Daria, die Gefängnisbibliothekarin, auslöst, sind reinste Genrebilder. So reagieren Menschen auf Schriftsteller, sie aktivieren sich selbst und wohl auch ihre grauen Zellen, ihr Gewissen? Sie wollen abrechnen, beichten, gut wegkommen, in die Literatur eingehen und ... der Literatur helfen. Denn ihr Leben ist ein Buch der Bitterkeit, das wissen sie bereits, und soviel sie wissen, ist es ein Buch, das noch nicht geschrieben wurde. Also auf, zu einem Schriftsteller!

Aufs Ganze gesehen wird hier nicht Polen denunziert, sondern der Mensch, die Welt. In diesem Buch geht es um weibliche Emotionalität allgemein oder meinetwegen um die Mitteleuropas, aber nicht um die einer armen Polin weißrussischer Herkunft. Es ist ein Roman über die Strafe für ein schlechtes, unklug geführtes Leben, ein Roman über die Erlösung durch das Gute ...

»Herr Maciek!« rufe ich, denn endlich ist mir der Name des Rezensenten eingefallen. »Ich hab dieses Buch nicht geschrieben!«

Er hebt den Kopf und lächelt.

»Aber Sie werden es schreiben, Pani Daria!«

Mein Verhältnis zu Agata war sehr angespannt. Es ging um diese Russin, Lena. Sie hatte versucht, aus ihr eine Putzfrau zu machen, und sie dabei auf verschiedene Weise gedemütigt. Drei Tage hintereinander putzte Lena die

Zelle, trug den Unrat raus, aber als ich mit dem Zellendienst an der Reihe war, machte ich es selbst. Agata versperrte mir den Weg.

»Stell das hin, sie wird es raustragen«, sagte sie drohend.

»Ich trage es raus, denn heute habe ich Zellendienst«, antwortete ich und schaute ihr direkt in die Augen.

»Aber wir haben hier einen Grundsatz. Wenn in der Zelle eine Assel ist, dann muß sie alles machen.«

»Ich weiß nicht, was du für Grundsätze hast, Agata, aber ich habe einen, daß ich es nicht erlaube, daß jemand etwas für mich tut.«

Wir standen beim Ausgang, Agata blockierte ihn mit ihrem massigen Leib.

»Wenn du andere Grundsätze hast als ich«, sagte sie ironisch, »dann mußt du sie dir erst mal erkämpfen.«

»Das heißt, ich soll dir eins in die Fresse schlagen?«

»Versuch's.«

»Und was kommt dabei raus?«

»Der Stärkere gewinnt.«

Ich stellte den Eimer ab. Sie stand breitbeinig da und dachte, ich würde wirklich mit ihr kämpfen.

»Ich habe nie jemanden geschlagen, und ich werde mich nicht schlagen«, sagte ich und bereitete mich auf eine längere Erklärung vor.

»Du tötest nur!«

Plötzlich öffnete ich die Augen und sah eine weiße Wand vor mir. Ich lag völlig allein in einem Einzelzimmer. Aber wo? Auf der Krankenstation? Nein, dort gab es, soweit ich wußte, keinen solchen Raum. Also im Krankenhaus in Słubice? Oder vielleicht in Warschau? Der Kopf tat mir weh, und ich fühlte mich sehr schwach. Es machte mir Mühe, meinen Arm von der Bettdecke zu heben. Man hatte mir eine Tropfinfusion angelegt. Was war passiert? Warum war ich hier?

Ich hatte gerade einen merkwürdigen Traum gehabt. Ich hatte geträumt, ich stünde am Bett meiner Rivalin. Ich war nie in dem Krankenhaus gewesen, wo sie gestorben war. Edward hatte bei ihr Wache gehalten, anschließend war er immer in die Malczewski-Straße gekommen, hatte sich in eine Ecke verkrochen und geschwiegen. Wir hatten beide geschwiegen. Eines Tages hatte ich ihn auf der Treppe vor der Wohnung meines Onkels sitzend vorgefunden.

»Du hast doch einen Schlüssel«, hatte ich gesagt. Er hatte den Kopf gehoben und mich angeschaut. Ich war erschrocken, denn sein Gesicht war leer.

»Sie ist heute früh gestorben«, hatte er gesagt.

Vor meinen Augen stand die Szene, als ich sie zum letzten Mal gesehen hatte. Rein zufällig war ich in ein Lebensmittelgeschäft gegangen und hatte sie beide gesehen. Ich hatte die Frau nur deshalb erkannt, weil sie in Begleitung von Edward war, so sehr hatte sie sich verändert. Von ihrer üppigen Figur war fast nichts mehr geblieben, sie wirkte knochig, die zu einem Dutt gekämmten Haare gaben den Blick auf einen mageren Hals frei. Sie stand an der Theke und wählte Schmelzkäse aus, dann wandte sie Edward ihren Kopf zu, und ich hatte ihr Gesicht gesehen. Ihre Haut war ungesund gelb, und unter den Augen hatte sie dunkle Flecken. Ich dachte, sie sei einfach übermüdet. Ich wußte nicht, daß sie krank war.

Am Ende der langen Warteschlange verborgen hatte ich beobachtet, wie sie von der Theke zum Ausgang gegangen waren. Edward hatte das Einkaufsnetz getragen und war einen Schritt hinter ihr gegangen. In seiner Haltung war etwas Dienerisches, nach vorne gebeugt war er ihr fast auf den Fersen gefolgt. Das erinnerte mich an ein Bild aus einer englischen Illustrierten. Es zeigte die Mutter des letzten russischen Zaren, die greise Maria Fjodorowna, in Begleitung ihres treuen Leibkosaken. Auch er war so gegangen, einen Schritt hinter der Exzarin, allzeit bereit, falls sie ihn rufen würde. Sie spazierten an mir vorbei, waren aber so mit sich beschäftigt, daß keiner der beiden mich bemerkte.

Ein jämmerlicher Anblick, hatte ich gedacht. Hätte ich um ihren Zustand gewußt, wäre ich vielleicht weniger hart gewesen.

Ein Mann in einem weißen Kittel kommt ins Zimmer; er steht am Fußende meines Bettes und studiert eine Weile meine Karte. Dann schaut er mich lächelnd an:

»Ist Schneewittchen aufgewacht?«

»Wo bin ich?« frage ich und wundere mich, daß ich eine so schwache Stimme habe.

»Im Krankenhaus.«

»In Słubice?«

»Genau.«

»Das ist gut.«

»Das meine ich auch«, antwortet er und hört nicht auf zu lächeln. Er hat mich im übrigen falsch verstanden, meine Zufriedenheit galt der Tatsache, daß man mich nicht nach Warschau gebracht hatte. Wie weit wäre es von dort zu Iza ... Noch immer war mir nicht klar, weshalb ich mich hier befand.

»Was fehlt mir?«

»Alles wird gut, Pani Daria«, antwortete er ausweichend. »Sie werden noch viele schöne Bücher schreiben. Aber jetzt müssen Sie ein paar Tage liegen.«

Als er endlich gegangen war, rekonstruierte ich mühsam die vergessenen Einzelheiten. Die Zelle. Ich gehe mit dem Kübel, Agata verstellt mir den Weg. Sie sagt: »Wenn du andere Grundsätze hast als ich, mußt du sie dir erst erkämpfen.« Und dann Schnitt. Der Film reißt ab. Hat sie mich vielleicht zusammengeschlagen? Wir hatten einen schweren Streit miteinander gehabt. Wenn sie meinen Kopf auf den Boden geschlagen hat wie bei dieser Russin, dann ist es nicht erstaunlich, daß es schlecht um mich steht. Ich betastete meine Stirn, dann meine Haare, da war kein Verband. Aber der Kopf tat mir höllisch weh. Ich bekam Angst, ich sei gelähmt, doch konnte ich meine Finger und Zehen frei bewegen. Den Kopf wohl auch, nur daß dann der Schmerz stärker wurde. Ich wollte noch über etwas nachdenken, aber eine immer größere Mattigkeit überkam mich, die Augen wurden schwer und fielen mir zu. Ich versank in einen drückenden, fast narkotischen Schlaf. Ich hatte Angst, daß jenes andere Krankenhausbett wiederkommen würde, das die ganze Zeit irgendwo in meinem Unterbewußtsein lauerte.

Es klingt vielleicht paradox, doch für Edward war es leichter gewesen, ihre Krankheit zu ertragen, als für mich. Er war in ihrer Nähe, sah all die Veränderungen, und mit der Zeit war es dann nicht mehr so schmerzlich, denn man kann sich an alles gewöhnen, sogar an das Sterben des Menschen, der einem am nächsten steht. Immerhin hatte sich das fast zwei Jahre hingezogen. Er fuhr sie regelmäßig zur Bestrahlung und dann immer häufiger ins Krankenhaus. Die Zeiten, die sie im Krankenhaus verbrachte, wurden immer länger. Dazu kam noch ein idiotischer Unfall. Sie war auf der Treppe gestürzt und hatte sich den Arm gebrochen. Edward mußte mit ihr zum Röntgen fahren, ihr Arm wurde fixiert. Das war dann wirklich zu viel für ihn. Er berichtete mir sehr gereizt von der ganzen Geschichte.

»Ich habe ihr gesagt, sie soll zu Hause bleiben, aber sie

ist ausgegangen und gestürzt. Den Schädel hat sie sich an einem Geländer angehauen ...«

»Den Schädel angehauen ...«, dachte ich. Was bedeutet es, wenn man so von einem anderen spricht. Ich berücksichtigte dabei auch, zu wem er das sagte. Vielleicht war das nur für mich bestimmt, vielleicht dachte er anders und stellte es nur vor mir so dar. Schließlich war die Situation äußerst unangenehm. Ich wußte, daß er sie liebte. Anders als mich. Sie liebte er mit einer leidenschaftlichen Liebe. Was auch verständlich war, denn wie lange kann man es in einer Beziehung ohne Sex aushalten.

Es ist erstaunlich, bis zu welchem Grad eine körperliche Beziehung zwei Menschen aneinanderschmieden kann. Die zwei sahen zusammen doch geradezu humoristisch aus, ein Intellektueller und ein kompletter Dummkopf. Ich fühlte mich bei ihm oft dumm, was sollte man da also erst bei ihr sagen. Es hätte mich interessiert, wie sie miteinander sprachen. Und worüber. Und als sie erkrankt war, wurde das fast zu einer Obsession. Ich wollte wissen, was sie zueinander sagten ... Ein Zufall kam mir zu Hilfe. Ich stand gerade am Briefkasten, denn Edward war im Ausland (und sie lag wieder einmal im Krankenhaus) und hatte mich gebeten, seine Post abzuholen und ihm nachzuschicken. Ich stand also am Briefkasten, als gerade die Briefträgerin kam. Sie sagte, daß eine Rücksendung aus Rom dabei sei. Edward war dort weggefahren, bevor der Brief ihn erreicht hatte. Ich wollte den Brief im Kasten lassen, schaute aber vorher auf den Absender. Kurze Zeit kämpfte ich mit mir, schließlich siegte die Neugier. Ich fühlte mich wie ein Schuft, als ich den Umschlag aufriß.

»Kätzchen, Kätzchen, ich bin's, Dein Bärchen«, las ich erstaunt. »Dein Fellchen ist ganz struppich, weil es keiner streichelt ...«

Struppig, korrigierte ich unwillkürlich in Gedanken. Ich war mir unsicher, ob ich diesen Blödsinn weiterlesen sollte. Aber das war gar kein Blödsinn, das war ein spezieller Liebescode. Das Fellchen, das niemand streichelte, und das Bärchen hatten einen tiefen Sinn. Edward trug hier den Namen »Kätzchen«, während sich seine Dame hinter jenem »Bärchen« verbarg. Und diese zwei Geschöpfe lebten in einer unzertrennlichen Symbiose miteinander. Selbst der nahende Tod konnte sie nicht erschüttern. Wäre ich dagegen an Bärchens Stelle gewesen, wäre ein Brief voll bitterer Vorwürfe nach Rom gegangen, weil Edward weggefahren war, weil er mich mit einer schweren Krankheit zurückgelassen hatte. Anstelle von »Kätzchen« hätte da »Egoist!« gestanden. Plötzlich empfand ich Scham, denn es war doch so, als hätte ich durch das Schlüsselloch in ein fremdes Haus geschaut. Auch wenn das eigentlich mein Haus und mein Mann war, denn offiziell waren wir immer noch ein Ehepaar... Sie vermochte den Menschen, den sie liebte, glücklich zu machen. Sie, nicht ich. Ich war als Eindringling aufgetaucht. Und plötzlich wußte ich nicht, was ich mit mir anfangen sollte. Wohin ich gehen sollte. Jetzt, wo jene Sache sich eigentlich schon von selbst löste, denn die Tage von Bärchen waren gezählt, wo ich die Hoffnung haben konnte, daß Edward zu mir zurückkommen würde, jetzt verlor ich ihn wirklich.

Als ich aufwachte, saß jemand an meinem Bett.

»Iza«, sagte ich und war ganz gerührt.

Mehr brachte ich nicht heraus.

»Alles ist gut«, sagte sie beruhigend. »Du hast einen kleinen Schlaganfall gehabt. Du bist ein Glückskind...«

Wer hat gesagt, er sei ein Glückskind, ging es mir durch den fiebrigen Kopf. Die Geliebte...

»War ich lange bewußtlos?«

»So eine Viertelstunde etwa, höchstens. Schon im Krankenwagen hast du mit mir geredet.«

»Ich erinnere mich an nichts.«

Iza berührte meine Hand. Von dieser Berührung strahlte eine eigenartige Wärme in meinen Körper aus, bis ins Herz. Unter meinen Lidern brannten Tränen.

»Iza, werde ich hier von jemandem bewacht?«

»Ein Wärter sitzt vor der Tür«, antwortete sie zögernd. »Du weißt, die Vorschriften.«

Ich schloß die Augen zum Zeichen, daß ich verstand.

»Man wird dich auf unsere Krankenstation bringen, da wirst du noch eine Weile liegen müssen, nicht daß du denkst!«

»Werde ich in Handschellen zurückgebracht?«

»Wo denkst du hin!« antwortete Iza empört. »Damals, das war so eine Nummer meiner liebenswerten Kollegin. Wir haben auch so unsere internen Geschichten! Ich war weggefahren, da hat sie sich dich vorgenommen.«

»Das hat mich einen Zahn gekostet.«

»Keine Sorge, ich habe es ihr heimgezahlt. Ich habe ihr eine solche Beurteilung reingebraten, daß sie noch lange auf eine Gehaltserhöhung warten kann.«

Auf einer Bahre liegend wurde ich verlegt. Ich durfte nicht aufstehen. Zwei Monate nach der Apoplexie stellte ich zum ersten Mal meinen Fuß auf die Erde. Mein Gang war unsicher und schleppend. Iza besuchte mich jeden Tag, bis ich wieder in die Zelle zurückkam. Auch Maske und die Geliebte besuchten mich. Agata zeigte sich kein einziges Mal. Ich fragte nicht nach ihr, und meine Besucherinnen erwähnten sie nicht. Von ihnen erfuhr ich nur, daß die Russin verlegt worden war. Unsere Zelle war bekanntlich für sechs Personen, da aber Maske und die Geliebte eine Pritsche zusammen belegten, wird uns ab und zu noch eine Gefangene dazugelegt, bis etwas frei wird. Sie erzählten mir auch, daß Hochstaplerin Nr. 2 schwanger war. Sie ist entsetzlich verzweifelt darüber, daß sie davon nichts wußte, als der Brand ausbrach. Jetzt könnte das Kind mit einem Fleck im Gesicht geboren werden.

Hochstaplerin Nr. 1 schaute bei mir rein und brachte mir ein Buch der Schauspielerin Shirley MacLaine, und zwar ihre Gedanken zur Reinkarnation. Ich konnte mich mit ihnen nicht anfreunden, aber der Erzählfluß, so ganz unmittelbar, faszinierte mich. Die Autorin ist weder dumm noch affektiert. Ihre Erlebnisse in den Anden sollte man nicht einfach abtun. Diese Einheimischen, für die fliegende Untertassen etwas Alltägliches sind ... Shirley schreibt über ihre nicht besonders gelungene Affäre mit einem englischen Politiker und über bestimmte Anzeichen, die darauf hindeuteten, daß sich beide schon in einer früheren Verkörperung gekannt, sich sogar nahegestanden hatten, daß es damit jedoch nicht recht geklappt hatte, weshalb sie sich jetzt wieder treffen mußten. Wenn das wahr sein sollte, dann müßten Agata und ich uns auch schon einmal begegnet sein. Etwas verband uns miteinander, etwas, das uns gleichzeitig anzog und abstieß. Vielleicht ist eine von uns in ihrem vorigen Leben ein Mann gewesen; aber wenn schon, dann sie. Zum ersten Mal verkörpert sie jetzt eine Frau, und damit kommt sie nicht zurecht. Das würde sogar passen.

Mein gemeinsames Leben mit Edward war zeitweise recht erträglich und hatte seine unbestreitbaren Reize. Zum Beispiel hatte Edward auf einen der Schränke in unserer engen Küche mit Filzstift geschrieben: »Akademie für Teekunst.« Ich war darin nur eine ungelehrige Studentin. Aber niemand hätte wohl diese Gabe von meinem Mann übernehmen können, und es war ohne Zweifel eine Gabe. Obwohl ich alle seine Handgriffe, die er unglaublich konzentriert verrichtete, auswendig kannte, entzückten sie mich unweigerlich immer wieder aufs neue. Zuerst wärmte er über dem Dampf ein Teekännchen, das aus einem speziellen Ton gebrannt war. Er hatte es von einer Reise mitgebracht und hütete es wie seinen Augapfel. Danach spülte er das Kännchen dreimal mit siedendem Wasser aus, und erst dann schüttete er die Teeblätter hinein und begoß sie mit ein wenig kochendem Wasser, damit sie sich entfalten konnten. Dazu brauchten sie eine halbe Minute. Nach Ablauf dieser Zeit füllte Edward das Kännchen etwa zur Hälfte mit kochendem Wasser auf und stellte es auf eine große Teekanne ohne Deckel. Unter der großen Teekanne brannte ein Flämmchen, so daß der Dampf aus der großen die kleine Kanne erwärmte. Viereinhalb Minuten nach dieser Operation, und keine Sekunde später, war das Ritual beendet. Edward goß den Tee in Tassen. Sie mußten unbedingt aus dünnem Porzellan sein. Der Geruch dieses Tees war so aromatisch, daß einem ganz schwindlig wurde. Seine Farbe war schlicht die von Tee, genauso wie sein Geschmack, er war unbeschreiblich und unwiederholbar, das heißt, in keiner anderen Akademie für Teekunst hätte er nachgemacht werden können, falls es eine solche gegeben hätte...

Den ganzen Morgen wurde in der Krankenstation saubergemacht, wurden die Fenster geputzt, die Geräte und das Linoleum gescheuert. Der scharfe Geruch der Paste stach in die Nase. Ein junger Mann mit kariertem Hemd und abgetragenen Jeans betrat mein Einzelzimmer. Er hatte einen Schrubber und einen Eimer bei sich. Er erklärte, er müsse hier putzen, und fing gleich damit an. Ich bemerkte, daß er barfuß war und auf dem feuchten Linoleum Fußabdrücke hinterließ. Das sah aus wie Stempel: fünf Zehen und die Ferse. Ich war plötzlich gerührt. Das war etwas längst Vergessenes, etwas aus dem Leben jenseits der Mauer, das wie eine alte Fotografie verblaßt war.

Heimlich schaute ich mir den Jungen genauer an. Er mochte nicht mehr als zwanzig sein und war gut gebaut: breite Schultern, schmale Hüften, lange Beine. Das Gesicht länglich, tiefsitzende Augen unter breiten Brauen. Wer war das? Ein Angestellter des Gefängnisses? Ein Gefangener? Oder jemand von draußen? Ich hatte große Lust, ihn danach zu fragen. Auf einmal kreuzten sich unsere Blicke, wir lächelten uns an.

»Eine Hitze da draußen«, sagte er.

»Hier merkt man nichts davon«, antwortete ich.

»Hier sieht man nicht mal, daß Sommer ist, die Scheiben sind so dreckig, aber gleich sind sie sauber.«

»Vielen Dank.«

»Es wird dann angenehmer sein, hier zu liegen.«

»Bestimmt.«

Nach einer Weile zog er sein Hemd aus, und ich sah jetzt seinen braungebrannten, muskulösen Körper vor dem Hintergrund des geöffneten Fensters. Der Körper eines jungen Mannes ... Ich hatte Lust, diese bronzene, schweißglänzende Hand zu berühren. Das Verlangen war fast wie ein Schmerz, als hätte ich plötzlich begriffen, was Sehnsucht nach einem Mann sein kann. Nach seiner Nähe. Nach seinem Geruch. Ich wandte den Kopf ab, denn ich fürchtete, der Junge könnte das in meinen Blicken lesen ...

In der Nacht wiederholte sich der Traum von der Besprechung meines nicht geschriebenen Buches. Die Wörter gruben sich mir tief ins Gedächtnis:

Die Handlung spielt in einem Frauengefängnis, und die Erinnerungen, die auf die wegen Totschlags an ihrem Mann verurteilte Heldin eindrängen, ziehen vor dem Hintergrund des Alltags aus Gefängnis und Frauengeschichten vorbei: die Faszination für die Erzieherin, die Entdeckung der Mitinsassinnen, die Entdeckung der Leidensgemeinschaft, des gemeinsamen Abscheus vor Männern, zu einem gewissen Grad auch eines gemeinsamen Abscheus vor einer von Männern regierten und von einem Supermann, nämlich Gott, geschaffenen Welt ...

Die Autorin bedient sich Kalickas, gibt ihrer Heldin einen Teil der Biographie und des literarischen Schaffens Kalickas, doch Kalicka ist nicht die Daria aus dem Roman. Das ist interessant, wird aber nicht auf den ersten Blick deutlich ...

Die zudringliche Stimme verstummte endlich, denn es war mir gelungen, diesen Alptraum abzuschütteln. Die Besprechung eines eigenen, aber gar nicht geschriebenen Buches zu hören ist ein Alptraum ... Außerdem war es schwer zu sagen, ob die Beurteilung gut oder schlecht war, die Stimme gab lediglich den Inhalt dieses Geisterromans wieder, allerdings auf höchst merkwürdige Weise. Die Sprache war merkwürdig. Sie war eher umgangssprachlich als wissenschaftlich und blieb einem im Gedächtnis haften. Vielleicht schob mir mein Unterbewußtsein auf diese Weise ein »Thema« unter ...

Ich schlief dann nicht mehr bis zum Morgen. Ich stand auf und ging ans Fenster. In den ersten Sonnenstrahlen sah ich einen Ausschnitt des Gefängnishofes, die Mauer und hinter der Mauer die Krone einer alten Weide. Sie war grün und dicht belaubt. Eine ähnliche Weide wuchs am Ufer der Weichsel in der Gegend von Kazimierz. Kazimierz... das war ein weiteres Tschechowsches Thema, aber daran wollte ich jetzt nicht denken...

Meine Rückkehr in die Zelle fiel in den frühen Herbst, der versprochene Freigang war zum Teufel. Aber so sehr hatte mir auch wieder nicht daran gelegen. Jetzt würde ich sicher ein bißchen warten müssen, denn eine der Gefangenen hatte den Freigang dazu genutzt, um zwei Menschen niederzustechen. Die Behörden waren nun entsprechend vorsichtiger, Leute wie mich in eine zeitlich begrenzte Freiheit zu entlassen. Ich bin zwar alles andere als ein Unhold, aber der Paragraph, nach dem ich verurteilt wurde, ist derselbe:

Wer einen Menschen tötet, wird mit mindestens acht Jahren Gefängnis bis einschließlich der Todesstrafe bestraft.

Ich kam am Morgen zurück, als alle in den Schneiderwerkstätten außerhalb des Gefängnisgeländes waren.

Ich belegte eine Pritsche unten, die für mich schon hergerichtet war. Wieder waren die Plätze neu gemischt. Jetzt schliefen ich, Agata und Hochstaplerin Nr. 2 unten, letztere, weil sie schwanger war. Maske und die Geliebte mußten wohl oder übel nach oben, auf meinen Platz. Ich bin darüber sehr traurig, das war mein Asyl, ein Isolationsersatz. Jetzt habe ich das sich hier abspielende Leben wie auf dem Präsentierteller vor mir, dabei liegt mir nichts daran, im Gegenteil. Die Begegnung mit Agata fiel aus wie gewöhnlich, das heißt, wir taten so, als würden wir uns nicht sehen, bis Maske es nicht mehr aushielt und von oben sagte:

»Aga, hast du gemerkt, daß Daria wieder bei uns ist?«

»Ich bin nicht blind«, lautete die bündige Antwort.

Ein paar Tage später erschien Agata in der Bibliothek. Der Sünder kommt am Beichtstuhl nicht vorbei, dachte ich. So wie zuvor die Geliebte, kramte sie im Katalog und wartete, bis sie mit mir unter vier Augen sprechen konnte. Erst dann trat sie zu mir.

»Hast du was gefunden?« fragte ich trocken.

»Ich habe nichts gesucht«, antwortete sie ehrlich. »Ich will mit dir reden.«

»Ich wüßte nicht, worüber. Du hast selbst einmal gesagt, daß ihr euch, wenn ich mich menschlich verhalte, auch mir gegenüber menschlich verhaltet. Aber warst du gegenüber Lena menschlich?«

»Wie kann man Ungeziefer gegenüber menschlich sein? Hier gibt es Menschen und Ungeziefer. Du warst von Anfang an ein Mensch.«

Ich richtete mein Haar mit einer Bewegung, die ich von Iza abgeschaut hatte.

»Mich interessiert nicht, wer hier was ist«, sagte ich scharf. »Für mich sind alles Menschen. Für mich sind sogar Tiere, diese vierbeinigen, Menschen, wenn wir schon davon sprechen. Und ich behandle sie wie Menschen.«

»Tiere können Menschen sein«, stimmte sie zu. »Ich hatte sogar mal eine Katze, ein Kätzchen, um genau zu sein. Aber hier gibt es Menschen und Ungeziefer und jenseits der Mauern Menschen und Juden.«

Ich versuchte, ruhig zu bleiben, weil ich Angst hatte, einen neuen Schlaganfall zu bekommen.

Mein Leben begann, seinen normalen Gefängnisgang zu gehen, das heißt, ich ging in die Bibliothek, schlief, wusch mich, verspeiste (übertrieben gesprochen) das gefängnisübliche Schwarzbrot, blätterte in Büchern. So muß man das leider nennen. Nicht genug damit, daß mein Schreiben in weite Ferne gerückt war, ich hatte auch den Geschmack am Lesen verloren. Irgend jemandes Gedanken, manchmal gar in schönen Sätzen dargelegt, was geht mich das an, dachte ich. Es ist wahr, der Buchbestand der Gefängnisbibliothek war stark gelichtet und wurde aus Mangel an Geld durch keine Neuerwerbungen ergänzt, aber ich hätte ja den Onkel bitten können, mir Bücher zu schicken. Der Alte schickte mir trotz meiner brieflichen Proteste und Erklärungen, daß ich mir in dem Lädchen hier alles kaufen konnte, Lebensmittelpakete, unter anderem mit Zwiebeln, damit ich keinen Skorbut bekäme. Er verwechselte mein Gefängnis mit einem aus der Besatzungszeit, damals half eine Zwiebel zu überleben. Aber was Wunder, er war schon reichlich alt. So wie sein General, der auf die Hundert zuging. Diese polnischen Schicksale sind schon merkwürdig. Ein legendärer Führer der polnischen Armee im Westen arbeitete nach dem Krieg bei seinem früheren Soldaten als Kellner. Auf der Insel. So nannten sie England unter sich. Nicht Großbritannien, nur die Insel. Aber nicht die Insel der Hoffnung. Das war ihr Sankt Helena...

Der Schlüssel zu Agata

Ich überlegte mir, wie ich ihn finden könnte. Der Schlüssel zu Agata, das wäre ein guter Titel für einen Abenteuerroman, jemand ist sogar schon darauf gekommen. Irgendwo habe ich nämlich einen ähnlichen gehört, nur daß der Name ein anderer war. Ich glaube *Der Schlüssel zu Rebekka*, aber beschwören kann ich es nicht. Agata... das ist ein Phänomen, das ich nicht übergehen kann, nicht übergehen darf. Ich wurde in die Lage eines Chirurgen gebracht, der weiß, daß es die Chance für eine erfolgreiche Operation gibt. Ich konnte nicht zulassen, daß der letzte Rest Menschlichkeit in Agata verschwinden würde. Ich hatte hier Frauen gesehen, die auch die letzten Reste davon verloren hatten, das Gefängnis hatte sie ausgehöhlt, hatte aus ihnen menschliche Automaten gemacht, die nur auf entsprechende Signale reagierten. Paradox daran war, daß sie sich zur höheren Gefängnishierarchie rechneten und denen, die tiefer standen, unerbittlich Dienste abverlangten. Sie schlugen, nahmen einem das Geld ab, ließen sich alle Arbeiten von anderen verrichten und nutzten die Schwächeren auch sexuell aus. In Izas Augen war Agata so eine, weshalb sie mich vor ihr gewarnt hatte. Aber Iza hatte nicht ganz recht. Agata konnte noch etwas fühlen, und es war meine Pflicht, das in ihr zu retten. Ich hatte mich doch auch nur vor diesem lähmenden, den Handlungswillen zerstörenden Gefängniswahnsinn schützen können, weil ich das Glück hatte, gleich zu Anfang Iza zu treffen. Wer weiß, ob ich nicht auf den tiefsten Grund dieser Gesellschaft herabgesunken wäre, wenn es Iza nicht gegeben hätte. Ich wäre jetzt so eine Assel oder einfach ein Ungeziefer, beides bezeichnet dieselbe Position oder, genauer, das Fehlen jeglicher Position. Wenn ich Agata aus Angst das zweite Mal zu mir auf die Pritsche gelassen hätte, würde ich vielleicht jetzt für sie die Scheiße raustragen und in der Ecke wie ein Tier essen. Das wäre gut möglich, denn mein psychischer Zustand, in dem ich mich damals befunden hatte, prädestinierte mich geradezu dafür. Die zweijährige Isolation in der Untersuchungshaft hatte mich innerlich aufgeweicht, hatte bewirkt, daß ich nicht mehr selbständig denken konnte. Über alles, was mir erlaubt und was nicht erlaubt war, entschieden andere. Und ich hatte mich mit wachsender Bereitschaft gefügt. Der sich im Schloß meiner

Zellentür drehende Schlüssel wurde zu einer Sicherheitsgarantie. Niemand konnte dort hereinkommen, niemand konnte etwas von mir verlangen, und niemand erwartete etwas von mir. Und plötzlich war ich in eine Welt verlegt worden, in der viel gerade von mir abhing, viel mehr sogar als in der Freiheit. In dieser Welt zu überleben verlangte, daß man abgehärtet, gerissen und kräftig war. Nichts davon traf auf mich zu. Ich war eine hundertprozentige Assel. Und doch stufte mich Agata sofort als Mensch ein. Denn ich war mit einem Schutzschild in die Zelle gekommen. Dieser Schild war Iza. Schon mein erster Blick in ihre ungewöhnlich leuchtenden Augen hatte etwas in mir angerührt. Sie paßte so gar nicht in diese Wirklichkeit, daß sie mich schon allein aus beruflicher Neugier interessieren mußte. Aber da war noch mehr: Iza gehörte zu den wirklichen Frauen, die für mich immer ein Rätsel waren und denen gegenüber ich immer ein Gefühl der Minderwertigkeit empfunden hatte. Tatsächlich hatte Edward zwar behauptet, ich hätte etwas, das diesen Frauen fehlte: Natürlichkeit. Es stimmt, ich hatte ein so natürliches Gesicht, daß sich nichts daran korrigieren ließ, weder Tusche noch Schminke paßten dazu. Deshalb schminkte ich mich auch nicht. Iza hatte in ihrem Tagebuch geschrieben, ich hätte ein entblößtes Gesicht. Aber aus dieser Beschreibung ging auch hervor, daß es häßlich war. Die angeschwollenen Lider, der verzerrte Mund ... Edward hatte einst im Scherz gesagt:

»Stell dir so eine hergerichtete Schönheit vor. Alles ist an seinem Platz, das Make-up, die Frisur. Die Frau ist umwerfend, denkst du. Und dann plötzlich ein Windstoß, der unserer Dame die Haare zerzaust. Von einer geheimnisvoll aufgesteckten Frisur bleibt nur ein traurig herabhängender Pferdeschwanz übrig. Jetzt ist die Frau nicht mehr hübsch, sondern eher lächerlich. Dir kann das nie passieren.«

Iza würde auch nicht lächerlich aussehen, wenn der Wind ihr die Haare zerzauste (wie gerne würde ich das sehen!), denn Iza war von der Natur ungewöhnlich reich beschenkt. Sie mußte nicht durch Pastellstifte oder Tusche die Tiefe ihrer Augen hervorheben. Sie hatten bereits Tiefe. Dabei würde ich Iza nicht einmal als im landläufigen Sinne hübsch bezeichnen, sie hatte keine gleichmäßigen Gesichtszüge, und auf einem der zahlreichen Schönheitswettbewerbe würde ihre Schönheit vielleicht keine Anerkennung finden. Doch Iza machte einen neugierig, und solche Frauen trifft man selten. Sie war für mich »Material«, und zwar unabhängig davon, ob ich noch ein Buch schreiben würde oder nicht. Das geschah unabhängig von meinem Willen. Daß ich mich zu Iza hingezogen fühlte, war im übrigen eher eine vitale denn eine literarische Herausforderung. Nur weil in einem für mich kritischen Moment (und wie kritisch!) auf meinem Weg ein zweiter Mensch aufgetaucht war, hörte ich nicht auf, Mensch zu sein. So hatte ich gewissermaßen Schulden angehäuft, die ich jetzt abzahlen mußte, indem ich Agata rettete. Es wurde zu einer fixen Idee, sie davon zu überzeugen, daß wir alle Brüder und Schwestern füreinander waren, unabhängig von der Herkunft und Lebenssituation. Da hatte ich mir wirklich keine leichte Aufgabe gestellt! Das war schon ein paar echten Titanen vor mir nicht gelungen, Jesus Christus zum Beispiel. Übertrieb ich nicht, wenn ich mir jetzt Gottes Kompetenzen anmaßen wollte?

Meine Pläne gerieten etwas durcheinander, als eine junge Zigeunerin in unserer Zelle erschien, auch wenn sie nur vorübergehend hier war, denn sie war die siebte in der

Zelle. Hätte ich nicht gewußt, daß der Sonntag der Tag war, an dem der Schöpfer ruhte, hätte ich glauben können, daß er sie gerade an einem Sonntag geschaffen hatte. Sie war wie eine Porzellanfigur und wirklich bildhübsch. Sie hatte langes, gelocktes Haar von der Farbe getrockneter Pflaumen und riesengroße, fast dunkelblaue Augen in einem sehr hellen Gesicht. Obwohl sie sich zum ersten Mal an einem derartigen Ort befand, spürte sie intuitiv, wie sie sich zu verhalten hatte, um nicht gleich zur Begrüßung wie Lena behandelt zu werden. Ihre Methode, sich zu schützen, bestand darin, sich einzuschmeicheln. Immer war sie gleich zu Diensten und wußte, wo ihr Platz war. Sie setzte sich nicht zu uns an den Tisch, aß, in die Ecke verkrochen, auf ihrer Pritsche und stellte ihre Schale dabei auf ihre fast bis unters Kinn gezogenen Knie. Agata schaute ihr mit Wohlwollen zu. Verwundert bemerkte ich, daß sich zwischen beiden eine Art erotisches Spiel zu entwickeln begann. Die Zigeunerin schickte deutliche Signale in Agatas Richtung, und wenn sie an ihr vorbeiging, tat sie das so, daß ihr Arm sie berührte und sie Agata wie aus Versehen mit ihren vorstehenden Brüsten streifte. Auch warf sie Agata schmachtende Blicke zu. Das sah ein bißchen aus, als wenn ein Kolibri mit einem Nilpferd kokettiert. Ich wartete nur, bis das Nilpferd sein Maul öffnen und das Vögelchen verschlingen würde. Doch Agata hatte es nicht eilig, die Herausforderung anzunehmen. Vielleicht hielt sie ein Rest von Anstand zurück. Die Zigeunerin war zwar schon volljährig, doch ihr Geist war auf dem Niveau eines fünfjährigen Kindes stehengeblieben. Die Aufmerksamkeit, die sie Agata entgegenbrachte, rührte wohl daher, daß sie augenblicklich begriff, wer hier wirklich das Sagen hatte. Allen las sie uns aus der Hand. Mir sagte sie etwas Seltsames, nämlich daß ich »schon bald die Welt umarmen« würde.

Vielleicht bedeutete das meine Entlassung in die Freiheit?

Eines Nachts, begleitet vom tiefen Atmen und Schnarchen der schlafenden Frauen, schlüpfte die Zigeunerin zu Agata auf die Pritsche. Sie öffnete ihr das Nachthemd, fand schließlich die Brustwarze auf einem der riesigen Busen und begann daran zu saugen. Agata lag eine Weile reglos da, dann zog sie das Mädchen auf sich, zog es nackt aus und liebkoste es sehr gewandt mit den Händen. Die Kleine gab sich ihr ganz hin. Der Gefängnismaskaron setzte sie sich aufs Gesicht, und während Agata die Zigeunerin an den Waden hielt, erkundete sie mit ihrer Zunge die Gegend zwischen den Schenkeln des Mädchens. Die Zigeunerin wölbte ihren Kopf nach hinten und stöhnte verzückt. Nach einer Weile wechselten sie die Position, das Mädchen rutschte nach unten zwischen Agatas Schenkel. Fast verschwand sie zwischen ihnen, und nur an ihrem rhythmischen Zittern merkte man, wie intensiv die Liebkosungen waren. Agatas Kopf schleuderte auf dem Kopfkissen von einer Seite auf die andere. Es war überhaupt nichts Brutales an dieser Szene. Vielleicht fürchtete der Koloß tatsächlich, den Kolibri aus Versehen zu erdrücken, und zügelte seine wirkliche Leidenschaft. Noch einmal setzte Agata die Kleine auf sich. Sie hob den Kopf und saugte nacheinander die Brustwarzen der kleinen, mädchenhafte Brüste, um danach, da sie offenbar meinte, nun sei das Ende des Vorspiels gekommen, aus der Tiefe ihrer Kehle heiser hervorzustoßen:

»Mach fertig!«

Ich weiß nicht, ob die beiden das irgendwie abgesprochen hatten oder ob die Kleine intuitiv reagierte, in jedem Fall begann sie Agata jetzt mit der Hand zu streicheln. Ihr Arm tauchte unter rhythmischen Bewegungen immer tiefer und tiefer bis fast zum Ellbogen ein. So kam es zum Höhepunkt. Agata spannte sich, wobei sie sich den Mund mit dem Kopfkissen zustopfte, bestimmt um ein langgezogenes Stöhnen zu dämpfen.

Das wiederholte sich jetzt Nacht für Nacht und tat beiden Geliebten sichtlich gut. Die Zigeunerin ging vor sich hinsingend in der Zelle umher, während Agata zugänglicher wurde. Mit Sicherheit war das nicht der geeignete Moment, sie zu bekehren, aber ich hatte ohnehin noch keine Methode gefunden, wie ich es hätte machen können.

Als ich heute vormittag allein in der Bibliothek war, fiel mir eine Szene aus meinem früheren Leben ein. Ich war als erste nach Hause gekommen – wir waren damals noch nicht verheiratet – und hatte mich mit einem Buch aufs Sofa gelegt. Was war das gleich für ein Buch gewesen? Ich glaube, etwas von Kundera ... Ich weiß nicht, wann ich dann eingeschlafen war. Das Zuschlagen der Wohnungstür weckte mich, doch blieb ich mit geschlossenen Augen liegen. Schritte, Edward deckte mich mit einer Decke zu, dann setzte er sich mir gegenüber in einen Sessel und schaute mich an. Ich beobachtete ihn durch einen Spalt in meinen Lidern. Dieser Mann liebt mich, dachte ich, und ich liebe ihn. Warum also kann ich mit ihm nicht glücklich sein ... Weil ich nicht will, daß er mir zu nahe kommt. Ich kann ihn nur auf Armeslänge lieben ...

Mit der Verlegung der kleinen Diebin – sie war sogar eine große Diebin, denn sie gehörte zu einer Bande, die wertvolle Kunstwerke, Votivgaben und Bilder, aus Kirchen stahl, doch ich hatte sie wegen ihrer zierlichen Statur so getauft – endete die Liebesaffäre mit Agata abrupt. Agata lief finster umher und starrte zu Boden. Sie war nicht ansprechbar.

Eines Tages kam sie mit einer Gruppe in den Klubraum, setzte sich mit einem Glas Kaffee an den Tisch und starrte in den Fernseher. Nach einiger Zeit kam sie an mein Pult.

»Ich möchte was zum Lesen«, sagte sie. »Etwas über Liebe.«

Und da hatte ich eine Idee. Ich nahm eine Taschenbuchausgabe von Bunins Erzählung *Nathalie* aus dem Regal und gab sie ihr.

Agata schaute sich den Umschlag eher ungnädig an.

»Iwan ...«, las sie. »Das ist irgendein Russe, ich will lieber was von uns, Fleszarowa oder so ...«

»Aber es ist eine Liebesgeschichte.«

»Was kann so ein Iwan davon schon wissen«, antwortete sie verächtlich.

»Er hat den Nobelpreis bekommen! Den wichtigsten Literaturpreis der Welt«, fügte ich noch hinzu.

Das machte keinerlei Eindruck auf sie.

»Hast du vielleicht was von der Chmielewska?«

»Alles ausgeliehen. Lies die Erzählung, sie hat nur fünfzig Seiten ... und handelt von einer wunderschönen Liebe ...« Weil ich sah, daß Agata schwankte, begann ich, auf sie einzureden: »Das hat hier bisher noch niemand ausgeliehen, mach du den Anfang ... es hat nur fünfzig Seiten ...«

»Na, meinetwegen.«

Sie setzte sich in eine Ecke und öffnete das Buch, während ich fast den Atem anhielt. Sie blätterte ein paar Seiten durch, hielt plötzlich inne und kehrte dann zum Anfang zurück. Ihre Wangen röteten sich. Ich beobachtete sie mit einem plötzlichen Gefühl der Rührung, ich sah, wie sie die

Welt der großen Literatur betrat, wie diese Welt von ihr Besitz ergriff, sie von allem abschirmte, was neben ihr vor sich ging. Am nächsten Tag verbrachte sie ihre ganze Freizeit damit, auf ihrer Pritsche Bunin zu lesen. Und sie trennte sich von ihm erst, als das Licht gelöscht wurde.

»Was liest du denn da dauernd, Aga?« sagte Maske in der Dunkelheit zu ihr. »Hast du einen Porno erwischt?«

»Was brauch ich einen Porno, du reichst mir«, brummte sie zurück.

Mein Gefängnisdasein hatte die Rückbesinnung auf mein früheres Leben ganz in den Hintergrund gedrängt. Meine Vergangenheit war stark verblaßt; um so unerwarteter sprang sie mich jetzt an. Iza kam mit einer Miene in die Bibliothek, daß ich plötzlich angstvoll dachte, sie würde mir verkünden: Ich heirate. Ich weiß nicht, warum ich gerade das dachte. Ich wußte nichts von ihr, weder was sie nach Dienstschluß tat, noch mit wem sie sich traf, ich wußte nicht einmal, ob sie allein lebte oder mit jemandem zusammen.

»Hast du eine Neuigkeit für mich?« fragte ich und blickte sie gespannt an.

»Ja.«

Und wieder schauten wir uns in die Augen.

»Im Sprechzimmer wartet deine Mutter.«

Mutter? Ich hatte doch gar keine Mutter, jedenfalls erinnerte ich mich nicht an sie. Ich konnte mir nicht einmal ihr Gesicht vorstellen, denn im Pfarrhaus hatte es keine Fotografie von ihr gegeben. Als ich gefragt hatte, warum es im Haus kein Bild von meiner Mutter gebe, hatte mir Großmutter ausweichend geantwortet, die Zeiten damals wären nicht so gewesen, daß man sich hätte fotografieren lassen. Doch wann waren die Zeiten so? Meine Mutter funktionierte deshalb in meinem Bewußtsein als völlig abstrakter Begriff. Es war jemand, der kein Gesicht hatte. Die, die sie gekannt hatten, behaupteten, ich sähe ihr überhaupt nicht ähnlich, nur die Haare hätte ich vielleicht von ihr, einen widerspenstigen Rotschopf. Aber Großmutter hatte dem Onkel gesagt, ich sei Mutter wie aus dem Gesicht geschnitten. Vielleicht hatte sie das gesagt, weil der Onkel wiederum gemeint hatte, ich sei meinem Vater, also seinem Bruder, kein bißchen ähnlich. Bestimmt hatte Großmutter befürchtet, er werde kein Geld für mein Studium geben, und mich deshalb flugs meiner Mutter ähnlich gemacht. Ach, egal, was hat das jetzt für eine Bedeutung. Aber es hat eben eine, da sie im Sprechzimmer wartet.

»Iza«, sagte ich langsam. »Ich habe sie nie gesehen. Das heißt, ich kann mich nicht an sie erinnern ...«

»Ich weiß. Deshalb habe ich dir nichts davon erzählt, daß sie sich um eine Besuchserlaubnis bemüht hat. Aber du mußt zu ihr gehen. Sie ist schon das zweite Mal hier, sie war schon hier, als du noch krank warst. Ich habe sie nicht zu dir gelassen, weil ich meinte, es sei nicht der richtige Moment.«

»Glaubst du, jetzt ist der richtige Moment?« fragte ich hilflos.

»Einmal muß es sein.«

»Aber warum? Warum?«

»Weil sie trotz allem deine Mutter ist.«

Widerwillig und voller Unruhe machte ich mich auf den Weg zu diesem Treffen. Im Sprechzimmer, in dem ich einst das Gespräch mit dem Verleger geführt hatte, saß eine beleibte, noch ziemlich junge Frau, sie hätte gut meine Altersgenossin sein können. Ich war schlank, deshalb täuschte mein Aussehen und machte mich jünger, aber einige meiner Schulkameradinnen sahen jetzt genauso aus wie sie. Östliche Mamas, wie ich das nannte. Stattlich und zerfließend waren sie, so daß man sich gut an sie schmiegen und seinen Schmerz bei ihnen ausweinen konnte. Nur daß ich die Wärme einer Mutterbrust nie kennengelernt hatte. Sie hatte mich nicht gestillt und mich nicht an die Brust gedrückt. Sie war einfach verschwunden. Um erst jetzt wieder aufzutauchen.

Als sie mich sah, stand sie auf. Sie war größer als ich, ihre Haare waren kastanienbraun, genauso wie die von Großmutter, und genauso wie bei Großmutter waren sie kein bißchen grau. Das faltenfreie Gesicht machte einen merkwürdigen Eindruck auf mich. Es war etwas Bekanntes und Fremdes zugleich darin. Wie das Spiegelbild zweier Gesichter auf einmal, als ob beide, mein Gesicht und das Gesicht meiner Großmutter, einander durchdrungen hätten. Vielleicht würde ich genauso aussehen, wenn ich dick wäre.

»Daria ...«, begann sie unsicher.

»Daria Konieczna.«

Den Namen trug ich, obwohl Edwards Mutter versucht hatte, ihn mir zu nehmen. Aber sie war machtlos gewesen. Unabhängig von den Umständen blieb ich Edwards Witwe, und nur ich konnte den Namen freiwillig ablegen. Doch das wollte ich nicht. Denn ich war immer dann die Witwe, wenn ich mir selbst einreden konnte, daß sich an jenem Tag ein Unfall zugetragen hatte, daß die Waffe aus Versehen losgegangen war. Ich empfand mich sogar als seine Frau, so weit war die psychische Beziehung zu diesem Menschen erhalten geblieben. Ich führte Gespräche mit jemandem, der nicht existierte, als könnte ich ihn dadurch wenigstens teilweise wieder beleben. Ich teilte mein Leben unter uns beiden auf.

Fast gleichzeitig setzten wir uns auf die Hocker zu beiden Seiten des ramponierten Tischchens. Sie legte ihre Hände darauf, ich bemerkte den Ring an ihrem Finger. Also hatte sie wieder geheiratet.

»Du weißt, daß ich deine Mutter bin . . .«

»Man hat mich gerade eben darüber informiert.«

Es war schwer für sie, etwas zu sagen, und ich machte es ihr nicht leichter. Ich nahm es ihr übel, daß sie überhaupt gekommen war.

»Ich habe ganz zufällig erfahren, daß du hier bist. In einem Zug unterhielten sich zwei Frauen über dich, über deine Bücher, und eine der beiden fragte die andere, ob sie wisse, was mit dir los sei. Sie hatte es auch nicht gewußt, so wie ich.«

»Es stand in den Zeitungen.«

Sie winkte ab.

»Ich lese keine Zeitungen, woher die Zeit nehmen.«

Ich überlegte, ob ich es mit einer einfachen Frau zu tun hatte, wie es meine Großmutter zweifellos gewesen war, oder mit einer Intellektuellen. Vom Aussehen her war sie eher eine einfache Frau, aber ich hatte an der Universität eine Professorin gehabt, von der Fremde dachten, sie sei die Putzfrau. Dabei war das einer der scharfsinnigsten Geister, die ich jemals getroffen habe. Selbst Edward empfand ihr gegenüber Respekt.

Die Frau hier hatte bisher nichts gesagt, wonach man sie hätte einordnen können. Auch die Art, wie sie sich kleidete, war nicht eindeutig, so konnte sich jemand anziehen, der keinen Geschmack hatte, oder jemand, der seiner Kleidung keine Beachtung schenkte.

»Womit beschäftigen Sie sich?« fragte ich.

»Ich bin deine Mutter«, antwortete sie schüchtern und wollte damit andeuten, daß ich sie so nennen sollte.

»Das fühle ich nicht.«

»Vielleicht machst du mir Vorwürfe ...«, fing sie an, doch ich unterbrach sie.

»Ich mache niemandem Vorwürfe. Ich habe mein eigenes Leben und Sie das Ihre. Wozu dieses Treffen?«

Sie verschränkte die Finger ihrer Hände, als hätte sie die Absicht zu beten.

»Auch vorher, als ich deinen Namen in der Zeitung sah, hab ich daran gedacht. Ich dachte, daß du diese Daria Kalicka sein mußt. Aber als ich dann das Buch gelesen habe ... das über die Mutter, die starb ... du hast dich von ihrem Leichnam in der Kapelle verabschiedet ... ich hab das auf mich bezogen ...«

»Ich dachte damals an Großmutter«, wiederholte ich, was ich früher schon Iza gesagt hatte.

Die Frau setzte sich bequemer zurecht.

»Du weißt wohl gar nichts, denn meine Mama war ein strenger Mensch. Unversöhnlich, bestimmt hat sie mich aus ihrem Herzen verstoßen ...«

»Sie sind nicht zur Beerdigung gekommen.«

»Und wozu hätte ich kommen sollen? Du hast in diesem Buch selbst den Satz geschrieben, daß man einer Mutter nicht das Leben nehmen kann, denn sie gibt Leben. Für mich ist die Mutter die Mutter, ganz egal, ob sie lebt oder tot ist.«

Für mich aber nicht, dachte ich, und daran hast du schuld.

Als hätte sie meine Gedanken erraten, sagte sie:

»Als ich dich zur Welt brachte, war ich selbst ein Kind, ich war vierzehn ...«

»Was?« entfuhr es mir. Mein Erstaunen war echt und total.

Sie lächelte traurig.

»Wenn du deinen Vater gekannt hättest, wärst du nicht erstaunt. Das war so ein Charmeur, ins Feuer wär ich ihm gefolgt. Er hatte im übrigen haufenweise Frauen, aber mich hat er geheiratet.«

Ich hörte fast nicht, was sie da sagte, ich war völlig durcheinander. Ich war also das Kind einer Vierzehnjährigen. Und ich hatte nichts davon gewußt. Hätte es etwas geändert, wenn ich es gewußt hätte? Vielleicht doch, immerhin weiß man dann etwas über sich. Als ich vierzehn Jahre alt war, spielte ich mit Puppen. Männer existierten für mich nicht, erst zwei Jahre später war dieser Student aufgetaucht...

»Ich war vierzehn«, wiederholte sie. »Deinen Vater brachten sie vor meinen Augen um. Später hatte ich Angst, Mutter zu sein... Ich lief fort...«

»Haben... hast...«, ich zögerte, weil ich nicht wußte, wie ich zu ihr sprechen sollte. Das Wort »Mutter« kam mir jedenfalls nicht über die Lippen. »Gibt es eine Familie?«

»Es gibt sie. Mein jetziger Mann führt mit mir einen Gasthof... Wir haben zwei Söhne. Einer ist siebzehn, der andere zwei Jahre jünger.«

Ich bin die Tochter einer Gastwirtin, dachte ich.

»Wenn du willst, dann komm uns doch besuchen.«

»Jetzt ist das kaum möglich.«

»Wenn du hier rauskommst.«

Wir schwiegen.

»Und die wissen von mir?«

»Mein Mann weiß es, die Söhne waren anfangs zu klein... jetzt werde ich es ihnen sagen... wenn du kommen willst.«

»Und warum bist du gerade jetzt zu mir gekommen?« Zum ersten Mal richtete ich eine Frage an sie wie an eine Mutter.

»Weil ich dachte, daß du mich brauchst. Großmutter ist tot. Du bist allein, und man muß jemanden haben.«

Ich kehrte in die Bibliothek zurück, konnte aber nicht ruhig an meinem Pult sitzen, es trieb mich durch den kleinen Raum. Ich trat zwischen die Regale und wieder hinaus, hinein und hinaus. Meine Mutter, dachte ich, hat sich zu spät an mich erinnert... Meinen Vater hatte ich auch nicht gekannt, aber er war ums Leben gekommen, bevor ich zur Welt kam. Wenn ich bei ihm aufgewachsen wäre, was hätte das geändert? Ich hätte ein anderes Bild von Männern. Im Sinne dieser Sexologin. Mein Vorbild eines Mannes war ein Geistlicher. Er trug den schönen Namen Teodozjusz, den Namen der Zaren, und war ein sehr gelehrter Mann. Tagelang hockte er über dicken Büchern. Wenn wir ins Pfarrhaus kamen, führte er lange Gespräche mit Edward, keine weltanschaulichen, er war sehr zurückhaltend und wollte niemanden bekehren. Sie führten philosophische Dispute. Und an Edwards Gesichtsausdruck konnte ich sehen, daß er diesen Partner tatsächlich schätzte.

Also was wäre gewesen, wenn mich meine Mutter damals nicht verstoßen hätte? Wer wäre ich jetzt? Wie wäre ich jetzt? Vielleicht so wie sie. Ich würde das Leben nehmen, wie es ist, ohne mir darüber Gedanken zu machen. Denn was hat es mir gebracht? Ich habe keine Familie, den Nobelpreis habe ich auch nicht bekommen. Aber geht es darum, ihn zu bekommen? Wird man Schriftsteller, um auf Lorbeer zu warten? Man wird Schriftsteller, um zu leiden. Und was das betraf, war ich immer die erste. Also hatte alles seine Richtigkeit. Ich habe noch ein weites Betätigungsfeld...

Agata brachte mir das Buch zurück. Ich fragte, ob es ihr gefallen habe. Sie nickte nur. Vielleicht wollte sie nicht vor Zeugen sprechen. Zwei Wochen später zogen wir uns nach dem Bad im Umkleideraum an. Sie hatte sich eine Trainingshose übergezogen und trocknete sich halbnackt mit einem Handtuch die Haare. Auf einmal drehte sie sich zu mir um, ich sah ihre monströsen Brüste mit den ausufernden Brustwarzen voller Furchen und geplatzter Äderchen.

»Diese Natalje will mir nicht aus dem Kopf«, sagte sie.

»Nathalie«, verbesserte ich.

Sie tat, als hätte sie nicht gehört.

»Wie kann man so schreiben, daß man das alles sieht ... Das Haus, den Garten ... und diese Natalje ... Ich sehe sie ständig ... die Haare von ihr und die Augen. Die haben sie vor die Hunde gehen lassen! Vor die Hunde!«

Einen Moment lang dachte ich, Agata sei durchgedreht. Ihre Augen waren völlig verrückt.

»Sie war wunderschön. Wunderschön!« rief sie voller Schmerz aus. Danach drehte sie mir abrupt wieder den Rücken zu und zog sich hastig die Bluse über. Sie schämte sich des eigenen Aussehens und wollte ihren schweren, unförmigen Körper vor mir verdecken und vielleicht auch vor sich selbst.

Edward ohne sie ... Als er aus der leeren Wohnung in die Malczewski-Straße kam, war es für uns schwieriger, einander zu verstehen, als zuvor, solange sie noch gelebt hatte. Das Schweigen zwischen uns wurde beredt. Ich dachte, daß er denke, ich wolle wieder zu ihm ziehen. Aber was dachte er wirklich ... Eines Tages rief er mich aus der Redaktion an.

»Vielleicht könnten wir ins Kino gehen?« fragte er.

Zum ersten Mal seit ihrem Tod waren wir so nahe beieinander. Ich spürte die Berührung seines Ellbogens auf der Sessellehne und hatte Angst, mich zu rühren, ja sogar, tiefer zu atmen. Denn wenn ich mich stärker gegen seinen Arm lehnen oder wegrücken würde, könnte er das falsch verstehen. Ich verfolgte die Handlung des Films kaum, die ganze Zeit veränderte ich meine Position nicht, und als das Licht anging, hatte ich einen steifen Hals. Er brachte mich bis vors Haus, bis vor die Tür. Hier verabschiedeten wir uns. Als ich die Treppen nach oben ging, machte ich mir Vorwürfe, daß ich ihn nicht hineingebeten hatte, doch war ich mir nicht sicher, ob er es gewollt hätte. Ich glaube, er wollte nicht. Wir beide wollten das nicht, aber beide hatten wir Angst, laut darüber zu sprechen. So schlich sich eine Künstlichkeit in unsere Beziehung, die es vorher nie gegeben hatte. Zufällig erfuhr ich, daß er regelmäßig auf den Friedhof fuhr. Von seiner Sekretärin. Ich hatte angerufen, und sie hatte mir gesagt, wohin er gegangen war.

»In dem Geschäft auf der anderen Seite kauft er immer die Blumen. Er fährt jeden Tag hin. Danach kommt er dann nicht mehr in die Redaktion.«

Dort ist ja auch der Körper, dachte ich. Und sie war Körper. Kein Wunder, daß er sich nicht davon trennen konnte. Mir kam das alles irgendwie jämmerlich vor. Dieses Abkommen zwischen uns, das viele Jahre lang gegolten hatte. Wer war ich in diesem Dreieck? Welche Rolle spielte ich? Die Marquise, soufflierte mir eine innere Stimme. Du hast sie auseinanderbringen wollen. Und es ist dir gelungen ... Das war nicht ich, das war das Schicksal, verteidigte ich mich. Ganz egal, tönte die Stimme weiter. Seien wir nicht kleinlich ...

Als Hochstaplerin Nr. 2 heute im Klubraum zu mir kam, spürte ich eine Art Widerwillen. Sie trug weite Sachen, trotzdem fiel sofort auf, daß sie in anderen Umständen war. Nicht nur ihre Umstände waren anders, auch sie war anders geworden. Sie war nicht mehr das filigrane Mädchen mit dem lustigen Gesicht, dessen Mittelpunkt die Augen waren, diese verwunderten Augen mit einer Spur Schläue. Jetzt entdeckte ich darin einen Ausdruck, den ich nur schwer beschreiben konnte. Angst? Hatte sie Angst vor ihrer Mutterschaft? Wenn sie damit zu mir kam, hätte sie es nicht schlechter treffen können.

»Möchtest du etwas ausleihen?« fragte ich.

Auf ihrem Gesicht erschien ein hilfloses Lächeln.

»Ich weiß nicht... Seit meinem Abitur habe ich kein Buch mehr in der Hand gehabt. Aber jetzt würde ich vielleicht etwas ausleihen... Damit das Kleine nachher nicht sagt, es habe eine dumme Mutter.«

Das Kleine... Als ginge es um ein Tier. Das machte mich ihr gegenüber noch voreingenommener. Ihr Biologismus stieß mich ab. Was jetzt mit ihr vorging, war etwas Fremdes. Die plumpe Figur, das leicht aufgedunsene Gesicht, der erdfarbene Teint. Tiefe Ringe unter den Augen.

»Wenn du kein Bedürfnis hast zu lesen, dann laß es sein«, antwortete ich.

»Es ist nicht so, daß ich kein Bedürfnis habe, aber... warum ist Lesen so wichtig?« Sie schaute mich mit Katzenaugen an. Ich konnte das nicht ertragen und wandte meinen Blick ab.

»Es ist nicht für jedermann wichtig.« Ich versuchte meinen Widerwillen vor ihr zu verbergen. »Es gibt Menschen, die kein einziges Buch gelesen haben und leben.«

»Aber das ist doch wohl peinlich? Alle klugen Leute lesen viel. Warum?«

»Das ist wie ein Gespräch mit sich selbst... mit der eigenen Seele, die Bestätigung, daß man eine hat...«

Maske und die Geliebte werden in die Freiheit entlassen, zusammen. Zusammen wurden sie verhaftet, zusammen haben sie auf einer Pritsche geschlafen, und zusammen gehen sie jetzt hinaus. Sie veranstalteten eine Art Abschiedsfeier und kauften die ganze Ware aus dem Lädchen von Agata und der Hochstaplerin Nr. 1 auf. Wir saßen alle um den Tisch, jede mit ihrem Blechbecher. Es war ein vornehmer Empfang mit Salzstangen und Nüssen, sogar Mandeln gab es und dazu unseren Gefängnisaperitif, also mit Wasser verdünnten Spiritus.

»Bleibt sauber, Mädchen, macht uns da draußen keine Schande«, sagte Agata. »Und daß ich euch hier nicht mehr sehe!«

»Freiwillig melden wir uns bestimmt nicht«, lachte Maske, und die Geliebte pflichtete ihr bei.

Ich hatte leider keine Gelegenheit, mit der Geliebten zu reden, denn Maske ließ sie nicht aus den Augen. Ich hätte ihr gerne zugeredet, sie solle versuchen, selbständig zu leben, unabhängig. Sie konnte doch nicht bis zum Ende nur der Schatten ihrer Freundin bleiben. Das wäre so, als gäbe es sie überhaupt nicht. Ich hatte mich gefreut, als sie kam, um sich mein Buch auszuleihen, doch gleich am nächsten Tag hatte sie es zurückgegeben. Auf die Frage, ob es ihr nicht gefallen habe, hatte sie geantwortet, daß sie keine Erzählungen mochte und lieber etwas durchgängiges Ganzes hätte. Doch danach platzte es aus ihr heraus, sie flehte mich an, sie nicht an Maske zu verraten, und gab zu, daß Maske von ihr verlangt hatte, das Buch sofort wieder abzugeben. Ich überlegte sogar, ob ich nicht mit Maske sprechen sollte, doch dann ließ ich es bleiben. Das könnte falsch verstanden werden, ich mußte ja auch nicht die ganze Welt bekehren, es reichte, daß ich den Versuch unternommen hatte, aus Agata einen Menschen zu machen. Das hatte fast eine biblische Dimension, denn sie war diejenige gewesen, die gleich nach meinem Eintreffen hier einen Stein auf mich geworfen hatte, und dieser Stein hatte mich tief verletzt. Und ich trat ihr jetzt mit Brot entgegen oder, anders gesagt, mit Bunin, doch bemerkte ich bei ihr keine Veränderung zum Besseren.

Das Schicksal hatte wie immer das letzte Wort. Kurz nach dem Abgang von Maske und der Geliebten kehrte Lena in unsere Zelle zurück. Von Zeit zu Zeit hatte ich sie auf dem Flur gesehen und sie nur mit Mühe wiedererkannt. Sie erinnerte in nichts mehr an die hochmütige Russin mit Sex-Appeal. Die hellblonden Haare waren graubraun geworden, genauso grau war ihr Gesicht, das sich kaum noch von der Drillichkleidung abhob. Lena sah jetzt wie ihre eigene Mutter aus, sie war um gut zehn, fünfzehn Jahre gealtert. Es wäre interessant zu wissen, wie ich jetzt aussah. Natürlich hatten andere die Lektionen vervollständigt, die Lena von Agata erhalten hatte. Man brauchte nicht besonders phantasiebegabt zu sein, um zu merken, welche Dienste ihre Zellengenossinnen Lena abverlangten. Iza sagte, man habe es schlechter nicht treffen können als Lena. Sie tat mir leid, doch ich konnte ihr in keiner Weise helfen. Ich bat Iza nur, daß sie versuchen sollte, eine Verlegung für Lena zu erreichen, und meine Bitte wurde erhört. Ich machte mir Sorgen, wie Agata auf Lenas Anwesenheit reagieren würde. Falls sie die Absicht hatte, Lena wieder in den Dreck zu stoßen, würde ich mich dem heftig widersetzen. Doch die Sache klärte sich schon am ersten Tag beim Abendessen. Ich setzte mich mit Agata und beiden Hochstaplerinnen zu Tisch, während sich

Lena, durch die Erfahrung belehrt, auf ihre Pritsche kauerte und zu essen begann, wobei sie die Schale auf den Knien hielt. Daraufhin wandte sich Agata zu ihr und sagte mit süßer Stimme:

»Lenotschka, komm doch zu uns.«

Wir erstarrten, weil wir nicht wußten, was sie vorhatte. Es konnte genausogut ein fauler Trick sein. Lena rührte sich nicht von ihrer Pritsche.

»Na, Lenotschka«, wiederholte Agata gutmütig. »Du verschmähst doch wohl nicht unsere Gesellschaft.«

Nach diesen Worten stand Lena auf, kam langsam, als zögerte sie noch, zum Tisch und nahm sehr vorsichtig daran Platz, jeden Moment bereit, wieder kehrtzumachen. Gespannt verfolgte ich, ob Agata nicht etwas im Schilde führte und Lena zum Beispiel plötzlich heißen Kaffee ins Gesicht schüttete. Doch Agata löffelte ihre Grütze in sich hinein und benahm sich dabei so, als hätte sie schon vergessen, daß die Russin da war. Auf einmal schaute sie zu ihr hin und fragte:

»Gibt es in Moskau vielleicht eine Bunin-Straße?«

Lena hörte auf zu essen und schaute sie angstvoll an.

»Na was, hat's dir die Sprache verschlagen?« In Agatas Stimme kam Ungeduld auf.

»Ich ... ich weiß nicht«, brachte Lena stammelnd hervor. »Ich wohne in Lemberg.«

Ach, diese Iza, dachte ich, sie bringt immer alles durcheinander.

Gespräch mit Iza

»Was bedeutete der Besuch deiner Mutter für dich?«

»Ich weiß nicht ... Er hat keinen größeren Eindruck gemacht. Ich denke nicht mehr an sie, als gäbe es sie überhaupt nicht.«

»Aber es ist doch wohl wichtig zu erfahren, wie die eigene Mutter aussieht?«

»Was weiß ich ... Stärker hat es mich beeindruckt, daß sie mich mit vierzehn Jahren geboren hat ... Vielleicht bin ich deshalb so wenig lebensfähig.«

»Du bist nicht lebensfähig? Wem sagst du das. Weißt du, wie viele Dramen ich hier gesehen habe? Hier sind mal zwei wirklich harte Frauenzimmer gekommen, von denen man hätte meinen können, daß ihnen niemand was anhaben könne, aber die Mädchen hier haben beide, eine nach der anderen, in ein paar Monaten weichgekriegt. Du warst als jemand Untypisches von Anfang an unten durch, doch hast du deinen Platz gefunden, hast dir Autorität erkämpft. Ich dachte, du seist eine Assel, und du hast mir leid getan.«

Ich führte sie nicht in die verwickelten Überlegungen ein, in denen sie die Hauptrolle spielte. Ich hätte ihr das auch kaum erklären können, da ich doch an Kommentare von außen gewöhnt war. Edward hatte mein Leben bewertet, meine Chancen und auch mein Schreiben. Jetzt nahm Iza seinen Platz ein. Ohne sie hätte ich mit Sicherheit Lenas Schicksal geteilt, wenn nicht schlimmer, denn ich hätte das alles nicht ausgehalten. Agatas Überfall hatte meine ganze Existenz erschüttert. Einen nächsten hätte ich nicht ertragen, das wußte ich. Und ich hatte beschlossen, mich zu wehren, doch irgendwo im Hintergrund gab es Iza als eine Voraussetzung dafür, daß ich durchhalten konnte.

Ich erinnere mich an den Moment, als Edward um meine Hand angehalten hatte. Ich erinnere mich sogar daran, was er gesagt hatte:

»Du bist zu empfindsam, zu zerbrechlich, um selbständig zu leben. Du mußt jemanden haben, der dich beschützt ...«

Und er tat es sehr wirkungsvoll. Einmal fragte mich Iza, ob ich Ski fahre. Ich verneinte, also fragte sie, ob ich Auto fahre. Wieder war meine Antwort nein.

»Aber warum?« wunderte sie sich. »Das macht doch Spaß.«

»Das ist eine Geschichte für drei Tage und drei Nächte, warum ich nicht Ski und nicht Auto fahre«, antwortete ich. »Das ist so, als würdest du fragen, warum ich hier bin.«

Ich sah, daß sie kein Wort verstand. »Um es also kurz zu machen: Mein Mann hätte Angst gehabt, daß ich mir den Hals breche.«

»Und du?«

Ich lachte laut auf.

»Iza, du stellst mir schon wieder eine Grundsatzfrage.«

Alles hatte sich abrupt und ohne Vorwarnung verändert. Es war, als säße ich hinter dem Steuer eines dahinrasenden Autos, ohne zu wissen, wie man fährt, und gar ohne zu wissen, wo die Bremse ist. Wenn da nur die Krankheit der Madame de Tourvel gewesen wäre, wenn sie nicht gleichzeitig mit den massierten Attacken auf mich aufgetreten wäre, vielleicht ... »Tu gar nichts«, hatte Edward gesagt. »Verteidige dich nicht, denn das ist das Schlimmste, was du tun kannst.« Er gab mir Ratschläge und eilte zu seinem Leben davon, das immer komplizierter wurde. Ich blieb allein zurück und beschloß, mich doch zu verteidigen. Wenn ich ihn hinter mir gewußt hätte, wäre meine Verteidigung vielleicht wirkungsvoller ausgefallen. So, wie mich hier die Tatsache, daß ich Iza hatte, in eine entsprechende Position versetzte. Ich gewann nun gegen einen viel stärkeren Gegner. In jener Welt hatte ich verloren.

Vor vielen Jahren hatte ich das Manuskript des Romans über die Mutter zu einem Verlag gebracht. Nachdem er es gelesen hatte, meinte der Direktor dieses angesehenen, traditionsreichen Hauses: »Wären Sie eine amerikanische Schriftstellerin, würde ich sagen, Sie haben einen Bestseller geschrieben und es erwarten Sie Geld und Ruhm, aber einer polnischen Schriftstellerin sage ich nur, daß sie in diesem Land ein schweres Leben haben wird.« Damals hatte ich das nicht verstanden, heute verstand ich es nur allzugut. In Polen ist Erfolg bitter. Immer finden sich Menschen, die ihn in Frage stellen, die beweisen wollen, daß er ungerechtfertigt ist und sich dahinter etwas Verdächtiges verbirgt. Wer über die Masse hinausragt, soll wieder in den polnischen Kessel hinabgestoßen werden. So wie Wańkowicz das beschrieben hat, daß alle in diesem Land allen alles mißgönnen ... Hier im Gefängnis mag man es auch nicht, wenn jemand die anderen überragt, aber es gilt das Recht des Stärkeren, der Stärkere hat recht. Der Stärkere schlägt den Schwächeren einfach k.o., so wie Agata das zu tun pflegte. Dort dagegen war der Gegner gewöhnlich nicht greifbar, agierte im Schutz der Dunkelheit ... Man hatte mich an den Pranger gestellt und mir die Augen verbunden, denn die, die mich angriffen, traten meist nicht unter ihrem Namen auf. Einmal hatte ich sogar schon gedacht, daß sich hinter einem dieser Pseudonyme mein eigener Mann verberge. Das nennt man wohl Verfolgungswahn ...

Zusammen mit Maske verließ der Fernseher unsere Zelle. Eine Bewegung, das Herausziehen des Steckers aus der Buchse, schnitt mich von dem ab, was sich jenseits der Mauer abspielte. Natürlich hätte ich den Kontakt mit jener Welt suchen können, indem ich in die Nachbarzelle gegangen wäre, wo ein Farbfernseher stand, zur Not hätte ich auch Zeitungen lesen können, die mit großer Verspätung, aber immerhin in den Lesesaal kamen. Es reichte, die Hand auszustrecken, doch das tat ich nicht. Meine Isolation wurde langsam immer perfekter. Das Radio stellte keine Bedrohung dar. Zwar spielte es in der Wachstube neben der Bibliothek ununterbrochen, doch hauptsächlich Musik. Sobald nur ein gesprochenes Wort kam, wurde gleich das Programm gewechselt. Radio bedeutete hier vor allem Lärm, Musik, die ich nicht ausstehen konnte. Die klassische teilte leider das Schicksal des gesprochenen Wortes und wurde gleich abgestellt.

Iza hatte sich bezüglich unserer Russin nur in einem geirrt: Lena wohnte in Lemberg und nicht in Moskau. Ihre Familie war im Zuge der Völkerwanderung dorthin gekommen, die Stalin seinerzeit veranlaßt hatte. Tatsächlich war sie Doktor der Rechte, eine Intellektuelle also, was in gewisser Weise erklärte, warum sich ihr Status im Gefängnis so blitzartig verschlechtert hatte. Kopfleuchten hatten hier das schwerste Leben. Ich hatte demnach tatsächlich Glück gehabt. Sie wohl auch ein bißchen, einfach deshalb, weil sie wieder in unserer Zelle gelandet war, wo die Verhältnisse noch am menschlichsten waren.

Während wir alle gemeinsam am Tisch saßen, fragte ich Lenotschka über die Situation in der Ukraine aus, wie es da mit der neuen Demokratie aussehe.

»Was heißt hier Demokratie!« Sie machte eine wegwerfende Handbewegung. »Das war die blödeste Idee, die es gibt, auf einem Gebiet etwas einzuführen, für das es dort überhaupt keine Tradition gibt. Soll sich der Westen doch mit seiner Demokratie vergnügen, der hat römische Vorbilder, bei uns haben seit Jahrhunderten Zaren und Bojaren geherrscht. Und so ein Zar versucht Jelzin jetzt zu sein, während er dem Dummhans von Clinton einredet, er sei

Demokrat aus Überzeugung. Für mich ist das ein gewöhnlicher Kommi, was ist an dem schon Zar! Bei uns ist es das gleiche. Krawtschuk war ein Apparatschik, und das ist er geblieben. Die Parolen haben sich geändert, die Methoden sind die alten. Für die Menschen hat sich nichts geändert, nur ist das Leben noch schwerer geworden...«

»Das ist wie bei uns«, sagte Agata. »Nie hat es so viel Elend gegeben...«

»Hat es doch«, antwortete ich. »Nur war es mehr verdeckt.«

Darauf Agata:

»Na meinetwegen, aber was man nicht weiß, macht einen nicht heiß.«

Lenotschka schüttelte den Kopf.

»Solange die Menschen nicht glauben, daß es besser sein könnte, wird es nicht besser. Meine Großmutter läßt das Gas rund um die Uhr brennen. Als ich sie fragte, warum, sagte sie, um zu sparen. Streichhölzer. Als ich ihr sagte, das sei Verschwendung, da hat sie Papier und Bleistift genommen und mir vorgerechnet, daß sie weniger fürs Gas bezahlt, weil es billig ist, als für Streichhölzer, die teuer sind und die es außerdem auf Karten gibt. Wie soll es bei so einer Einstellung besser werden? Es wird nicht besser, bis endlich einer kommt, dem die Leute glauben. Ein wirklicher Zar, nicht so ein von Rot umgeschminkter...«

»Dann züchtet euch doch einen!« lachte Agata. »Nehmt so einen Hengst...«

Mitten in der Nacht wachte ich mit starken Kopfschmerzen auf. Seit meiner Apoplexie habe ich immer wieder Migräne, quälen mich Schwindelgefühle, manchmal sogar Halluzinationen. In der Zelle war zu wenig Sauerstoff, in der Luft lag der Geruch ungenügend gesäuberter Körper,

Schweiß, vermischt mit dem Gestank, der aus dem Kübel drang. Es war nicht zum Aushalten. Einer meiner Kollegen hatte einmal geschrieben: »Versuch einmal die Menschen zu mögen, wenn du zum Beispiel im Juli mit dem Bus fährst und in dem Bus statt fünfzig Menschen hundertfünfzig sind...« Versuch einmal die Menschen zu lieben... Und hier war es noch schlimmer. Ich würgte, mein Magen kam mir bis zum Hals. Und auf einmal blitzte in meinem gramgebeugten Kopf der Gedanke auf: Ich lebe!

Gespräch mit Iza

»Daria, kannst du mir schon eine Antwort geben, warum du deinen Mann getötet hast?«

Ich könnte ihr antworten, daß ich beweisen wollte, daß es zwischen einer Frau und einem Mann keine Liebe ohne Sex geben kann. Wehe, wenn jemand das nicht rechtzeitig begreift. Ich habe es nicht rechtzeitig begriffen, also wurde es mir durch eigene Anschauung bewiesen...

Jener Sonntag im August... Am frühen Morgen schon waren wir losgefahren, um in Kazimierz an der Weichsel an einer Vernissage eines guten Bekannten, man kann wohl sogar sagen: eines Freundes, teilzunehmen. Im letzten Augenblick hatte mir Edward eröffnet, daß wir eine Mitfahrerin haben würden. Er machte dabei ein ziemlich dummes Gesicht.

»Das heißt wen?« fragte ich.

»Kasia hat gebeten, mitkommen zu dürfen«, antwortete er und mied dabei meinen Blick. »Angeblich bewundert sie Tadeusz' Malerei sehr, und wenn sie etwas bewundert, dann ist bei ihr nichts zu machen.«

»Prima«, hatte ich geantwortet.

Sie wartete vor unserem Haus. Ich sah sie in den harten Strahlen der Sonne. Sie war, zugegeben, zu einer faszinierenden Frau herangewachsen. Leicht gewellte Haare fielen ihr wie eine Wolke über Schulter und Rücken. Es war schwer, die Farbe ihrer Haare zu bestimmen, die sich in der Sonne veränderte. Sie waren bernsteinfarben, um gleich darauf wie Honig zu glänzen. Kasia strich sie sich mit einer trägen Bewegung zur Seite, so daß ihr Gesicht zu sehen war. Ihre Stirn war leicht gewölbt, ihre Augen waren groß und hellbraun und ihre vollen Lippen sinnlich. Sie trug ein weißes Hemd, das am Hals offenstand, und enganliegende Jeans, die von einem Gürtel mit breiter Schnalle gehalten wurden. Ihre nackten Füße steckten in Sandalen.

Im Auto setzte sie sich auf den Rücksitz. Anfangs war sie durch unser Zusammentreffen eingeschüchtert, doch sehr schnell fand sie sich in der neuen Situation zurecht. Es entging mir nicht, daß die beiden sich wie zwei Menschen unterhielten, die seit Jahren ein vertrautes Verhältnis miteinander pflegten. Jemand Fremdes hätte meinen können, daß ich diejenige wäre, die sich hier zufällig eingefunden hatte, daß ich die Mitfahrerin sei.

Bei der Vernissage gab es Alkohol, Kasia trank munter ein Glas nach dem anderen, am Schluß war sie nicht schlecht betrunken. Sie hängte sich an Edwards Arm, ohne sich durch meine Gegenwart stören zu lassen. Ich stand daneben und spürte, wie es zwischen beiden knisterte, obschon Edward ihre Hand von sich abstreifte. Man wurde bereits auf sie aufmerksam. Selbst wenn sie keine bekannte Schauspielerin gewesen wäre, ihre herausfordernde Schönheit wäre aufgefallen. Edward schimpfte sie also ein bißchen aus, aber ohne Ungeduld oder Zorn, fast eher schon mit Zärtlichkeit.

Auf einmal hatte ich sie dann aus den Augen verloren. Ich begann, sie zu suchen, und wanderte in den hinteren Teil des Hauses, in dem die Vernissage stattfand. Dort gab es eine mit wildem Wein überwucherte Pergola, in ihrem Innern war es dämmerig. Ich blieb auf der Schwelle stehen. Sie hatten meine Anwesenheit nicht bemerkt. Sie kopulierten einfach, auf eine schamlose, animalische Weise.

Das Mädchen hatte seine Hosen auf die Oberschenkel heruntergelassen. Sie stützte sich mit den Händen auf den Rand eines verschlissenen Sofas und streckte ihren wohlgeformten Hintern in die Luft. Edward wiederum hielt sie in der Hüfte umfangen und führte immer heftiger werdende Bewegungen aus. Das Ganze wurde von ihrem Stöhnen und ihren spitzen Schreien begleitet:

»Och! Ach!«

Ich stand wie gelähmt da. Im Grunde hätte ich mich zurückziehen und nie zu erkennen geben sollen, daß ich sie zusammen entdeckt hatte. Aber auch ich hatte schon einiges getrunken. Der Alkohol dröhnte in meinem Kopf und trieb mich dazu, etwas zu tun. Ich trat in die Pergola und griff mir einen alten Stuhl ohne Lehne, den ich Edward in den Rücken rammte. Er sprang augenblicklich beiseite, ließ das Mädchen los, das sich aufrichtete und zu uns umdrehte. Die Hosen fielen ihr auf die Knöchel, wodurch sie sich nicht richtig bewegen konnte. Ich schlug mit dem Stuhl auf sie ein. Sie duckte sich und hielt die Arme schützend vor den Kopf. In diesem Moment war ich bereit, sie zu töten.

Edward versuchte mich zurückzuhalten.

»Bist du übergeschnappt! Was machst du denn!«

»Und was machst du!« schrie ich. »Du Vollidiot, Hurenbock! Du würdest deine eigene Tochter ficken, wenn du eine hättest!«

Schließlich gelang es ihm, mich zu überwältigen. Er hielt mich so fest, daß ich mich nicht rühren konnte. Ich versuchte, ihn mit dem Kopf zu schlagen, doch er wich mir aus. Er hatte bei der Keilerei einiges abgekriegt, aus einer geplatzten Braue tropfte Blut. Doch das konnte mich nicht aufhalten. Ich lechzte jetzt tatsächlich nach Blut. Ich wollte sie genauso wie mich selbst vernichten.

»Beruhige dich, Daria«, wiederholte mein Mann, der sich wieder ganz gefangen hatte.

»Laß mich los, du freilaufender Bulle! Du Hengst, du! Du ekelst mich an! Du und deine Lolita!«

Das Mädchen zog sich die Hosen hoch, schloß den Gürtel und richtete ihre Frisur. Ihre Bewegungen waren sehr exakt. Als sie die Pergola verließ, drehte sie sich noch einmal um:

»Du bist arm dran, Edward«, hörte ich sie mit beherrschter Stimme sagen. »Ich wußte nicht, daß es so schlimm ist.«

Ein merkwürdiges Geräusch ließ mich aufwachen. Es klang, als wäre ich in einem Stall voller Tiere, die alle stöhnten und keuchten. Das Geräusch wiederholte sich, es kam von unten, von der Pritsche, auf der Hochstaplerin Nr. 2 schlief. Ich stieg von meiner Pritsche hinunter und beugte mich über sie. Sie schien zu schlafen. Ich wollte schon wieder hochklettern, als sie plötzlich laut aufstöhnte. Die anderen Gefangenen wachten auch auf. Es gab keinen Zweifel mehr, die Geburt hatte begonnen, viel früher, als der Arzt es vorausgesagt hatte. In der Zelle wurde es lebendig. Eine der Frauen drückte die Klingel, um die Wärterin zu alarmieren, eine andere donnerte mit der Waschschüssel gegen die Tür. Es war dunkel, weil die Lampe vor dem Fenster wieder mal nicht brannte. Die Gebärende rief nach ihrer Mutter und verfluchte ihren Mann. Weil er nicht hier war. Weil sie allein war und bestimmt sterben würde.

»Du stirbst nicht, stirbst doch nicht«, beruhigte sie Agata. »Davon stirbt man nicht.«

»Aber ich sterbe schon!« jaulte sie.

Für einen Moment war sie still, dann fing sie an, schmerzvoll zu stöhnen.

»Das Köpfchen ist da!« rief eine der Gefangenen. »Preß, preß!«

Und plötzlich ertönte in der Dunkelheit der Schrei eines Neugeborenen. Dieser Schrei ging mir durch Mark und Bein. Er erfüllte mich mit Verwunderung, aber auch mit Schmerz darüber, daß dies nicht der Schrei meines Kindes war.

Plötzlich ging das Licht an, und die Wärterin kam in die Zelle. Sie war verschlafen und wütend.

»Was ist hier los?« fragte sie, aber wir brauchten ihr keine Antwort zu geben.

Lenotschka nahm das Neugeborene, das noch durch die Nabelschnur mit der Mutter verbunden war, und legte es ihr an die Brust. Hochstaplerin Nr. 2 drückte dieses blutverschmierte Stückchen Mensch an sich, voll Liebe, aber auch voll Stolz und Zärtlichkeit. Ich schaute auf diese Szene und hatte das Gefühl, daß ich mich in einer neuen Dimension der Realität befand. Und auf einmal begriff ich, daß alles in meinem Leben ein Betrug war, daß das Wichtigste, was einer Frau widerfahren konnte, an mir vorübergegangen war. Warum hatte ich gemeint, das Wichtigste sei ein Mann? Warum hatte ich auf diesen Mann gehört? Er hatte mir eingeredet, Mutterschaft sei nichts für mich, ich würde damit nicht zurechtkommen ... Dabei gibt es doch einzig zwischen Mutter und Kind eine natürliche und unmittelbare Gefühlsbindung. Ein Mann kam von irgendwoher, dieser eine Mann, doch genausogut könnte es ein anderer sein. Ein Kind aber kam von mir, aus meinem Innern. Während ich so neben der Pritsche von Hochstaplerin Nr. 2 stand, begriff ich, daß ich mein Leben verpfuscht hatte, weil ich an eine falsche Hierarchie geglaubt hatte. Hätte ich das früher gewußt, vielleicht befände ich mich jetzt nicht hier ...

An diesem Tag erschien auch Lenotschka in der Bibliothek. Ich wußte, daß sie zu mir kam und nicht etwa ein Buch ausleihen wollte. Sie sprach ganz gut Polnisch, aber nicht gut genug, um Literatur zu lesen. Sie setzte sich an ein Tischchen in der Ecke und blätterte in den Zeitschriften. Ich spürte, daß sie mit mir unter vier Augen sprechen wollte. Obwohl Hochstaplerin Nr. 2 zusammen mit ihrer neugeborenen Tochter in ein anderes Gefängnis verlegt worden war und sich unsere Zelle ziemlich geleert hatte, war doch immer jemand bei uns. Ich trat zu ihr an den Tisch und setzte mich neben sie. Wir lächelten einander an. Die östliche Verständigung, dachte ich.

Als ich sie mir jetzt genauer ansah, erschien sie mir viel interessanter als früher mit ihren platinblond gefärbten Haaren. Die Farbe war schon nach ein paarmal Waschen herausgegangen. Zuerst waren Lenotschkas Haare mattblond geworden, aber jetzt bekamen sie langsam ihre natürliche Farbe. Sie war dunkelblond und hatte sehr helle Augen. In ihrem von Leid gezeichneten Gesicht entdeckte ich eine gewisse Feinheit der Züge.

»Arbeitest du im selben Schneiderbetrieb wie Agata?« fragte ich.

»Nein, ich kann nicht nähen. In der Binderei ...«

Ich nickte verständnisvoll.

»Du bist Schriftstellerin ... Das ist bestimmt ein interessanter Beruf.«

»Einer der Vorteile dieses Ortes ist, daß ich hier nicht schreiben muß.«

Lena nahm das, ohne zu lächeln, zur Kenntnis.

»Für mich ist dieser Ort furchtbar«, sagte sie. »Ich weiß nicht, wenn ich nach Hause zurückkomme ... was werde ich meinen Eltern, meinem Verlobten sagen ...«

»Sie wußten nicht, womit du dich beschäftigst?«

»Sie wußten es«, antwortete sie. »Als ich meine Arbeit an der Universität verlor, suchte ich eine andere und wurde Rechtsberaterin in einem Eheanbahnungsinstitut ...«

Lenotschka erzählt

Bei diesem Eheinstitut gingen vor allem Angebote aus Polen ein. Eine der Kundinnen sollte zu einem Treffen mit ihrem Ehekandidaten nach Warschau fahren, aber sie hatte Angst, sich allein auf den Weg zu machen, also bat sie Lena, sie zu begleiten. Sie verpflichtete sich, die Reisekosten zu übernehmen, und dieser brieflich Verlobte schickte eine zweite Einladung. Er holte die beiden Frauen vom Bahnhof ab und brachte sie ins Hotel, wo er ihnen ein Zimmer gemietet hatte. Auf den ersten Blick konnte man sehen, daß er Geld hatte. Er gefiel Lena nicht besonders, aber sie sagte nichts, denn schließlich sollte nicht sie ihn heiraten. Auf diese Weise schlitterte sie in eine Sache, an der sie sich besser nicht beteiligt hätte. Denn hier in Warschau erfuhr sie, daß das ganze Eheinstitut nur Augenwischerei war, in Wirklichkeit befaßte es sich mit dem Transfer von Prostituierten nach Polen. Sie sollte das Alibi dabei liefern. Später dann fuhr sie bereits mit mehreren Mädchen auf einmal, die sie als Modelle vorstellte. Sie waren tatsächlich nicht volljährig, doch daß man sie von zu Hause entführt habe, sei Unsinn. Die Mütter selbst brachten die Töchter und baten noch unter Tränen, sie nach Polen zu bringen. An allem war die Armut schuld. Früher hätte sie sich auch nicht auf so etwas eingelassen. Aber ihr Verlobter war arbeitslos, der Vater hatte auch seine Arbeit verloren. Alle schauten nun auf sie. Sie hätte nein sagen und nach Hause zurückgehen können. Und was dann? Im übrigen weiß man nie, ob sie tatsächlich zurückgekommen wäre oder ob man sie nicht irgendwo im Wald mit durchschnittener Kehle gefunden hätte. Die Organisatoren hatten ihre Karten aufgedeckt und mußten fürchten, daß sie reden würde.

»Ich verfluche diese Freiheit. Mir wären zehn Stalins lieber als das, was jetzt ist.«

»Du weißt nicht, was du redest. Dank Stalin herrschte in der Ukraine ein solcher Hunger, daß es zu Kannibalismus kam, Eltern aßen die Leichen ihrer eigenen Kinder...«

Lenotschka zuckte die Schultern.

»Das ist bereits Geschichte, und jetzt ist die Welt ganz anders. Alle tanzen, nur du, Mensch, verrecke!«

»Das ist ein Tanz auf der Titanic. Schau doch nur, was ringsumher passiert, in Jugoslawien, in Georgien...«

»Eben, ich hab gleich gesagt, man soll diese Jauchegrube nicht aufrühren. Solange sich nichts bewegte, ließ es sich irgendwie leben. Was mir selbst alles passiert ist! Ich kann gar nicht glauben, daß das immer noch ich bin... Erst hat mich diese Agata zusammengeschlagen, und als sie mich dann verlegten, da... das kann ich dir nicht sagen...« Sie schwieg eine Weile. »Oder ich sag es dir doch. Man muß sich mit jemandem aussprechen, auch wenn es mir nicht leichter sein wird, ich muß es einfach mal sagen... Diese Weiber haben mich einfach vergewaltigt. Ich dachte, ich würde mir selbst etwas antun, aber der Mensch hängt mehr am Leben, als man denkt...«

Sie verstummte und schaute auf ihre Hände, die reglos auf der Tischplatte lagen.

Wir hatten zu keiner Entscheidung kommen können und hatten auf eine Lösung, die von außen kommen würde, gewartet. Doch sie kam nicht. Ich wohnte bei meinem Onkel, Edward war allein, dort, in der leeren Wohnung...

Bisher hatte er den Onkel jedes Jahr zum Bahnhof gebracht, wenn der ins Sanatorium fuhr. Aber wenn Edward es jetzt nicht selbst angeboten hätte, wären weder ich noch mein Onkel auf ihn zugegangen. Er trug die Koffer zum Auto, beim Hinausgehen warf er mir zu: »Also dann, leb wohl...« Aber ich wußte, er würde zurückkommen. Ich spürte es und war nervös.

Er kam zurück. Als ich in der Küche Kaffee aufbrühte, zitterten mir die Hände. Ich brachte ihn auf einem Tablett ins Arbeitszimmer. Und plötzlich warfen wir uns einander in die Arme...

Zurück in der Zelle, legte ich mich auf die Pritsche und verschränkte meine Arme hinter dem Kopf. Ich hatte noch die Abendtoilette hinter mich zu bringen, die auf dem engen Raum sehr problematisch war. Noch immer war es mir nicht gelungen, die Verlegenheit loszuwerden, mit der ich mich in Gegenwart anderer auszog. Ich war mir nie sicher, ob ich nicht beobachtet würde, was mir genauso gräßlich erschien, wie etwa vor Zeugen zu masturbieren.

Wenn ich mich an der Schüssel wusch, war ich immer bemüht, mich mit dem Rücken zu meinen Kolleginnen zu stellen, und drückte meine Ellbogen unwillkürlich eng an meinen Körper, um meine Brüste zu bedecken. Doch das

Waschen bis zur Taille machte mir weniger Probleme als von der Taille abwärts. Fast verzweifelt zog ich mir den Schlüpfer aus, und dann hockte ich mich über die Waschschüssel. In diesen Momenten kam es mir immer vor, als würden mich alle anschauen und genau verfolgen, was ich tat. Nie hatte ich jedoch genügend Mut, um mich zu ihnen umzudrehen...

Ich lag also da und dachte an nichts. Es war ein Moment der Ruhe und Erholung, als die Zellentür sich öffnete und Ela hereinschaute, dieselbe, die mich ganz am Anfang durch einen Schlag in den Magen k.o. geschlagen hatte. Jetzt standen wir auf gutem Fuß miteinander.

»Daria«, sagte sie. »Geh schnell zu unserer Iza, sie will was von dir.«

Ich setzte mich auf.

»Ich soll allein gehen?« fragte ich und konnte meine Verwunderung nicht verbergen. Um diese Zeit war der Verwaltungstrakt des Gefängnisses verriegelt und verschlossen.

»Geh schon, die Wärterinnen werden dich durchlassen«, sagte sie und zog sich zurück.

Der Flur war nicht beleuchtet, ich hatte einige Mühe, die Tür zu dem Raum zu finden, in dem Iza ihr Büro hatte. Im ersten Zimmer war es dunkel, aber im zweiten, dem kleineren, brannte Licht. Iza saß wie gewöhnlich an ihrem Schreibtisch vor dem Panzerschrank. Sie trug Uniform, nur daß sie nicht zugeknöpft war. Darunter hatte sie eine dünne Bluse mit aufgestickten Röschen, was in der Kombination mit der Gefängnisuniform recht komisch aussah.

»Was ... ist etwas passiert?« fragte ich vorsichtig.

»Setz dich«, antwortete sie und wies auf meinen Stammplatz auf der anderen Seite des Schreibtisches. Sie langte in den Schrank und nahm von dort eine Flasche mit irgendeinem gefärbten Schnaps und zwei Gläser heraus. Sie füllte sie zur Hälfte.

»Heute ist ein wichtiger Jahrestag für mich, und ich will, daß du mit mir darauf trinkst.«

Ich nahm einen kräftigen Schluck, es war hausgemachter Likör, und ein sehr guter dazu.

»Was ist das?« fragte ich.

»Schmeckt es dir?« Iza lächelte.

»Sehr.«

»Das ist aus Nüssen, nach einem Rezept meiner Großmutter. Wenn du willst, kann ich es dir geben.«

Ich schüttelte den Kopf.

»Zu so etwas muß man Talent haben, und das fehlt mir völlig. Aber was ist das für ein Jahrestag, wenn ich fragen darf.«

»Du darfst«, antwortete sie lächelnd. »Zum fünften Mal feiere ich meine Freiheit.«

»Bist du geschieden?«

»Mmm.«

Sie goß mir nach.

»Ich vertrag nicht viel«, protestierte ich.

»Mach dir keine Sorgen«, antwortete sie. »Notfalls trage ich dich auf den Schultern in deine Zelle.«

»Das wäre kein schlechtes Schauspiel«, lachte ich.

Ich fühlte mich immer besser, Iza erzählte mir den Verlauf einer Kommissionssitzung auf so lustige Art, daß ich vor Lachen fast platzte. Ich hatte schon Gelegenheit gehabt, die meisten dieser Leute kennenzulernen, und Iza karikierte sie hervorragend. Am besten gelang ihr das mit dem Anstaltsleiter. Täuschend echt ahmte sie seine Stimme nach, langsam, phlegmatisch und mit starken Nasallauten.

Auf unseren harten Stühlen wurde es unbequem, so daß

wir uns auf den Boden setzten. Wir lehnten uns gegen die Wand und zogen die Knie an.

Die Flasche leerte sich schnell, schließlich schüttelte Iza die letzten Tropfen heraus.

»Ich habe noch Pfefferminzlikör«, sagte sie.

»Iza!« Ich bekam es mit der Angst zu tun. »Wir trinken uns zu Tode!«

»Was soll's.« Sie machte eine wegwerfende Handbewegung. »Man lebt nur einmal.«

»Und mit wem lebst du jetzt?« fragte ich und war selbst davon überrascht.

Sie zuckte die Achseln.

»Mit jemandem halt, Hauptsache, er will nicht auf Dauer zu mir ziehen. Was hätte ich davon. Das sind alles Riesenarschlöcher. Am Anfang bringen sie dir Rosen und Wicken, später schmeißen sie dann ihre stinkigen Socken mitten ins Zimmer. Widerwärtig ist das alles.«

»Und deshalb hast du dich scheiden lassen, weil dein Mann seine Socken durch die Gegend warf?«

»Nein, ich ließ mich scheiden, weil das ein Riesenarschloch war, so einer wie dein Eddie... Ich könnt ihm allein schon deshalb eine Kugel in den Leib jagen, weil du seinetwegen hier bist... Du... So ein wunderbarer Mensch!«

»Was redest du da!« protestierte ich.

»Kein Kerl kann dir das Wasser reichen, Daria. Ich bin stolz, daß ich wie du eine Frau bin!«

Was Iza da für einen Unsinn redet, dachte ich voll Angst. Wozu sagt sie das? Ich wurde wachsam, ich hatte plötzlich die Vorstellung, daß sie nach so einer Einführung mit einer Erklärung käme, mit einem Vorschlag vielleicht, den ich nicht würde annehmen können. Und dann ginge alles zwischen uns kaputt. Ich war ihr plötzlich böse, daß sie mich hergelockt hatte. Denn wenn sich herausstellen sollte, daß Iza Frauen vorzog, dann konnte ich nicht mit ihr befreundet sein. Das heißt, ich könnte es, solange sie nicht verlangte, daß ich ihre Gefühle erwiderte.

»Iza«, sagte ich. »Ich liebe Männer...«

Sie schaute mich an:

»Warum hast du dann auf einen Mann geschossen?«

Ich spürte, wie er mich bedrängte, und mein Körper ließ ihn gewähren. Es gab nicht mehr diese Schwelle, gegen die er so viele Male gestoßen war und an der wir beide gescheitert waren. Ich hatte diesen hoffnungslosen Kampf gewonnen, den ich seit so vielen Jahren mit mir selbst geführt hatte.

Ich hatte gewonnen, weil ich hatte gewinnen wollen, obwohl ich sah, wie Edward sich veränderte, wie seine Adern an den Schläfen anschwollen. Sein Gesicht war blutunterlaufen und aufgequollen. Aber das war immer noch er, der Mensch, den ich liebte.

Nur daß... mit ihm etwas passierte. Etwas Schlimmes. Er legte sich auf die Seite und fing plötzlich an zu schluchzen:

»Laß mich los! Ich bitte dich, ich flehe dich an. Laß mich los!«

Im ersten Moment verstand ich nicht, doch dann begriff ich, daß das nicht an mich gerichtet war. Also hatte dieses Mal jemand Drittes eine unüberwindbare Schwelle für unsere Liebe errichtet...

Ich sah seinen von Schluchzern geschüttelten Rücken.

Ich stand auf und ging, um mich anzuziehen. Auf dem Boden im Arbeitszimmer lagen seine Hosen neben meinem Rock und meiner Bluse. Sie sahen wie tot aus. Die hingeworfenen Hosenbeine waren in Reglosigkeit erstarrt... Ich wollte sie aufheben, ich beugte mich schon zu ihnen hinab, doch plötzlich richtete ich mich auf und langte in das Versteck hinter dem Bild, in dem mein Onkel seine Pistole aufbewahrte. Ich nahm sie heraus und ging zurück ins Schlafzimmer. Da wußte ich wahrscheinlich noch nicht, was ich tun würde. Ich kam einfach mit einer Pistole in der Hand zu Edward zurück. Erst als ich ihn sah, wie er sich anzog, wie er seine Unterhosen über die Knie zog...

Heute kam das Modell Vermeers, wie ich sie im stillen nannte, in den Klubraum, wo sie bisher noch nie gewesen war, obwohl hier das gesellschaftliche Leben des Gefängnisses stattfand. Hier spielten die Frauen Karten, Mühle, schauten fern, strickten. In der Ecke stand ein Teekessel auf einer Platte, unser Gefängnissamowar sozusagen, denn ständig wurde darin Wasser gekocht. Die Gefangenen brühten sich Kaffee auf, es roch in dem ganzen Raum danach. Sie kamen gleich nach dem Essen. Als ich das Modell Vermeers sah, dachte ich, sie sucht den Beichtstuhl in mir. Wie die anderen. Ich war darüber nicht gerade begeistert, hatte ich doch schon genug fremde Geschichten zu tragen.

Sie setzte sich an ein Tischchen. Ich spürte, daß sie darauf wartete, daß ich zu ihr käme. Einem inneren Zwang folgend, tat ich das. Ich setzte mich neben sie. Eine Weile schwiegen wir.

»Wie spät ist es?« fragte sie schließlich.

Ich schaute auf die Uhr.

»Vier Uhr zwanzig.«

Sie nickte bestätigend, und dann schob sie mir ihr Handgelenk unter die Augen.

»Und bei mir?«

»Zehn nach eins«, antwortete ich leicht verwundert, denn ich wußte nicht, worauf sie hinauswollte.

»Sie ist auf die Minute genau stehengeblieben, sie bleibt immer so stehen, Jahr für Jahr...«

»Man sollte sie zum Uhrmacher bringen.«

»Hab ich gemacht, aber der sagt, daß alles in Ordnung sei. Als der Tote umfiel, ist er mit der Uhr auf dem Boden aufgeschlagen. Das Glas ist zersplittert, die Zeiger blieben auf ein Uhr zehn stehen. Und meine bleibt an jedem Jahrestag stehen...«

Sie senkte die Augen und war jetzt die Frau von dem Bild. Sie hatte genau denselben Ausdruck wie jene.

»Weil du daran denkst, ziehst du sie vielleicht nicht auf...«

»Ach, woher«, zuckte sie die Achseln. »Ich ziehe sie auf.«

Ich wußte nicht, was ich ihr darauf antworten sollte.

»Hast du Angst?« fragte ich.

Sie hob die Augen.

»Vor dem Toten?«

»Ich weiß nicht... vor etwas eben...«

»Eigentlich habe ich keine Angst, aber ständig kommt es mir so vor, als wäre das Fenster nicht geschlossen und würde auf mich fallen...«

Ich hatte mich schon zum Schlafen hingelegt, als Iza überraschend in die Zelle schaute.

»Kann ich dich kurz sprechen?« sagte sie.

Ich kletterte aus meinem Storchennest und ging auf den Flur hinaus. Sie stand gegen das Fensterbrett gelehnt, rauchte und lächelte geheimnisvoll.

»Ich habe eine Überraschung für dich«, sagte sie, während sie langsam den Rauch ausblies. »Geh und zieh dir deinen Drillich an.«

Ich schaute sie schweigend an.

»Was ist, was schaust du so?« lachte sie. »Mein Typ hat mich versetzt, und allein ist es traurig an einem Samstagabend. Ich nehme dich mit zu mir.«

»Ich habe keinen Passierschein.«

Sie zuckte die Achseln.

»Laß das meine Sorge sein.«

Mir war ganz schwindelig. Was wollte sie? Was hatte sie vor? Unsere Beziehung war schon längst nicht mehr nur dienstlich, es war eine Art Freundschaft. Eine untypische Freundschaft, das Produkt der Verhältnisse, in denen ich mich befand. Und in denen sie sich befand. Die Gefängnisrealität war für jemanden, der sich an Vergehen und Verbrechen gewöhnt hatte, im Grunde sehr grau und langweilig. Wir beide paßten so wenig zu dieser Wirklichkeit, daß wir uns einfach näherkommen mußten. Doch tatsächlich fiel keine von uns dabei auch nur für einen Moment aus ihrer Rolle. Selbst während des Besäufnisses kürzlich, als Iza stark angetrunken war, gelacht und sich ganz ungezwungen benommen hatte, waren ihre Augen wachsam geblieben. Genauso wie meine Augen. Wir wußten nur sehr wenig voneinander. Eigentlich dachte ich lieber an sie, als daß ich in ihrer unmittelbaren Nähe sein wollte. Ich stellte mir gerne vor, was sie gerade tat, woran sie dachte, was für ein Gesicht sie machte. Ich stellte mir sie gerne privat vor, bei sich zu Hause in dieser Wohnsiedlung für das Gefängnispersonal. Ihre Wohnung war bestimmt auch außergewöhnlich wie ihre Besitzerin ...

»Iza... Ich bin ziemlich müde«, sagte ich schließlich. »Ich bleibe lieber hier.«

Ihre Augen verengten sich.

»Typisch du! Aber du mußt endlich mal raus hier! Also versuch es wenigstens.«

»Vielleicht ein andermal ...«

»Jetzt!«

Ich folgte Iza, ihre Haare leuchteten hell in der Dunkelheit. Sie schaute sich kein einziges Mal um, ob ich ihr folgte. Wir betraten einen der Wohnblocks, die sich kaum von den Anstaltsgebäuden unterschieden, ebensowenig wie Flur und Wohnungstür. Dahinter allerdings lag eine andere Welt. Beim Anblick eines Schaukelstuhls mit einem Bezug aus gemustertem Stoff wurde mir ganz schwindelig. Das kam mir in meinem jetzigen Leben so irreal vor.

»Mach dir's bequem«, sagte Iza und zog sich die Schuhe aus.

Weich wie eine Wildkatze ging sie in Strümpfen durch die Wohnung. In der kleinen fensterlosen Küche machte sie Tee. Danach setzte sie sich in den Schaukelstuhl, legte die Beine übereinander und begann sich zu wiegen.

»Hast du vielleicht Hunger?« fragte sie.

»Ich hab zu Abend gegessen.«

»Eine Scheibe Brot mit Wurstaufstrich«, prustete sie lachend. »Im Kühlschrank habe ich Salami, Sardinen ...«

»Danke.«

Sie schaltete den Fernseher ein. Es gab einen französischen Film, den wir von der Mitte ab anschauten. Danach kamen die Spätnachrichten, und schließlich kündigte der Sprecher das Ende des Programms an. Iza erhob sich und schaltete den Apparat aus.

»Zeit zum Schlafen«, sagte sie und richtete das Sofa für die Nacht her.

»Und wo werde ich schlafen?« fragte ich ziemlich verunsichert.

»Siehst du hier ein anderes Schlafmöbel?«

»Das geht nicht ... Ich kann nicht ...«

Iza richtete sich auf und schaute mich an.

»Was ist los? Hast du noch nie mit jemand anderem als

mit deinem Kerl geschlafen? Mit der Großmutter? Einer Freundin? Schlafen ist nicht gleich schlafen«, fügte sie hinzu, als sie mein Gesicht sah. »Manchmal ist es gut, einen Menschen neben sich zu haben. Bei mir zu Hause schlief jeder mit jemandem zusammen. Ich schlief mit meiner Schwester in einem Bett, bis wir erwachsen waren, bis sie wegzog...«

In der Dunkelheit lag ich neben ihr, in ihrem Nachthemd, und war starr vor Angst. Ich hatte Angst, sie könnte sich jeden Moment bewegen und mich berühren. Es hätte eine Katastrophe gegeben. Ich konnte einfach nicht neben einem anderen Menschen existieren und dessen körperliche Nähe ertragen. Meine Mutter hatte ich nicht gekannt, Großmutter war ziemlich schroff im Umgang gewesen und hatte mich eigentlich nie an sich gedrückt und mir nie über die Haare gestrichen. Nie hatte mich irgend jemand an sich gedrückt. Plötzlich wurde mir das bewußt. Edward hatte mich einfach genommen und dann wieder beiseite geschoben, wie es ihm gerade paßte. Es hatte niemanden gegeben, der mir je hätte Zärtlichkeit erweisen können oder wollen.

Iza lag auf der Seite mit dem Rücken zu mir, als wollte sie es mir leichter machen. Ich hätte mich auch von ihr wegdrehen und versuchen können einzuschlafen. Doch etwas Eigenartiges ging mit mir vor. Ich zitterte plötzlich am ganzen Leib, und jeder Nerv in mir fing an, schmerzhaft zu zucken. Es war unerträglich. Und auf einmal, ich weiß selbst nicht genau, was passierte, berührte ich Izas Schultern. Sie drehte sich auf den Rücken, und dann legte sie ihren Arm um mich. Ich wollte mich wehren, mich freimachen, doch plötzlich gehorchte mir mein Körper nicht mehr. Es spielte sich alles außerhalb meines Bewußtseins ab. Iza schien das zu verstehen, denn sie sagte nichts. Sie streichelte mir nur mit ihrer freien Hand über die Wange. Anfangs erfüllte mich diese Berührung mit Angst, doch langsam trat eine Veränderung ein. Es war, als befreite ich mich unter dem Einfluß dieser Berührung von einem Panzer, dessen Existenz mir bisher nicht bewußt gewesen war.

Wie hatte ich nur so leben können, ging es mir durch den Kopf.

Ich streifte das Nachthemd ab, Iza tat dasselbe. Wir lagen dicht aneinandergeschmiegt in der Dunkelheit. Ich spürte, wie ihre Brust mich berührte. Diese Brust war warm. Ich legte meine Wange daran. Das hatte nichts mit Erotik zu tun. Es war meine Lektion in einem Fach, in dem es für mich bisher keinen Lehrer gegeben hatte.

Agata kommt frei! Das scheint ganz unfaßbar. Auf diesen paar Metern haben wir zwei Jahre zusammengelebt. Und unsere Beziehung war ziemlich dramatisch gewesen, doch am Ende hatten wir uns die Hand zum Zeichen des Friedens gegeben, wie es die katholische Kirche will. Ich entdeckte bei ihr auch gewisse Züge, die wir gemeinsam hatten, unter anderem dieselbe Furcht vor der näherrükkenden Freiheit. Das war mir während meines dreitägigen Freigangs klargeworden. Ich hatte gebeten, auf dieses Privileg verzichten zu dürfen. Doch Iza hatte sich entschieden widersetzt.

»Du mußt hier wenigstens für kurze Zeit einmal raus«, sagte sie. »Andernfalls kommst du später mit der vollen Freiheit nicht zurecht. Schau dir an, wie die Leute jenseits der Mauer aussehen ...«

»Ich habe Angst.«

»Du mußt unter die Leute!« sagte sie unerbittlich.

»Ich muß gar nichts«, antwortete ich.

Wir schauten einander schweigend an.

»Iza«, sagte ich schließlich«, »ich weiß doch nicht, wohin ich gehen soll.«

»Und dein Onkel?«

»Vorläufig möchte ich ihn nicht sehen.«

Sie überlegte eine Weile.

»Dann geh in die Berge.«

Ich dachte, sie mache Witze, doch ihr Vorschlag war ernst gemeint. Sie gab mir die Adresse einer Goralin, die sie kannte, und lieh mir einen Trainingsanzug, denn ich konnte mir aus dem Depot nur den dicken Rock und die Stiefel holen. Mitten im Sommer! Ihre Schuhe paßten mir nicht, sie hatte größere Füße als ich, also mußte ich mir in Słubice Turnschuhe kaufen.

Zur Bahnstation ging ich zu Fuß. Die Bäume, die mich vor ein paar Jahren mit ihren nackten Kronen begrüßt hatten, waren jetzt grün, die Blätter sogar ein wenig verwelkt, denn es hatte in diesem Jahr wenig geregnet. Ich ging den sandigen Weg entlang und spürte einen warmen, vom Duft gemähten Grases angefüllten Windhauch im Gesicht. Es war der erste Eindruck, als ich die Mauern hinter mir ließ, daß es draußen viel Luft gab und daß sie unglaublich duftete. Ich hatte mich an völlig andere Gerüche gewöhnt. In der Zelle stank es, in der Bibliothek konnte man den Staub riechen, und auf den Fluren stach einem das Lysol in die Nase, mit dem die sanitären Einrichtungen desinfiziert wurden. Ich nahm nie am Hofgang teil, denn das Herumlaufen auf einer Stelle war genauso erniedrigend wie Handschellen. Ich fühlte mich schlecht dabei und hatte gebeten, daß man mich von diesem Privileg befreite. Deshalb war der erste Eindruck in der Freiheit, daß die Welt duftete! Bevor ich den Bahnhof erreicht hatte, war mir vom Übermaß an Sauerstoff schon ganz schwindelig. Meine

Lunge schien zu schmerzen. Doch gleichzeitig kam es mir so vor, als dufteten meine Haare nach Wind, und das war ein herrliches Gefühl. Ich duftete nach Wind!

Von weitem sah ich das Gebäude der Bahnstation. Es stand auf offenem Feld, hatte ein mit roten Ziegeln gedecktes Steildach und in den Fenstern Kästen mit Geranien. Ich stellte mir vor, daß plötzlich ein großes schwarzes Auto vorgefahren käme und daraus ein verdächtiger Gentleman mit einer Zigarre zwischen den Zähnen ausstiege. Dieser Gentleman konnte genausogut auf einem Pferd angaloppiert kommen, mit einem Lasso am Sattel und mit einem breitkrempigen Hut. Das wäre dann eine Szene wie aus dem Wilden Westen, nur daß das Fachwerk des Bahnhofs dazu nicht paßte. Ich trat auf den kiesgeschotterten Bahnsteig hinaus und setzte mich auf eine Bank gleich neben dem Schild, das anzeigte, daß dies die Station Kowaniec war. Iza fragte mich später, welches meine ersten Eindrücke aus der Freiheit gewesen seien. Was sich mir am stärksten eingeprägt habe.

»Die Luft«, hatte ich geantwortet. »Die viele Luft.«

Sie hatte gelacht.

»So etwas höre ich zum ersten Mal aus dem Mund einer Gefangenen. Die sagen sonst: Arsch, Wodka, Wurst. Aber Luft!«

Und dann noch der unmittelbare Kontakt mit der Erde, Izas Schuhe rutschten mir von den Füßen, ich zog sie also aus und ging barfuß; wie eine Frau vom Land auf dem Weg zur Kirche trug ich die Sandalen in der Hand. Meine Füße berührten den sonnenwarmen Sand, der zwischen den Zehen hindurchrieselte.

Die Goralin, die Iza mir empfohlen hatte, nahm mich herzlich auf, sie führte mich über eine Holztreppe ins Obergeschoß. Ich war müde und fiel sofort in einen tiefen

Schlaf. Nie sonst hatte ich ganz ausblenden können, was um mich her passierte. Im Gefängnis hatte ich einen flachen Schlaf, in den alle Geräusche aus der Zelle drangen. Ich hatte sogar geglaubt, nicht schlafen zu können, wenn es still wäre. Aber hier herrschte tatsächlich absolute Stille. Vielleicht wachte ich gerade davon auf. Es war sehr früh. Ich trat ans Fenster. Ganz oben sah ich einen rosafarbenen Streifen Himmel, darunter stahlgraue Berggipfel, und noch tiefer breitete sich wie eine silberweiße Wolke der Nebel aus. Auf einmal stießen Sonnenstrahlen wie lange, schmale Klingen in den Nebel und tauchten bei ihrem Austritt das ganze Tal in goldenes Licht. Ich betrachtete das Schauspiel, das die Natur wahrscheinlich mir zu Ehren veranstaltet hatte. Etwas Vergleichbares hatte ich bisher nicht gesehen. Ich war mit Edward immer wieder in Zakopane gewesen, doch nie waren wir auf die Berge gestiegen. Er hielt das für überflüssig, war nie ein Fußgänger, also hatten wir es uns in Liegestühlen auf der Terrasse des Astoria bequem gemacht, von wo aus der Blick »hinreichend schön« war, wie mein Mann sich ausgedrückt hatte. Hätte er diesen Sonnenaufgang gesehen, hätte er vielleicht seine Meinung geändert. Die Aussicht von der Terrasse des Ferienhauses, das dem Schriftstellerverband gehörte, war nicht hinreichend schön, doch um dies zu erfahren, hatte ich einen sehr langen Weg zurücklegen müssen ...

Ich dachte viel an Edward, an unser gemeinsames Leben. Immer hatte ich mit seinen Augen gesehen, und das war unter anderem der Grund für das Unglück gewesen. Jetzt bemühte ich mich, von seiner Position aus auf mich zu schauen. Wie er das empfunden hatte. Obwohl er mich geliebt hatte, konnte er mir nicht viel geben, denn ich hatte nichts von ihm gewollt. Auch ich hatte ihm nicht viel geben können. Wir existierten in ständiger Opposition zueinander. Wie lange kann ein normaler Mensch das aushalten? Diese Frau hatte ihn ohne Vorbehalte akzeptiert, als Mann, als Mensch. Sie war ihm nicht auf der Nase herumgetanzt, sondern hatte ihm immer wieder bestätigt, daß er völlig recht habe, unabhängig davon, was sie selbst dachte. Sie war sehr weiblich gewesen, was man von mir nicht sagen konnte. Ich hatte mich selbst entwertet, da ich mich ausgesprochen häßlich fand. Nichts gefiel mir an mir; auch wenn die Männer mich beachteten und mir Komplimente machten. Oft hörte ich, ich hätte wunderschöne Augen und ein sinnliches Gesicht. Sie lobten meine Figur. Gerade die! – dachte ich. Schwer zu sagen, was uns beide so zueinander hinzog, warum wir uns nicht hatten trennen können, warum wir Sehnsucht nacheinander hatten und immer wieder zueinander zurückgekehrt waren. Zumindest er hatte den Versuch unternommen, sein Leben ohne mich zu gestalten, doch glücklich war auch er nicht gewesen. Der Onkel hatte einmal gesagt, daß Edward den Eindruck eines Menschen mache, der auf den Trittbrettern zweier in entgegengesetzter Richtung rasender Züge stehe. Er mochte ihn nicht und wiederholte mir ständig, daß ich mich mit jemand anderem zusammentun sollte, Kinder haben sollte, wie eine normale Frau. Doch der Onkel kannte nicht die ganze Wahrheit über unsere Beziehung, für deren Auseinanderbrechen vor allem ich verantwortlich war.

Ich ging in Izas Trainingsanzug und mit ihrem Rucksack über Bergwege und spürte, wie mir der Schweiß den Rükken hinunterlief. Kein Wunder, ich hatte keine Kondition, meine einzige Gymnastik bestand bisher darin, von der Pritsche hinab- und wieder hinaufzusteigen.

Während einer dieser Wanderungen bekam ich Durst. Ich setzte mich auf einen Stein und holte die Thermosflasche hervor. Ich goß Tee in die Verschlußkappe und trank ihn in kleinen Schlucken, um mir nicht den Mund zu verbrennen. Ich war völlig allein. Allein mit mir selbst. Und zum ersten Mal fühlte ich mich nicht schlecht mit mir. Ich wollte nicht vor mir davonlaufen, im Gegenteil, ich war sogar neugierig auf mich. Wer war diese Frau in dem geliehenen Trainingsanzug, die da auf einem Stein saß? Sie hieß genauso wie ich – Daria Kalicka –, doch damit endete auch schon mein Wissen über sie. Und zum ersten Mal keimte in mir die Hoffnung, daß ich mit dieser Frau besser würde leben können, wenn ich wieder in Freiheit wäre. Ich hatte Angst vor diesem Tag, schob ihn in Gedanken von mir, und daß es keinen konkreten Termin gab, war mir sogar recht. Nichts Gutes wartete auf mich jenseits der Mauern.

Agata hantierte ziemlich unbeholfen herum, nahm ihre Sachen aus dem Spind, legte sie dann wieder zurück. Die Wärterin hatte sie schon mehrmals zur Eile gemahnt. Schließlich kam der Moment, Abschied zu nehmen. Es ergab sich so, daß wir gerade allein in der Zelle waren. Hochstaplerin Nr. 1 half in der Küche. Nur wir drei waren geblieben, und noch war niemand zu uns einquartiert worden. Ich saß am Tisch, als Agata mit einer vollgestopften Plastiktasche, in der ihre ganze Habe Platz gefunden hatte, zu mir trat. Ich stand auf. Wir schauten einander an, und dann streckte ich ihr meine Hand hin. Bevor ich noch reagieren konnte, hatte sie meine Hand genommen und zu ihrem Mund geführt. Darauf drehte sie sich um und ging hinkend davon.

Ein halbes Jahr später ging auch ich von hier fort. Die Zelle war wieder voll, aber mit keinem der Neuzugänge hatte ich engeren Kontakt geknüpft. Als Iza mir das genaue Datum meiner Freilassung aus der Frauenstrafanstalt in

Kowaniec mitteilte, igelte ich mich wie in einen Kokon ein und bereitete mich ganz auf den Wechsel in meinem Schicksal vor. Mein Leben verpuppte sich zum zweiten Mal, und wie damals war ich mir nicht sicher, was dabei herauskommen würde. Doch jetzt zeichnete sich eine Zukunft für mich ab. Ich wußte nicht, was sie mir bringen würde, ob es mir gelänge, noch ein Buch zu schreiben... Vielleicht war mein Roman über die Mutter so sehr geschätzt worden, weil es mir gelungen war, den eigenen Schmerz in Worte zu übersetzen. Großmutter war gestorben, die meine ganze Kindheit gewesen war, die mir die Mutter, den Vater und mich selbst hatte ersetzen müssen. Und sie hatte es so gut gemacht, wie sie nur konnte. Der Tod der Mutter in meinem besten Buch hatte also etwas Symbolisches. Die Mutter, das ist die Kindheit. Diese Prosa hatte Kraft gehabt, war die unmittelbare Wiedergabe von Erlebnissen gewesen, die ich an den Leser weitergegeben hatte. In meinen anderen Romanen hatte ich fremde Schicksale beschrieben, war ich nur Vermittlerinstanz gewesen. Ich war zu einer Berufsschriftstellerin geworden, doch irgendwo war dabei meine Authentizität verlorengegangen... Kein Wunder, da mich Edward doch vom wirklichen Leben ferngehalten hatte, aber auch von mir selbst und meinem eigenen Innern. Vielleicht hatte es mit unserer Ehe deshalb nicht geklappt, weil sie wie meine Bücher ihre Authentizität verloren hatte. Würde ich das jetzt ändern können? Ich weiß es nicht. Wichtiger als das Schreiben ist mein Leben. Das Wichtigste ist jetzt, ob ich jemanden treffe, mit dem ich zusammen sein will, und ob ich ein Kind gebäre. Es ist spät, aber nicht zu spät. In Borysówka hatte eine von Großmutters Bekannten ihr erstes Kind im Alter von fünfundvierzig Jahren. Und es war gesund zur Welt gekommen. Jetzt ist es schon ein erwachsener Mensch, ein fähiger Mathematiker, soviel ich weiß. Es gibt eine Theorie, daß spätgeborene Kinder oft sehr begabt sind...

Ich brachte alle Entlassungsformalitäten hinter mich und bekam aus dem Depot meine Sachen ausgehändigt. Ich zog mir den Rollkragenpulli an, den dicken Rock, Strumpfhosen, die ich diesmal schon hatte, und die Stiefel.

Es war Spätherbst. So wie Iza es mir vorhergesagt hatte, war ich jetzt zweiundvierzig Jahre alt. Und ich hatte es geschafft, mir die Hoffnung zu bewahren. Wer weiß, ob ich das nicht eben dem Umstand verdankte, daß sie mir gegenüber diese Hoffnung am Anfang erwähnt hatte. Es blieb mir nur noch, mich von Iza zu verabschieden.

Als ich in ihr Zimmer trat, suchte sie gerade etwas in dem Panzerschrank. Ich sah nur ihren Rücken. Beim Geräusch meiner Schritte richtete sie sich auf und drehte sich langsam zu mir um. Ich wunderte mich, daß sie so klein war, immer hatte es mir geschienen, als wäre sie mindestens einen Meter siebzig groß. Ihr farbloses, flaches Gesicht wurde von Haaren eingerahmt, die vom Ondulieren ganz kaputt und stumpf geworden waren. An den Wurzeln konnte man den dunkleren Ansatz erkennen.

Wir schauten einander an.

»Ich bin gekommen, um mich zu verabschieden.« Ich war von ihrem plötzlich veränderten Aussehen so schokkiert, daß ich kaum etwas sagen konnte. Kurz dachte ich sogar, ich hätte mich vielleicht in der Tür geirrt und das sei jemand Fremdes, oder daß Iza von einer anderen Erzieherin vertreten würde. Aber das war sie. Auf ihrem Gesicht erschien so etwas wie ein Lächeln. Ich sah ihre vom Nikotin verfärbten Zähne. Kein Wunder, wo sie so viel rauchte. Am meisten tat es mir um diese unglaublichen Augen leid, die goldgelben mit den dunkleren Einsprengseln wie bei einem Raubtier. Izas Augen waren einfach blau.

»Ich bin gekommen, um mich zu verabschieden«, wiederholte ich und war bemüht, sie meine Gefühle nicht merken zu lassen.

Sie machte einen Schritt auf mich zu. Der Geruch eines billigen Parfums schlug mir entgegen.

»Sehen wir uns mal wieder?« fragte sie und warf ihre Haare zurück. Nur diese Bewegung erinnerte an die Iza von früher.

Maria Nurowska

Spanische Augen

Roman

Aus dem Polnischen von Albrecht Lempp

Band 13194

Mit dem Satz »Schlimmer als die Deutschen können sie eigentlich auch nicht sein« beginnt der Roman und gleichzeitig auch die Odyssee der Polin Anna. Der Zweite Weltkrieg ist kaum zu Ende, da wird sie von zu Hause abgeholt. Erst allmählich merkt sie, wohin die Reise geht: ins Lager nach Sibirien. Die Mitglieder der Heimatarmee, einer antikommunistischen Untergrundorganisation, die im Krieg gegen die Deutschen gekämpft hatte, wurden nach Kriegsende auf Befehl Stalins verfolgt, verbannt, umgebracht. Anna überlebt, doch nach einer brutalen Vergewaltigung im Lager schwanger geworden, kehrt sie aus der Verbannung mit einem Kind zurück. Der Roman spielt in den 80er Jahren. Anna ist Schauspielerin und gefragte Übersetzerin. Ihre Tochter Ewa, die nichts von ihrer Herkunft weiß, hat mittlerweile selbst ein Kind. Wie in einer Wiederholung des Schicksals ihrer Mutter entwickelt Ewa keine emotionale Bindung an ihren kleinen Sohn. Anna dagegen, holt in der Beziehung zu ihrem Enkel nach, was sie der Tochter an Zuneigung vorenthalten hat. Das komplizierte Verhältnis zwischen Mutter und Tochter, die eine zerstörerische Haßliebe aneinander fesselt, ist denn auch das zentrale Thema des Buches.

Fischer Taschenbuch Verlag

fi 6000 / 4

Maria Nurowska

Briefe der Liebe

Roman

Aus dem Polnischen von Albrecht Lempp

Band 12500

»›Krystyna Chylińska ist nicht dein wirklicher Name‹, sagtest Du wie beiläufig und ohne auf meine Antwort zu warten. Dabei weiß ich nicht, ob das eine Frage oder eine Feststellung war. ...In ein paar Minuten gehe ich von hier fort. Die Briefe, die ich Dir während all der Jahre geschrieben habe, lasse ich hier«, schreibt Krystyna Chylińska, die eigentlich Elżbieta Elsner heißt, in ihrem letzten von sieben Briefen, mit dem der Roman beginnt. Sie hatte sich ihr Glück erschlichen, sich unter falschem Namen ein neues Leben aufgebaut. In ihren Briefen an Andrzej, die sie ihm nie zu lesen gibt, legt sie Rechenschaft darüber ab. Als Sechzehnjährige war sie ihrem Vater freiwillig ins Ghetto von Warschau gefolgt, wo sie als Prostituierte arbeitete, um sie beide durchzubringen. Nach der Flucht aus dem Ghetto nimmt sie eine neue Identität an. Doch immer lebt sie in der Angst, jemand könne sie wiedererkennen und ihre Existenz zerstören. Schließlich holt die Vergangenheit sie ein:

»Krystyna Chylińska ist nicht dein wirklicher Name...«

Fischer Taschenbuch Verlag

fi 108 / 8

Maria Nurowska

Postscriptum für Anna und Miriam

Roman

Aus dem Polnischen von Albrecht Lempp

Band 10309

Die Polin Anna Lazarska hat ihren sterbenden Vater und ihr Land verlassen. Im Tagebuch ihres Vaters entdeckte sie, daß sie nicht wirklich Anna ist, sondern die Jüdin Miriam Zarg. Als einjähriges Kind war sie im besetzten Warschau außerhalb der Ghettomauer gefunden und von ihrem Retter als Anna aufgezogen worden. Sie hat Schwierigkeiten, mit ihrer neuen Identität fertigzuwerden, und kann es ihrem »Vater« nicht verzeihen, sie nie über ihre Herkunft aufgeklärt, nie wirklich mit ihr gesprochen zu haben. Sie entdeckt, daß sie eine Schwester hat, die in Amerika lebt. In Briefen erfährt sie von ihr mehr über das Schicksal ihrer Familie während des Krieges. Doch sie scheut sich, ihre neue Identität anzunehmen und ihre Schwester zu besuchen. Sie kommt bis Köln. Dort igelt sie sich in einer kleinen Pension ein. Ein deutscher Journalist wird auf sie aufmerksam. Er versucht, ihr bei der Suche nach ihrer Identität zu helfen. Zu spät. Anna begeht Selbstmord. Der Journalist rekonstruiert aus den Materialien, die er in Annas Zimmer findet, ihr Leben. Es ist das zweigeteilte Schicksal einer polnischen Jüdin, die zu Beginn der 80er Jahre vom Geschehen des Zweiten Weltkrieges eingeholt wird und vergeblich versucht, mit sich selbst und der eigenen Geschichte ins reine zu kommen.

Fischer Taschenbuch Verlag

fi 1638 / 6

Maria Nurowska

Ein anderes Leben gibt es nicht

Roman

Aus dem Polnischen von Albrecht Lempp

Band 13615

Maria Nurowska erzählt die Geschichte zweier Menschen, die einander liebten, zueinander paßten und doch nicht zusammenblieben. Stefan, der im Nachkriegspolen eine glänzende Parteikarriere machte, später aber von der politischen Entwicklung überholt wurde und nun, Mitte der achtziger Jahre, einsam und zurückgezogen lebt, ist der Repräsentant einer verlorenen Generation. Alt und vereinsamt, hat er die Erinnerung an alle Stationen seines Lebens erfolgreich ausgeblendet. Da erhält er mit der Post die Tagebücher seiner gerade verstorbenen ersten Frau Wanda. Diese Tagebuchaufzeichnungen, die 1945 beginnen und bis in die achtziger Jahre reichen, bilden den Hauptteil des Romans. Aus ihnen erfahren wir die Liebesgeschichte der beiden und die Lebensgeschichte Wandas nach ihrer Trennung. Schmerzlich erkennt Stefan, was er aus Trägheit des Herzens und mangelnder Zivilcourage aufgegeben hat, und er entdeckt all die verpaßten Chancen für ein anderes Leben, ein Leben voller Zuneigung und privatem Glück.

fi 1659 / 1

fi 425 / 8

Liselotte Marshall

Die verlorene Sprache

Roman

Aus dem Englischen von Ingrid Lebe

Band 13500

Liselotte Marshall erzählt in ihrem autobiographisch gefärbten Roman das Schicksal einer in Deutschland geborenen Jüdin und Emigrantin: ein Leben ohne Vaterland, ohne Muttersprache. Die Dolmetscherin Rachel Bernstein gerät durch ihre Ehescheidung in eine Lebenskrise, die alte Wunden einer verdrängten Vergangenheit wieder aufbrechen läßt. Als Kind überlebte sie den Holocaust, dem ihre Familie zum Opfer fiel, in einer Schweizer Tb-Heilstätte. Von der dort ausgeheilten Knochentuberkulose bleibt eine Gehbehinderung zurück. Rachels Rückkehr an den Ort ihres Leidens und Überlebens führt zu einer quälenden, letztlich aber auch befreienden Auseinandersetzung mit der Vergangenheit.

Fischer Taschenbuch Verlag

fi 2120 / 3

Raya Kruk

Lautlose Schreie

Berichte aus dunklen Zeiten

Mit Fotos von Zwi Kadushin

Band 13978

Nach fünfzig Jahren des Schweigens wagt sich Raya Kruk, Überlebende des Ghettos von Kowno, an die schmerzliche Arbeit des Erinnerns. In einfacher, aber um so eindringlicherer Sprache schildert sie ihre eigenen Erlebnisse und die zahlreicher Leidensgenossinnen und -genossen während des Aufenthaltes im Ghetto in den Jahren zwischen 1941 und 1944. Verstärkt wurde der Drang, diese Erlebnisse zu beschreiben, durch Fotos, die Zwi Kadushin, ein Mitüberlebender, mit einer versteckten Kamera gemacht hatte. Der Eindruck scheinbarer Alltagstrivialität wird immer wieder gebrochen: durch Stacheldrähte im Vordergrund und die Gesichter der Menschen, in denen hinter dem Lächeln das Leid deutlich erkennbar ist. Das ganze ungeheure Geschehen der Tötung von Frauen, Männern und Kindern wird nicht analytisch, sondern aus der Erlebnisperspektive der jungen Frauen und Mädchen ausschnittartig geschildert. Beeindruckend ist der starke, von Hoffnung getragene Lebenswille, der in all diesen Erzählungen durchschimmert. Dieser und die unerwartete Hilfe Außenstehender ermöglichen es, die Todesbedrohung zu überstehen.

Fischer Taschenbuch Verlag

fi 618 / 7

Ingrid Strobl

Die Angst kam erst danach

Jüdische Frauen im Widerstand 1939-1945

Band 13677

Von der Rettung jüdischer Kinder bis zur »Liquidierung« von Gestapospitzeln, von der Herstellung falscher Papiere bis zum Transport von Waffen und Informationen: Von Frankreich bis Polen engagierten sich jüdische Frauen aktiv im Widerstand gegen die deutsche Besatzung und »Endlösung«. In einer vergleichenden Studie untersucht Ingrid Strobl erstmals die Beteiligung jüdischer Frauen am Widerstand im von den Deutschen besetzten Europa. Anhand von Archivmaterial, Briefen und Tagebüchern und der knapp sechzig ausführlichen Interviews, die sie mit ehemaligen jüdischen Widerstandskämpferinnen aus ganz Europa geführt hat, erhellt sie ein bislang verborgenes Kapitel der Geschichte des Zweiten Weltkriegs und der Shoa.

Fischer Taschenbuch Verlag

fi 2122 / 4